imaginist

想象另一种可能

理想国
imaginist

幻影书

Paul Auster
THE
BOOK
of
ILLUSIONS

[美] 保罗·奥斯特 著　孔亚雷 译
九州出版社

人不只有一次生命。人会活很多次，周而复始，那便是人生之所以悲惨的原因。

——夏多布里昂

1

所有人都以为他死了。当1988年我那本关于他电影的书出版时，海克特·曼已经失踪了将近六十年。除了一小撮历史学家和老电影迷，几乎没人知道曾经有过这么个人。1928年11月23日，《兼得或落空》，他在默片时代末期所拍的十二部喜剧短片中的最后一部，在好莱坞上映。两个月后，没有对朋友同事道一声再见，没有留下哪怕一张字条或泄露任何口风，海克特突然离开了自己位于北橘道的出租公寓，从此杳无音信。他那辆蓝色的德索特还停在车库里；他房子的租约还有三个月才到期，租金也已经付清。厨房里有食物，酒柜里有威士忌，卧室衣橱里的衣服原封未动。据1929年1月28日的《洛杉矶先驱报》报道，看起来似乎他只是出门散会儿步，随时都有可能回来。但他再也没有回来，从那一刻起，海克特·曼仿佛从地球表面消失了。

在他失踪后的几年里，有关他的故事和传言层出不穷，但没有一个得到证实。其中听起来最有可能的猜测——他自杀了，或是成了某个非法活动的受害者——也找不到任何依据，因为从未发现过他的尸体。而其他对海克特命运的揣测则更富有想象力，更充满希望，也更具浪漫色彩。一种说法是，他已经回到了故乡阿根廷，如今是一个地方小马戏团的老板。另一种说法是，他加入了共产党，正用假名在纽约州尤蒂卡的牛奶场工人中从事地下组织工作。还有一种说法，说他成了一个搭火车四处游荡的破产流浪汉*。如果海克特是个名气更大的明星，这些流言无疑将会持续下去。他会活在这些形形色色的说法中，并渐渐变成那些标志性的传奇人物中的一个，一个关于青春、梦想和残暴的命运转折的典型。但这些并没有发生，因为事实上当海克特的电影生涯结束的时候，他在好莱坞才刚刚起步。他出道太晚，还没来得及充分发挥他的才华，他在电影圈待的时间又太短，对于他是谁、他能干什么，还没来得及给人们留下一个持久的印象。几年过去，大家一点一点地

---

* 原文为 Depression Lobo，专指那些在 1929 至 1933 年美国经济大萧条时期因破产而四处流浪的人。

把他忘在了脑后。到了1932或1933年，海克特已经基本上属于一个被抛弃的世界，如果说哪里还能找到他的蛛丝马迹，那也就是某本没人要读的晦涩书本上的一条脚注。电影现在会说话了，默片里那种闪烁不定的无声表演已成为过去。不再有什么小丑，不再有什么哑剧，不再有漂亮的轻佻女郎踏着听不见的乐队节拍翩翩起舞。它们不过才消失了几年时间，但感觉上却已经成了史前的玩意，就像那些人类穴居时代曾在地球上四处漫游的古老生物。

我在书里对海克特的生平着墨不多。《海克特·曼的默片世界》是一本研究他电影的专著，而不是传记，书中所提到的任何关于他银幕外活动的细小花絮都来源于标准途径：电影百科全书、回忆录、好莱坞早期的历史资料。我写这本书是为了和别人分享自己对海克特作品的热爱。对我来说，他的生平故事是次要的，较之去推测在他身上到底发生了什么，我宁可专注于研读他的电影。既然他出生于1900年，并从1929年起就消失得无影无踪，我没有任何理由会认为他还活着。死人是不会从坟墓里爬出来的，而且就我所知，也只有一个死人才能把自己藏那么久。

我的那本小书由宾州大学出版社在十一年前的3月出版。三个月后，就在第一轮书评开始出现在电影季刊和学报上不久，我的邮箱里突然收到一封信。信封比一般商店里卖的要更大更方，是用厚重的特种纸做的，因此我的第一个反应是：那里面大概是一份婚礼喜帖或满月酒请柬。我的名字地址用优雅的花体字横写在信封正面。这样一手好字即使不是出自职业书法家之手，也肯定是某个崇尚书法艺术的行家所写，而且此人想必受过老式的社交礼仪教育。邮票上盖着新墨西哥州阿尔博科奇市的邮戳，但背面封口上的回邮地址却表明这封信是在别的什么地方写的——假如真的有这么个地方，有这么个小镇。地址只有简短的两行：蓝石农场；新墨西哥州苏埃诺镇。当时看见这两行字我大概有点哑然失笑，不过现在我已经记不清了。没有寄信人姓名，我打开信封，抽出里面的卡片，闻到一丝淡淡的香味，一种极为微妙的薰衣草香味。

尊敬的齐默教授，卡片上写道，海克特拜读了大作，希望能同您会面。不知您是否有兴趣到寒舍一游？芙芮达·斯贝林（海克特·曼太太）谨上。

我把手里的卡片看了六七遍。然后我放下卡片，走到房间的另一头，又走回来。再次拿起那封信的时候，我简直都不能确定那些字迹是否还在纸上。即使它们还在，我也怀疑那些句子是否还跟刚才一模一样。我又看了六七遍，还是一头雾水。准是个恶作剧，我想。但不一会儿，我就对自己的想法充满了怀疑，再过了一会儿，我又对自己的这些怀疑产生了怀疑。一个想法总是伴随着另一个相反的想法，而一旦第二个想法推翻了第一个想法，马上第三个想法就会冒出来推翻第二个想法。因为不知道该干什么好,我开车去了邮局。美国的所有地址都列在邮政黄页上,如果黄页里找不到苏埃诺镇,那么我就可以把那张卡片一扔了事。但我找到了。我在第一卷的一千九百三十三页上找到了苏埃诺镇,它夹在阿玛瑞拉镇和提耶镇之间,是一座货真价实的小镇,有一间邮局和五位数的邮政编码。当然,这并不能证明那封信就是真的,但至少多了一点可信度。等我回到家,我知道我必须写封回信。你无法对那样一封信置之不理。一旦你看了,你就知道,要是不坐下来写封回信,你这辈子都将不得安宁。

我没有保留回信的副本,不过我记得我是手写的,措辞尽量简短,只有寥寥几行。几乎下意识地,我也采用了来信那种平淡而神秘的语气。大概,我觉得这种写法比较安全,比较不会被策划这场恶作剧的家伙当成傻瓜玩——如果这确实是一场恶作剧的话。除了个别的字词可能稍有出入,我的回信内容大致如下:*尊敬的芙芮达·斯贝林女士,我很乐意同海克特·曼先生会面。但我如何能确认他还健在?据我所知,他已经失踪了半个多世纪。请提供详尽资讯。戴维·齐默谨上。*

我们都有一种相信不可能事物的倾向,我想,这是因为我们总希望会有奇迹发生。由于我写了有史以来唯一一本关于海克特·曼的书,有人可能会以为,知道他也许还活着,我会感到欢欣鼓舞。但我根本不可能欢欣鼓舞。至少我觉得我不可能。我的那本小书诞生于巨大的伤痛之中,即使现在书写完了,那伤痛也仍挥之不去。写书不过是个借口,就像是为了缓解体内的痛楚而在一年多的时间里每天吞服某种药片。在某种程度上,它确实奏效了。但芙芮达·斯贝林(或者假扮成芙芮达·斯贝林的不管谁)不可能知道这些。她不可能知道1985年6月7日,就在我们结婚十周年纪念日之前的一个礼拜,我的妻子和两个儿子因飞机失事而不幸遇难。她或许看到了书里的题词(献给海伦、托德及马可——本书为了纪念他们而作),但这些名字对她来说毫无意义,就算她能猜到他们对于作者的重要性,她也不可能想到,这些名字实际上代表了他生命中的一切——三十六岁的海伦、七岁的托德、四岁的马可,随着他们的死去,他的大部分也已经死了。

他们当时正在去密尔沃基探望海伦父母的途中。我一个人留在佛蒙特批改试卷,并为刚结束的学期最后打分。那是我必须完成的工作——我在佛蒙特州汉普顿市的汉普顿大学任比较文学教授。本来我们会在二十四五日左右一起动身去密尔沃基,但海伦的父亲刚刚动手术切除了腿部的一块肿瘤,所以我们一致认为她和孩子们应该尽快赶过去。为了让托德能够获准缺席二年级期末最后两周的课，临行前夕我们还在煞费苦心地与校方磋商。校长虽然很不情愿，但她最终还是表示理解并同意放行。那是我在事后反复想起的事情之一。要是她拒绝了我们的请求，托德就会不得不跟我待在家里，托德就不会死。至少他们中有一个会逃过一劫。至少他们中有一个不会从七千英尺的高空坠落，而我也不会被孤零零地一个人留在原本四个人住的房子里。当然，还有其他事情，还有其他各种可能性，它们纠缠着我折磨着我，使我一次又一次地走进同样的死胡同。每件事情都被联系起来，因果链条上的每个环节都成了灾难进程的一部分——从我岳父腿上的恶性肿瘤到那一周中西部的天气到订机票的旅行代理的电话号码。最糟的是，是我坚持要开车把他们送到波士顿，这样他们就可以直飞到密尔沃基。我不想让他们从伯灵顿走。那意味着先要乘一架十八座的螺旋桨飞机到纽约再转机，我对海伦说我不喜欢那些小飞机。它们太危险，我说，我受不了让她和孩子们在我不在场的情况下乘坐那种飞机。所以他们没坐——为了不让我担心。他们去坐了更大的飞机，那架飞往地狱的飞机。更可怕的是，我几乎是争分夺秒地把他们送到那儿去的。那天早晨堵车堵得很厉害，当我们终于开到斯普林菲尔德上了麦斯派克高速的时候，我不得不超速行驶才及时赶到了洛根机场。

我不太记得那年夏天我是怎么过的。连续好几个月，我都陷在自哀自怜的酗酒泥潭里不能自拔，我几乎足不出户，不吃东西不刮胡子不换衣服。我的大部分大学同事在8月中旬之前就离校了，因此免去了许多来访，以及连带的那套安慰悼念的陈词滥调。他们当然是好意，无论何时有朋友过来，我总是请他们进屋坐坐，但那些眼泪汪汪的拥抱和漫长尴尬的沉默实在于事无补。我发现还是让我一个人待着比较好，还是让我一个人在黑暗中自生自灭比较好。有时候，我既没有喝醉也不想瘫在起居室沙发上看电视，我就会在房子里到处乱走。我打开孩子们的房间，坐在地板上，让他们的玩具围绕在自己四周。我已经无法在脑海里直接或有意识地回忆出他们的样子，但是当我玩起他们的拼图板和乐高积木，当我把那些积木砌成复杂的巴洛克模型，我感到自己仿佛又重新拥有了他们——仿佛通过重复他们生前的动作，他们小小的魂魄又回到了这里。我翻阅托德的童话书，把他的棒球卡片按次序排好。我把马可的动物玩具按品种、颜色和大小分别归类，并且每次进去都变一下分类方法。时间就这样在不知不觉中流逝，实在受不了的时候，我便回到起居室再喝上一杯。难得有几晚我没在沙发上过夜的话，我一般都睡在托德床上。在我自己的床上，我总是梦见海伦在旁边，而每每我伸出手想去抓住她的时候，就会从梦中猛然惊醒，醒来后我两手颤抖大口喘气，感觉就像要被淹死一样。虽然天黑以后我就不再踏进卧室，但白天我常在那儿流连徘徊，我站在海伦的走入式衣橱里抚摸她的衣服，整理她的夹克和毛衣，把她的套装从衣架上拿下来铺在地板上。有一次，我把其中一件套到自己身上，还有一次我甚至穿上她的内衣，用她的化妆品给自己的脸部化妆。那是一次美妙的体验，但经过尝试之后，我发觉香水比口红和睫毛膏的效果更好。香水的气味能更活生生地、更持久地把她召唤回我的身边。值得庆幸的是，我在3月份她生日时送了她一瓶新的香奈儿5号香水。我规定自己一天只能用两次，一次一小滴，这样那瓶香水一直撑到了夏天结束。

接下来的秋季学期我请假没去学校，但我不想出门旅行，也不想看心理医生，我宁愿自暴自弃地继续窝在家里。9月底10月初的时候，我已经到了每晚都要喝掉大半瓶威士忌的地步。酒精使我感觉麻木，同时也使我彻底丧失了对将来的希望，而一个没有任何东西可指望的人，无异于一个死人。不止一次地，我发觉自己正在想象着吞下安眠药或打开瓦斯。我从来没有真正走到那一步，但现在每次回想起来，我便会意识到我曾经离死神有多么近。安眠药就摆在药柜里，有三四次我已经把药瓶从架子上拿下来了，我甚至已经把一把药片放在了手里。如果那种状态持续得再久一点，我很怀疑自己是否有力量能抵挡住死的诱惑。

正是在那种状态下，海克特·曼出其不意地闯入了我的生活。我对他是谁一无所知，也没有在任何地方见到过他的名字，那是在冬天即将开始前的一个夜里，外面的树枝已经变得光秃秃的，第一场雪蓄势待发，我在家里看电视，碰巧看到了一部他拍的老电影的片段，它看得我笑了起来。这听起来好像没什么大不了，但那是我自6月份以来第一次对着某样东西发笑，当我突然感到一股震颤从胸口涌起变成回荡的笑声时，我意识到我的人生还没有走到尽头，我的一部分自我还想继续活下去。笑声从头到尾持续了不过几秒钟，既不太响也不太久，但我还是被自己吓了一跳。我竟然没有对那笑声产生抵触感，我竟然没有为暂时忘记了自己的不幸而感到羞愧，我只能得出结论，在我内心里还存在着某种超出我想象的东西，某种还没有死透的东西。我并不是在说什么隐约的直觉或者对未来的渴望。我的发现完全是经验主义的，缺乏任何精确的论据。既然我还会笑，那就意味着我还没有彻底麻木，意味着我还没有把自己同这个世界彻底隔开，刀枪不入。

那是在晚上十点多一点。我跟往常一样缩在沙发的老位置上，一手拿着杯威士忌，一手拿着遥控器，心不在焉地变换着电视频道。我看到那个节目时它已经开始了几分钟，但我很快就断定那是部关于喜剧默片的纪录片。有很多熟面孔——卓别林、基德、劳埃德——不过也有些我以前从未听过的不太知名的片子和演员，比如约翰·巴尼、拉里·西蒙、拉皮诺·莱恩和雷蒙德·格里菲思等等。我半看半不看地盯着电视屏幕，当然谈不上聚精会神，但脑子也不至于走神开小差。海克特·曼直到节目很后面才出现，只有一个两分钟的场景片段，选自他的电影《银行出纳奇遇记》。故事发生在一家银行，海克特在里面饰演一个辛勤工作的银行职员。我不知道为什么被它一下子抓住了，他穿一套白色的夏装，留着撇黑色的小胡子，正立在柜台前清点一沓钞票，他效率极高，动作快如闪电，表情全神贯注但又透露出某种狂躁不安。我看得目不转睛。楼上，装修工正在给银行经理的办公室安装新地板。房间对面，一名漂亮的女秘书坐在办公桌上一台巨大的打字机后边涂指甲油。一开始，似乎没有任何东西能让海克特分心。但接着，渐渐地，一连串的锯屑开始掉到他的夹克上，几秒钟后他终于瞥见了那个女孩。一个笑点突然变成了三个，从那一刻起，他就开始像来回转圈一样，在工作、虚荣心和欲望组成的三角形之间转来转去：一边忙着继续点钱，一边要保护自己心爱的外套，一边还迫不及待地想跟那个女孩眉目传情。时不时地，他的小胡子便惶恐地抽搐一下，就像是插入情节的一声叹息或一句旁白。但与其说这是一出混乱的闹剧，不如说是一曲流畅的交响乐——外在物件、内在大脑和身体语言完美地融为一体。每次海克特点钱被打断，他就得重新开始，而那只能迫使他更飞速地运动手指。每次他抬头看天花板上灰尘从哪儿掉下来，工人都恰好刚刚用块新地板挡住洞眼。每次他向那个女孩抛飞眼，她就碰巧看到别的地方。但即便如此，海克特仍在设法竭力保持镇静，竭力不让这些小干扰妨碍他工作或破坏他良好的自我感觉。也许它并非我所看过的最有趣的喜剧片段，但我完全被它迷住了，当海克特的小胡子抖到第二或第三下时，我不禁笑起来，事实上，是大声笑起来。

有个画外音在旁白，但我太沉浸于海克特的表演，没怎么听清他在说什么。我想大概是有关他在电影界的离奇消失，好像还提到他被认为是喜剧短片时代最后一个重要的滑稽演员。到了二十世纪的二十年代，绝大多数成功而又富有创新精神的滑稽演员都已经转向了故事长片，这导致了喜剧短片的水准直线下降。海克特·曼并没有在艺术上做出什么新的贡献，那个画外音说，但他被公认为是一位具有非凡肢体控制力的天才型演员，一位值得关注的新人，如果他的电影生涯不是结束得那么突然，他想必会拍出一些重要的作品。这时那个电影片段结束了，我开始更加认真地听那个画外音的评论。几十名喜剧演员的剧照一张接一张地在屏幕上闪过，那个声音哀叹着，为这么多默片的湮灭而惋惜不已。它们有的被扔在地下室任其腐烂，有的被付之一炬化为灰烬，有的则被当成垃圾不知流落何方，随着电影中声音的出现,大量的默片永远地消失了。但尚存一线希望,那个声音补充道。偶尔也会有一些老电影重见天日,近年来就有不少令人瞩目的发现。海克特·曼就是一个例子,他说。直到1981年为止,全世界只能找到三部他的电影。他的其余九部作品都遗失了,只能通过各种二手资料——新闻报道、影评、电影剧照、剧本梗概——略知一二。然而,1981年的11月,一件匿名包裹寄到了位于巴黎的法国国家电影档案馆。包裹显然寄自洛杉矶市中心的某处,里面是一份近乎原版的电影拷贝:《跳娃娃》,海克特·曼的第七部作品。接下去的三年里,八件类似的包裹被陆陆续续地寄到世界各地的各大主要电影档案机构:纽约的现代艺术博物馆、伦敦的英国电影学会、罗彻斯特的伊斯曼纪念馆、华盛顿的美国电影学会、伯克利的太平洋电影档案馆,以及又一次,巴黎的电影档案馆。及至1984年,海克特·曼的全部作品都已被这六家机构收藏。每件包裹都发自不同的城市,从克利夫兰到圣地亚哥,从费城到奥斯丁,从新奥尔良到西雅图,这些地方全都风马牛不相及,加上包裹里从未有过片言只语,因此捐赠人的身份始终无法确认,他是谁,他住哪儿,甚至就连推测一下也无从着手。谜一样的海克特·曼身上又多了另一个谜,那个画外音说,不过无论如何,电影界对这个神秘人的礼物感激备至。

我对谜之类的东西不感兴趣,但就在我坐在那儿望着电视上的片尾字幕时,我意识到自己很想看看这些电影。这十二部影片散布在欧美六座不同的城市,要想全看的话,非得花上一大把时间才行。起码好几个礼拜,我推算,甚至可能要一个或一个半月。在那一刻,我根本没料到自己会写一本关于海克特·曼的书。我只是想找点事做,在准备好回学校上班之前,我想先找点无害的杂事来充实自己。已经有将近半年时间,我眼看着自己一步步潦倒堕落,我很清楚,再这么下去,我只有死路一条。所以无论那是什么事,无论我是否能从中得到些什么,都无关紧要。在那种情况下,任何选择其实都是随机的,只不过那天晚上恰好有个念头闪过脑海,于是在两分钟电影和一声短笑的刺激下,我决定浪迹天涯去看那些默片。

我并非一个电影人。二十多岁大学研究生毕业后我就开始教授文学,从此我的所有工作都跟书本、语言和文字联系在一起。我翻译了一些欧洲诗歌(洛尔迦、艾吕雅、莱奥帕尔迪、米修),给报章杂志写评论,并出版了两本书。《战地之音》,我的第一本书,是一部研究政治与文学关系的论文,主要内容是分析汉姆生、塞利纳和庞德的作品与他们"二战"期间亲法西斯行为之间的关联。我的第二本书,《通往阿比西尼亚之路》,可以看作是某种对沉默的思考,在书中我重点评述了那些放弃写作、陷入沉默的作家。

比如兰波、达西尔·哈米特、劳拉·瑞丁、J.D.塞林格，以及其他一些不那么有名的诗人和小说家，他们都由于这样那样的原因而终止了写作。海伦和孩子们去世的时候，我正在计划写一本有关司汤达的新书。并不是说我对电影有任何反感之处，只是它们对我从来都不那么重要，在超过十五年的学术生涯中，我一次也没想过要就电影说点什么。我跟其他普通人一样喜欢看电影——作为一种消遣，一种无伤大雅的娱乐，一种放松。不论有时电影画面多么美轮美奂，多么引人入胜，它们都无法像文字那样让我从心底感到满足。它们提供的信息量太多了，我觉得，没有给观众的想象力留下足够的空间，这造成了一种悖论，电影模拟现实世界模拟得越像，它表现现实世界的能力就越弱——世界不仅仅在我们周围，同时也在我们脑中。那就是为什么我总是本能地喜欢黑白照片胜过彩色照片，喜欢无声电影胜过有声电影。电影是一种视觉语言，它通过投射在二维银幕上的图像讲故事。声音和色彩的加入增添了图像的三维感，但同时也剥夺了它们的纯粹性。图像不再需要担负起所有的功能。但声音和色彩并没有把电影变成某种完美的综合媒体，变成某种反映所有可能性世界的最佳手段，它们反而减弱了图像语言本来所应具有的力度。那天晚上，看着海克特和他的同行在我佛蒙特的起居室里来来往往，我突然意识到自己正在目睹一门已经死亡的艺术，一门已经彻底灭绝并且永不再现的艺术。然而，即便如此，在经历了那么多年的时代变迁之后，他们的作品却仍像当初刚出现时一样鲜活，一样生气勃勃。那是因为他们对自己那套独特的语言已经了如指掌。他们发明了用眼神造句，他们创造了一套纯粹的肢体语言，除了影片背景中那些服装、汽车样式和古老的家具，那套语言永远都不会过时。在那种语言里，思想转化成了动作，人们用自己的身体表达自己，因此它通行于所有时代。大多数的喜剧默片甚至都懒得讲故事。它们就像诗，就像对梦的翻译，就像令人眼花缭乱的灵魂的芭蕾舞，也许是因为它们已经死了，它们似乎对现在的我们比对它们那个时代的观众显得更为深刻。我们隔着一条巨大的遗忘的深渊观赏着它们，而把我们与之分开的东西，其实正是它们如此吸引我们的东西：它们的无声，它们色彩的贫乏，它们那一阵阵的、加快了的节奏感。这些都是不利因素，这些因素增加了我们观看的难度，但同时也把图像从模拟真实世界的重负下解放出来。有了它们拦在我们与那些默片之间，我们就不用再假装自己正在观看一个真实的世界。扁平银幕上的那个世界只存在于二维空间里。第三维在我们的脑中。

我决定第二天就整装出发——没有任何东西能阻止我。我已经请了一学期的假，再下个学期要到1月中旬才开学。我可以做任何我想做的事，去任何我想去的地方，事实上，如果我需要更多的时间，我可以一直走下去，走过1月，走过9月，走过所有的9月和1月，只要我愿意。这就是荒谬残忍的命运对我的嘲弄。自从海伦和孩子们遇难时起，我就成了一个阔佬。第一笔钱来自我在汉普顿大学开始教书后不久与海伦一起商量买下的人寿保险——求个心安，那个保险推销员说——因为保费不高，又跟大学的保健福利挂钩，我们每个月只用付一点无关痛痒的小钱。飞机失事后我甚至都不记得有这笔保险，但不到一个月后，一个男人找上门来，交给我一张几万美元的支票。紧随其后，航空公司又付给每个遇难者家庭一笔抚恤金，作为在空难中失去三个亲人的家属，我最终获得了一大笔赔偿费，一大笔为意外死亡和天灾而支付的补偿金。

　　海伦跟我一直在靠我的工资和她自由撰稿挣来的零星稿费拮据度日。在那个时候，哪怕千把块的外快都会大大改善我们的生活。现在我有了成千上万的千把块，但却已经毫无意义。钱到账后，我汇了一半给海伦的父母，但他们把钱又寄了回来，他们谢谢我的好意，但明确表示不想要那笔钱。我给托德的小学买了一套新的操场运动器械，向马可的托儿所捐赠了价值两千美元的童书和一座高科技的游戏沙池。我又成功说服我妹妹和她那在巴尔的摩当音乐老师的丈夫接受了一笔来自"齐默死亡基金"的大额现金捐款。要是家族里有更多人的话，我会把那些钱都送光的，但我父母早已不在人世，而德波雅是我唯一的妹妹。于是，我以海伦的名义在汉普顿大学设了一个基金：海伦·马克汉姆旅行基金。基金的运作方式很简单，每年都会有一笔现金奖励给当年在人文学科表现最优秀的毕业生。这笔钱必须被用于旅行，但除此之外没有任何附带的规定、条件或要求。奖金获得者由大学几个不同系科（历史系、哲学系、英文系和外语系）教授组成的不固定的评委会来选定，获得马克汉姆奖金的学生可以用那笔钱做任何他或她认为合适的事，没有人会过问——只要钱是被用作支付出国旅行时的费用就行。启动这个计划当然需要一笔数目可观的投入，但那点数目（相当于我四年的工资）现在对我来说不过是小菜一碟，而且即使在我想了这么多点子花了这么多钱之后，剩下的钱还是多得让我不知道该怎么办才好。那是一种极为怪异的感觉，一种超常的病态的富有，因为那里面的每一分钱都是用鲜血换来的。如果不是计划突然改变的话，我也许会继续送下去，直到一无所有。但就在那个11月初寒冷的夜晚，我决定要去做一次旅行，没有那些钱做后盾，我绝不可能这么心血来潮地说走就走。在此之前，那些钱对我除了是个负担什么都不是。而现在我把它看成是一剂特效药，一种防止我内心彻底崩溃的止痛膏。在外住酒店吃饭将是一笔不小的开销，但平生第一次我不用再为是否付得起钱而操心。除了绝望与不幸，我还拥有自由，而且因为囊中充实，我可以自由支配我的自由。

有一半海克特的电影我可以开车去看。罗彻斯特在西边，大约六小时车程。纽约和华盛顿则笔直向南——纽约大概要五个小时，再五个小时到华盛顿。我决定从罗彻斯特开始。冬天已经逼近，我越是推迟去那儿的时间，就越有可能遇上暴风雪，从而被困在北方的冰天雪地里。第二天早上，我打电话到伊斯曼纪念馆，要求观看他们的馆藏电影。我根本不知道像这种事情该怎么开口，为了使自己听上去不至于太傻，在电话里自我介绍的时候，我说自己是汉普顿大学的一名教授。我希望这个头衔够分量，能让她以为我是个正经人——而不是某个哪里冷不丁冒出来的怪家伙，虽然实际上我就是那样一个怪家伙。噢，电话另一头的那个女人说，你是不是要写关于海克特·曼的文章？她说话的口气听起来似乎这个问题根本毋庸置疑，稍作停顿，我只好顺水推舟地嘟哝了几句。是的，我说，没错，正是如此。我正在写一本关于他的书，为了做研究我需要看看这些电影。

一切就这样开始了。幸亏开始得早，因为一看完罗彻斯特馆藏的两部影片（《赛马俱乐部》和《包打听》），我就意识到自己并非仅仅在打发时间。海克特的天才和技艺跟我预计的毫无二致,如果他的其他十部影片也有这两部的水准,那么完全值得为他写一本书,将他重新挖掘出来。因此,从一开始,我就不仅仅只是在观赏海克特的电影,我是在研究它们。假如没有与罗彻斯特那个女人的那番对话,我也许永远都想不到要走这一步。我的原计划要简单得多,我估计原计划顶多只能让我忙过圣诞节或来年年初。而事实上,直到2月中旬我才把海克特的那些电影全部看完。我原本的打算是每部电影只看一遍。但结果每部我都看了好多遍,本来一个地方只要花上几个小时,现在我却要停留好几天,我用平台式剪辑机和摩维拉*,从早到晚接连不断地看,我不停地进带倒带,直到眼睛都睁不开为止。我做笔记,查参考书,巨细无遗地记下所有的心得,从镜头切换到拍摄机位到灯光位置,我对每个场景的方方面面都仔细地进行分析,哪怕最次要的因素也不放过。每到一地,不待到胸有成竹,不待到对电影的每一寸胶片都了如指掌,我绝不离开。

我没去想这么做到底值不值得。我把这当成是我的工作,对我来说唯一要紧的就是把这项工作坚持下去并确认它得到了落实。我很清楚海克特只不过是个二流角色,只

---

* Moviola,一种具有小型看片银幕,由马达带动的有声剪辑机器。由于广泛使用,所以几乎已经成为剪辑机的同义词。

不过是那些失败者和倒运的竞争者名单上的一个小小遗漏,但尽管如此,我还是被他的作品所深深折服,并乐在其中。那些电影都是他在一年时间里以每个月一部的速度拍摄出来的,它们的制作成本是如此低廉,与筹拍一般喜剧默片中常见的那种大场面和惊险镜头所需的费用相差如此之远,以至于他能拍出任何东西都是个奇迹,更别说是十二部光彩夺目的电影了。我在资料上看到,海克特是以道具师和布景师的身份在好莱坞起步的,非常偶然地,他开始渐渐在一些喜剧片里担任小角色,而最终让他有机会执导并主演自己电影的,是一个名叫西摩·汉特的人。汉特是一名来自辛辛那提,一心想打入电影界的银行家,1927年初来到加利福尼亚组建了自己的电影制作公司:万花筒电影公司。此人的性格暴躁和两面派作风众所周知,他根本不懂该怎么制作电影,甚至对简单的商业运作也不在行。(万花筒电影公司在成立一年半后即告关门大吉。汉特被起诉股票诈骗和贪污,案件还没有开庭审理,他就上吊自杀了。)为了拍电影,海克特饱受折磨:资金短缺,人手不足,外加汉特没完没了的插手干涉,但即便如此,海克特还是抓住了这次机会,并将其发挥到了极致。他们没有剧本,当然,也没有什么事先的计划。只有当海克特跟另外两个叫安德鲁·墨菲和朱尔斯·布劳斯坦的喜剧作者凑在一起时,他们才会临时即兴创作剧本,他们常常夜间在借来的摄影棚里拍摄，工作人员无精打采，机器设备则都是二手货。他们根本没钱拍摄十几辆汽车相撞或一头牛受惊狂奔之类的镜头。在他们的电影里，房子不会倒塌，大楼不会爆炸。没有洪水，没有飓风，没有异国情调。就连临时演员也非常珍贵，假如一个场景拍坏了，他们可不敢奢望能在电影结束以后重新补拍。一切都必须按进度准时完成，根本没时间斟酌掂量。喜剧默片中搞笑的指导原则是：一分钟要让观众笑三次，这样他们才会掏钱看电影。在这种种不利因素的干扰之下，面对强加到他身上的诸多限制，海克特却显得游刃有余。他的作品都很朴实，但里面却蕴涵着一种亲切感，使你被它吸引，并不由自主地产生共鸣。我开始明白了为什么那些电影学者都对他的作品尊敬有加——我也明白了为什么同时他们谁也没有对这些作品产生特别的兴趣。他没有开拓出任何新的艺术领域，很明显，那个时代的历史并不会因为这些电影的重新出现而需要被重写。对于人类艺术而言，海克特的电影不过是个微小的成就，但它们并非微不足道，看得越多，我就越喜欢它们，它们充满了优雅而灵巧的机智，它们的表演既滑稽又动人心弦。很快我就发现，还没有一个人曾把海克特的所有影片全部看过。他的最后几部作品才刚刚被发现没多久，而且没人会为了看完他的电影而专程到位于世界各地的有关档案馆和博物馆去转上一圈。如果我能实现我的计划，我将会是第一人。

离开罗彻斯特之前,我打电话给史密茨,汉普顿大学的系主任,告诉他我想再请一学期的假。一开始他有点难以接受,声称我的课已经被排在课程表上了,于是我对他撒谎说我正在接受心理治疗,他随即表示道歉。那是个拙劣的谎话,我觉得,但那时我正挣扎在生死关头,实在没力气向他解释为什么观看默片突然变得对我如此重要。结果我们又友好地寒暄了几句,最后他祝我一切顺利,虽然我们都装作以为我还会在秋天返校,但我想他已经感觉到了我的去意,我的心已经不在那儿了。

我在纽约看了《丑闻》和《乡村周末》,接着又赶到华盛顿看了《银行出纳奇遇记》和《兼得或落空》。我通过杜邦圆环区的一家旅行代理为余下的行程订了票(坐"美铁"*去加利福尼亚,再乘"伊丽莎白二世女王"号邮轮去欧洲),但第二天早上,我突然一阵心血来潮,取消了订票,决定改乘飞机。这么做的确很蠢,但我想既然已经开了一个好头,就应该趁热打铁才对。哪怕为此我将不得不说服自己去做一件已经决定永不再做的事情。我不能让步调变慢,如果一定要借助药物解决问题的话,我已经准备好了吞下那些药片,不管需要多少。一位美国电影学会的女士给了

---

* 美国铁路客运公司的简称。

我一个医生的名字。我原以为那顶多不会超过五到十分钟。我会告诉他我为什么需要那种药，他会开张处方，如此而已。毕竟飞行恐惧是常见的病症，因此没必要跟他说海伦和孩子们的事，没必要对他袒露心声。我所需要的只是把我的中枢神经系统暂时关闭几个小时，因为那种药你没法在药店柜台上直接买，所以他唯一的作用就是给我开一张上面有他签名的处方单而已。但事实证明辛格医生是个细心严谨的人，他一边替我量血压听心音，一边问我各种问题，结果使我在他的诊所里待了足足三刻钟。他太聪明了，不可能被骗倒，于是一点一点地，真相水落石出。

我们每个人都会死，齐默先生，他说。是什么让你觉得你刚好会死在飞机上呢？如果你相信统计学告诉我们的数据，你坐在家里的死亡几率要大得多。

我不是说我怕死，我回答道，我是说我怕坐飞机。这不一样。

但如果飞机不失事，你又有什么好怕的呢？

因为我无法再相信自己。我怕我会失去控制，我不想出洋相。

我不敢说我听懂了。

我觉得自己只要一登上飞机，甚至还没走到座位上，我就会发作。

发作？你指什么方面的发作？精神上的？

是的，我会当着四百名陌生人的面垮掉，失去理智。我会发狂。

你认为你会怎么做？

看情况。有时我会尖叫。有时我会打别人的脸。有时我会冲进驾驶舱想要掐死飞行员。

没人拦住你吗？

当然有了。他们蜂拥而上把我按倒在地。他们把我揍得屁滚尿流。

你最后一次跟人打架是什么时候，齐默先生？

我不记得了。当我还是个男孩的时候吧，我想。十一二岁。校园里的愣头青。为了保护自己不受班上流氓的欺负而大打出手。

那是什么让你觉得现在你又要开始大打出手了呢？

没什么。那只是一种挥之不去的感觉，仅此而已。如果有什么事情不对劲，惹恼了我，我就会变得无法自控。什么事都有可能发生。

但为什么偏偏是在飞机上？为什么在地面上你就不怕自己失去控制？

因为飞机很安全。这点人所皆知。飞机安全、快捷、高效，一旦你升上天空，就什么事都不会发生到你头上。

那就是我为什么害怕的原因。不是因为我觉得自己会死——而是因为我知道我不会死。

你曾经试过自杀吗，齐默先生？

没有。

那你曾经有过自杀的念头吗？

当然有。是人都会有。

那是否就是你到这儿来的原因？这样你就可以揣着开有某种强效致命药品的处方出去自行解决？

我需要的是遗忘，医生，而不是死亡。药物会让我睡着，只要我失去意识，我就不用去想我正在做什么。我在那儿，但我又不在那儿，只要我不在那儿，我就能被保护起来免受伤害。

免受什么伤害？

免受我自己的伤害。免受知道什么都不会发生到我头上的那种折磨。

你希望有一段安稳的风平浪静的飞行。我还是不明白为什么那会让你觉得害怕。

因为运气在我这边。我会安全地起飞，安全地降落，一抵达目的地，我就会活着走出飞机。那很好啊，你会说，但一旦我那样做了，我就会对我所信仰的一切都嗤之以鼻。我那样做是对死者的侮辱，医生。我把一出悲剧变成了一个简单的倒霉事故。现在你明白了吗？我等于是在告诉死者他们死得毫无意义。

他明白了。我并没有说太多，但这位医生敏感而老到，他能自己猜到剩下的话。J. M. 辛格，这位皇家医科大学的毕业生，乔治城大学医院的内科住院医师，带着一口精确的英国口音和一头过早谢顶的头发，终于突然领会了我在那个狭小的、亮着荧光灯和耀眼的金属表面反光的隔间里想向他表达的意思。我还坐在检查台上，一边系衬衫扣子一边低头望着地面（我不想去看他，我不想万一流泪让他看到，那会让人很难堪），就在这时，经过一段感觉漫长而尴尬的沉默之后，他把手放到我的肩膀上。对不起，他说，实在对不起。

那是数月来第一次有人碰到我的身体，我发觉那很别扭，我很反感自己被变成一个某人怜悯的对象。我不需要你的同情，医生，我说，我只需要你的药片。

他轻轻皱着眉头后退几步，然后坐在角落的一张凳子上。当我扎好衬衫，我看见他从他的白大褂口袋里掏出一本处方簿。我可以给你开药，他说，但在你起来离开之前，我希望你能再慎重考虑一下。我想我能理解你的想法，齐默先生，我不愿意让你像这样自我折磨。还有很多别的旅行方式，你知道。也许你现在还是不要坐飞机为好。

我已经骑虎难下了，我说，我已经横下一条心。路程实在太远了。我的下一站是加利福尼亚的伯克利，再接着我要去伦敦和巴黎。去西海岸的火车要花三天时间。来回就是六天，再加上往返横渡大西洋的十天，也就是说我至少要浪费掉十六天。我该怎么打发这些时间？呆呆地望着窗外看风景？

放慢节奏并非一件坏事。那会有助于缓解压力。

但压力正是我所需要的。现在只要我一松懈，我就会崩溃。我就会土崩瓦解，我就会灰飞烟灭，我就永远再也无法复原。

我说这些话的样子是那么激动，我的声音是那么诚恳而热切，以至于医生差点都笑了——或者至少是在忍住笑意。那好吧，我们都不想那种事情发生，不是吗？他说。如果你这么一心一意地想飞，那就去飞吧。但要保证只朝一个方向飞。说完这句莫名其妙的话，他从袋里拿出一支笔，在处方簿上潦草地写了一串难以辨认的字符。给你，他说，撕下第一张递到我手里。你的赞安诺*航班的机票。

没听说过有这种药。

赞安诺。一种十分危险的强效药。只能在医生指导下使用，齐默先生，你会变成一个傻子，一个完全失去自我意识的物体，一具行尸走肉。你可以靠这玩意飞越所有的大陆和海洋，我担保你甚至都察觉不到自己已经离开了地面。

---

* Xanax，用于治疗焦虑症、抑郁症、失眠等，可作为抗惊恐药。

第二天的下午三点左右，我人已经在加利福尼亚。不到二十四小时之后，我走进太平洋电影档案馆的小型放映厅观看了另外两部海克特的影片。结果证明，《探戈之乱》是他最狂野、最令人兴奋的作品之一；《家园》则属于最精致的那一类。我花了超过两周的时间在这两部电影上，我每天早上十点整准时抵达档案馆所在的大楼，甚至在他们闭馆时（圣诞节和元旦），我也待在宾馆里继续工作，我阅读相关的书籍，整理充实所做的笔记，为旅行的下一站做好准备。1986年1月7日，我又吞了几颗辛格医生的魔法药片，从旧金山直接飞往了伦敦——连续六千英里的恐惧号航行。这次需要的药量比上次要大，但我担心那还不够，就在临上飞机之前，我又多吃了一颗药。我本该知道最好不要违反医嘱，但在飞行中途醒来的想法使我胆战心惊，结果我差点让自己永远睡过去。我那本旧护照上的印戳证明我在1月8日到了英国，但我对下飞机、过海关以及如何到宾馆，全然一无所知。直到1月9日早上，我在一张陌生的床上醒来，我的人生才又重新开始。我从未如此彻底地失去知觉。

现在还剩下四部影片——伦敦的《西部牛仔》和《隐形人》；巴黎的《跳娃娃》和《道具师》——我意识到这将是我看到它们的唯一机会。必要的话我随时可以重新造访美国的电影档案馆，但重回英国电影学会和法国国家电影档案馆则机会渺茫。我好不容易才来到欧洲，我不想再有下一次。出于这个原因，我在伦敦和巴黎待的时间长得超出了预计——总共大概有七个星期，简直就像某种半个冬天都在地下疯狂挖洞的穴居动物。我的投入和专注就是到了那样的地步，但渐渐地这项工作被提到了一个新的高度，变成了一种近乎着魔状态的一意孤行。我的表面目的是研究和分析海克特·曼的电影，但事实上我是在教导自己如何集中精力，训练自己如何只去考虑一件事情。那是一种偏执狂式的生活，但那是当时唯一能让我免于崩溃的办法。当我终于在2月份返回华盛顿的时候，我先是靠赞安诺的效用在"飞机旅馆"上睡了一觉，然后接着，第二天早上的第一件事，就是去供长期停车的停车场取了汽车，直奔纽约。我不打算再回到佛蒙特。如果我要写书，我就要找个地方躲起来，而世界上所有的城市里，纽约最让我动心，因为纽约最有可能消除我的神经质。我花了五天时间在曼哈顿寻找公寓，但一无所获。当时正值华尔街股票暴涨的最高峰，离1987年的大崩盘还有整整二十个月，出租和转租的公寓都非常短缺。最终，我开车过桥到了布鲁克林高地，租下了我看到的第一个地方——一套位于皮诺庞特街，那天早上才刚刚挂牌的一居室公寓。那里又贵，光线又暗，装修也很糟糕，但我已经觉得很幸运了。我买了一张床垫放在卧室，一张桌子和一把椅子放在另一个房间，然后就搬了进去。租金付了一年。租期从3月1日开始,正是从这天起,我开始写那本书。

2

在身体前面,是面孔,在面孔前面,是海克特鼻子和上唇之间那条细细的黑线。如同一缕焦虑颤动着的灯丝,一条形而上学的跳绳,一根让人眼花缭乱的体操舞带,那道小胡子就是海克特内心世界的一台地震仪,它不仅能逗你发笑,还能告诉你海克特正在想什么,实际上它甚至可以把你带入海克特的内心深处。另外还有其他一些因素——眼睛、嘴、仿佛精确测量过的踉踉跄跄——但只有小胡子是同观众交流的工具,虽然它讲的是一种无声的语言,它的一扭一颤却像用莫尔斯电码打出的信息一样清晰易懂。

而没有摄影机的介入,这一切都不可能。让胡子自如说话要归功于镜头的运用。在海克特的每部电影里都有这样的画面:镜头角度突然一变,一个远景或中景被一个大特写代替。海克特的面孔顿时充满整个屏幕，随着背景元素的骤减，那道小胡子便成为世界的中心。它开始动起来，由于海克特的技巧已经高超到可以控制住其他的脸部肌肉，表面看起来小胡子似乎是自己在动，就像一只有独立知觉和意志的小动物。他的嘴角总是翘起一点儿，鼻孔十分轻微地开合，但每当小胡子滑稽地动来转去时，他的脸部就完全静止不动，那种静态仿佛一个人看着镜中的自己，因为那一刻海克特充满了令人信服的人性，那一刻他成了我们所有人单独面对自己时的写照。这些特写镜头常被留着用在故事当中情节的转折点上，用在最紧张或最惊人的重要关头，它们的持续时间从来不会超过四五秒钟。当它们出现时，其他的一切都停止了。胡须开始自言自语，在这宝贵的时刻，行动让路给了思想。我们能够读出海克特脑中的内容，就像阅读写在屏幕上的句子似的，这些句子在消失之前，显眼得简直像脸上的一座大楼，一架钢琴，或者一块馅饼。

　　动起来，那道小胡子就成为可以表达所有各种想法的工具。静下来，它也不仅仅只是个装饰。它标志着海克特在这个世界上的位置，它塑造了他所扮演的角色类型，它确定了他在别人眼中的形象——它只属于一个人所有，它是那样一条又细又油又怪诞的小胡子，任何人都不会搞错。他就是那个南美花花公子、拉丁情人、皮肤黝黑热血沸腾的流氓先生。再加上梳得滑溜溜的背头和不离身的白色外套，其结果便是一个十足的放荡不羁与文质彬彬的混合体。这就是所谓的图像代号，让人一眼便能看出个究竟。在银幕上那个布满各种愚蠢陷阱的世界里，不是窨井盖没了就是雪茄烟爆炸了，事情总是势不可当地接踵而至，因此只要你一看到一个穿着白色外套的男人沿街走来，你就知道那件衣服要给他惹麻烦了。

除了小胡子，那件外套是海克特表演中最重要的元素。小胡子连接着他内在的自我，是一个表现欲望、思考和内心风暴的转换器。那件外套则体现了他与现实世界的关系，在周围灰不溜丢的环境反衬下，它就像台球桌上的白色主球一样光芒四射，磁铁般吸引着观众的目光。海克特在每部电影里都穿着那件外套，而且每部片子里都至少有一大段是围绕着如何保卫它不被弄脏而展开的。泥浆和机油、意大利面酱和碎沙砾、烟囱煤灰和飞溅的污水——时不时地，每样黑乎乎的脏水和脏东西都在伺机去污辱海克特那件外套的高贵尊严。那件外套是他最骄傲的财产，为了让世人过目难忘，他穿它时总带着一副风度翩翩见多识广的派头。每天早晨他就像一个骑士穿上盔甲那样套上它，对于现实社会为他准备好的无论什么战斗都严阵以待，哪怕一次也不会停下来想想看自己是否正在走向原本期望的反面。他非但不会保护自己躲避各种潜在的打击，他还把自己变成了一个靶子，一个百米之内所有可能发生的倒霉事件的聚焦点。而那件白外套就是海克特倒霉的标志，它给那些捉弄他的笑话抹上了一层感伤的色彩。他有种优雅的顽固不化，他深信那件外套能使他成为最引人注目和最有魅力的男人，由此海克特把自己的虚荣提升成了一桩令观众同情他的原因。当你在《兼得或落空》里看着他一边按女朋友家门铃一边轻拂外套上假想的灰尘时，你不再是在观看一个自恋的示范表演，你是在目睹自我意识对一个人的折磨。那件白外套把海克特变成了一个受害者。它把观众拉到了他这边，而一旦一名演员做到了这一点，他就可以无往不胜。

就外表来说，要当一个彻底的小丑他太高，要像其他喜剧演员那样演演天真的笨汉他又太帅。黑亮生动的眼睛，挺拔优雅的鼻梁，海克特看上去就像个二流的偶像明星，像个走错剧组却表现超乎预料的浪漫派小生。这样一个人的突然出现似乎违背了喜剧成规。一般都以为滑稽演员要么小个，要么畸形，要么肥。他们都是些捣蛋鬼和小丑、傻瓜和弃儿、装成大人模样的小孩和脑子像小孩般的大人。想想阿布科尔的婴儿肥，想想他那害羞的痴痴傻笑和涂了口红的女性化嘴唇。回忆一下他那每次一有女孩看他就伸进嘴里的食指。再来看看那些公认的喜剧大师赖以成名的道具和装备：卓别林衣衫褴褛脚踏软鞋的走路姿势；劳埃德戴着角质架眼镜的勇敢的胆小者形象；基顿头顶烙饼帽的冷面蠢相；兰东那皮肤白得像石灰的痴呆状。他们全都是些不上路的家伙，因为这些角色既不会对我们构成任何威胁，也不会让我们觉得嫉妒，所以我们都全力支持他们去击败敌人赢取芳心。唯一的问题是我们不太确定当他们和女孩单独相处时是否知道该怎么对付她。而对于海克特，我们从未有过这种疑问。当他对一个女孩使眼色时，十有八九她也会对他回眼色。而当她这么做的时候，很显然他们谁也不会想到结婚。

当然，无论如何，笑声是必不可少的。海克特不是你会称之为可爱的那种类型，他也不是会让你觉得可怜难过的那种人。如果说他能赢得观众的同情，那是因为他从来不知道什么时候该放弃。他努力工作，也寻欢作乐，可谓是法国人所谓的纵情声色的凡夫俗子*的完美化身，他并没有与世界脱节得那么厉害，他只是一个周围环境的牺牲品，一个接连不断陷入坏运气的倒霉蛋。海克特的脑中老是有某个计划，某个企图，但却似乎总有一些事情冒出来阻碍他实现自己的目标。他的电影里充满了莫名其妙的自然事故，古怪的机器故障，以及各种拒绝正常运转的东西。一个自信心不足的人早就会被这些挫折击溃了，但除了偶尔

---

*　原文为法语：l'homme moyen sensuel。

恼火发作以外（仅限于小胡子的独角戏），海克特从不抱怨。门夹了他的手指，蜜蜂蜇了他的脖子，雕像砸到他的脚趾头，但每每他都对这些不幸置之一笑继续前进。你不禁开始佩服他的坚定不移，佩服他那张苦脸上所表现出来的崇高的镇定自若，但最引人注目的还是他的走路方式。他有上千种不同的姿势，其中任何一种都能让你目瞪口呆：轻快敏捷地、满不在乎若无其事地，他一一穿越生活中的种种障碍，连哪怕最轻微的笨拙或害怕也看不出来。

他的腾挪躲闪，他那猛地一掉头，那激烈的孔雀舞步，他的一步并成两步走，单脚跳，伦巴舞式的旋转，全都让你眼花缭乱。请观察一下他手指头的轻弹和拨弄，他熟练的定时呼气，以及当他看到什么意外东西时头颈的轻微耸起。这些小技巧起着表现人物性格的作用，但它们本身也给人以一种愉悦感。即使当捕蝇纸粘在他鞋底，当家里的小男孩用绳子套住他（把他的胳膊绑在身体两侧），海克特也依然保持着不同寻常的优雅与沉着，从不怀疑自己将会从困境中脱身——就算另一个麻烦正在下一个房间等着他。对海克特来说，这当然糟透了，但这也正是他的独特之处。关键不在于你要怎么去躲避麻烦，而在于麻烦来临时你要怎么去应付它。

通常来说，海克特都把自己放在社会的底层。在他的影片里，他只有两次成了家（《家园》和《隐形人》），除了在《包打听》里他扮演的那个私家侦探和《西部牛仔》里他的旅行魔术师角色，在其他片子里他都是个工作卑贱、工资微薄、替别人辛苦打杂的普通雇员。《赛马俱乐部》里的侍者、《乡村周末》里的司机、《跳娃娃》里的上门推销员、《探戈之乱》里的舞蹈教师、《银行出纳奇遇记》里的银行职员，海克特常常以涉世未深的年轻人形象出现。他所希望的效果远不是什么催人奋进，但他也从未给人失败者的印象。他总是豪情满怀，看他干活时那副信心十足稳如泰山的样子，你就会明白他是个注定要成功的家伙。因此，大部分海克特的电影都会以两种方法收尾：要么他得到了那个女孩，要么他的英勇行为使老板对他刮目相看。而如果那个老板傻到忽视了他的功绩（有钱有势的人总被描绘成笨蛋），那个女孩就会注意到发生了什么，这就够了。不管什么时候，要在爱情和金钱之间做选择的话，爱情总是占上风的。比方说，在《赛马俱乐部》里海克特扮演一名侍者，他一边为几桌喝得醉醺醺的客人——他们正在为旺达·麦克珑荣获女子飞行冠军举行庆功宴——服务，一边设法抓住了一个珠宝大盗。左手，他用一只香槟酒瓶敲倒了那个贼；右手，他同时照样上菜，但因为酒瓶瓶塞飞了出去，一升的凯歌香槟喷射到领班身上，结果海克特失业了。不过不要紧。热情奔放的旺达小姐亲眼目睹了海克特的英勇事迹。她把她的电话号码塞给了他，在最后一幕他们一起登上她的飞机直上云霄。

在行为举止方面，海克特显得有些变化莫测，充满了各种自相矛盾的冲动和欲望。由于他的性格被描画得过于复杂，我们无法在他面前感到彻底放松。他不是那种典型的或常见的现成人物，对于他每一个让人觉得有意义的举动，都会有另一个相应的举动让人觉得不知所措，大跌眼镜。他淋漓尽致地展示了一个努力工作的外来移民的勃勃雄心，一个下决心要排除万难在美国社会为自己争得一席之地的男人形象，但只需一个美女的轻轻一瞥，便足以使他前功尽弃，使他的精心策划全都化为泡影。海克特在每部电影里的个性都差不多，但他的行为倾向并没有固定的先后之分，你根本没法知道他下一个念头会是什么。他既是个平民主义者又是个精英主义者，既是个色鬼又是个隐蔽的浪漫派，同时他又是个死板甚至一丝不苟的家伙，会熟练地摆出那种正儿八经的姿态。他会把身上最后一毛钱都施舍给街上的一个乞丐，但与其说他这么做是出于怜悯或同情，还不如说是因为这种行为本身所蕴涵的诗意使然。不管他多么辛勤工作，不管他在完成那些落到他头上的奴隶般的，而且通常都很荒谬的活儿时表现得多么卖力，海克特总是给人一种超然物外的感觉，就好像他有某种办法可以同时一边嘲笑自己，一边又鼓励自己。他似乎活在一种讽刺性的游离状态下，可以立刻一头扎进现实世界中去，但又可以从很远的距离去审视那个世界。在那部也许是他最好笑的电影《道具师》里，他把这种对立的视点灾难性地结合在了一起。那是他的第九部短片，海克特在里面扮演一个小型流动戏班子的舞台设计师。剧团开进了威西堡·弗斯镇，要在那儿演出为期三天的《叫花子没的选》，一出由著名法国戏剧家圣让·德拉皮埃尔写的色情滑稽剧。当他们打开卡车车厢要卸下道具搬进剧院时，发现道具不见了。怎么办？没有它们戏就没法演。有一整间起居室要搭建，更别说还要替换几件重要的摆设：一把枪、一串钻石项链和一只烤猪。第二天晚上八点幕布就要升起，如果这整套装备不能从无变有的话，剧团就得破产。戏班子的导演，一个脖子上扎着领巾，左眼戴着一片单片眼镜的自命不凡的吹牛家，盯着空空如也的后车厢晕死过去。剧团命运掌握在了海克特的手中。用小胡子发表了几句简洁而敏锐的感想之后，他镇定地审度了一下形势，轻轻抚平他那完美无瑕的白色套装的前襟，出发去干活了。在接下来的九分半钟时间里，这部电影成了蒲鲁东那句有名的无政府主义格言所有财产都是赃物的一次图解。在一连串短促、疯狂的镜头里，海克特跑遍了全镇，大偷特偷。我们看到他拦截了一辆开往百货商店仓库的家具运货车，从里面拿出桌子、椅子和灯具——他把它们装进自己的卡车飞快地开到剧场。他从一家宾馆厨房里偷了银制餐具、玻璃酒杯和一整套的瓷器。他拿着一张假造的当地一家餐馆的订货单，大摇大摆地走进一家肉铺后间，然后肩上扛着一头被宰杀的猪艰难地走了出来。当晚，在一个有镇上众多名流参加，为演员们接风洗尘的私人宴会上，他设法从警长的枪套里摸走了手枪。没过一会儿，他又熟练地解开了一个长成球状的中年妇女所戴项链的搭扣，她已经被海克特的性感魅力弄得心醉神迷。他从没有像在这一幕中那么油腔滑调。虽然他的做法可谓卑鄙，他的虚情假意令人反感，但在我们眼里，他却又是一个英勇的法外之徒，一个为了事业成功不惜牺牲自我的理想主义者。我们对他的点子不敢恭维，但同时又祈祷他能够偷窃成功。演出必须如期举行，如果海克特不能把珠宝项链搞到手，演出就会泡汤。为了使剧情进一步复杂化，海克特又看上了镇上的镇花（她刚好是警长的女儿），甚至在他向那个老娘们进行自己柔情攻势的同时，他就已经开始对这个小美人暗送秋波了。幸运的是，海克特和他的受害人当时正站在一幅天鹅绒帘子的后边。那道帘子半挂在一个把门廊和客厅隔开的开放式过道上，由于海克特站的位置在那个妇人的这一侧而不是那一侧，他只要把头稍稍偏左一点就能看进客厅。虽然海克特能看到那个女孩而那个女孩也能看到海克特，但她却不会知道旁边还有个女人在那儿，因为那个妇人被帘子完全挡住了。这就让海克特可以向他的两个目标同时发动进攻——一个是逢场作戏,一个是真情实意——他通过灵巧的镜头运用和剪辑把这两者彼此穿插组合起来,因而每个镜头都使另一个镜头显得比原本更好笑。那便是典型的海克特风格。一个笑料对他从来都不够。一旦某种状态确定了,必然会有另外一件事插进来,接着是第三件事,甚至可能有第四件事。海克特抖笑料的方式就像音乐作曲,不同的线索和声音汇集到一起,各种声音相互影响的程度越深,世界就会变得越不安全,越岌岌可危。在《道具师》里,海克特一边在帘子后面那个女人的脖子上挠痒痒,一边跟另一个房间的女孩脸一隐一现地玩躲猫猫,并最终趁机把项链搞到了手:一个走过的侍者踩到那个女人的礼服裙边滑了一跤,把一满杯的饮料都倒在了她背上——这就给了海克特足够的时间去解开项链搭扣。他的计划终于大功告成——不过却完全是偶然的,又一次无法预测的变故救了他。

第二天晚上,剧院的大幕如期升起,演出获得了巨大成功。肉店屠夫、百货公司老板、警长和那个胖女人全都在观众席上,然而,就在演员们向热烈的人群鞠躬和飞吻的时候,一名治安官把手铐铐在海克特的手腕上,将他送进了班房。但海克特很高兴,他没有表现出丝毫的懊悔。他拯救了那天的演出,哪怕失去自由的威胁使他的胜利大打折扣。任何一个对海克特拍电影时遇到的重重困难有所知晓的人，都不可能不把《道具师》看成是他对自己生活的一种隐喻，隐喻着他与西摩·汉特的合同生涯和为万花筒电影公司的拼命工作。当手里的每一张牌都是坏牌，想要赢一把的唯一办法就是打破游戏规则——不管是去讨、去借、去偷。即使最后被捉住，但至少木已成舟。

这种不顾后果的狂欢，在海克特的第十一部电影《隐形人》里表现得更为黑暗。时间已经所剩不多，他想必很清楚，一旦合同期满，他的电影生涯也就该结束了。电影的有声时代即将到来，那是一个不可避免的事实。毫无疑问，它将摧毁先前所有的一切，海克特辛辛苦苦才掌握的艺术将不复存在。即使他能重新调整思路去适应新的电影形式，他也没有任何优势可言。海克特说话带有浓重的西班牙口音，只要他在银幕上一开口，美国观众就会把他拒之门外。在《隐形人》里，他让这种辛酸深深地渗入了电影当中。未来一片灰暗，而当下又被汉特日渐增长的财务问题弄得乌云密布。过去的几个月，危机已经扩散到万花筒公司业务运作的各个方面。预算削减、工资停发、短期贷款的高利息使得汉特不断地需要现金。他用将来的票房收入做抵押向发行商借钱，而当他几次失信之后，那些剧院开始拒绝放映他的电影。海克特在那边竭尽所能地工作，但令人伤心的是能看到他作品的人却越来越少。

《隐形人》就是这种日益增长的挫折感的一个写照。这个故事中的反角名叫 C. 莱斯特·切斯（C. Lester Chase），一旦你知道了这个古怪假名的来源，就很难不把他看成是西摩·汉特（Seymour Hunt）的一个隐喻性的替身。Hunt[*]翻译成法语，其结果就是 chasse；从 chasse 里去掉第二个 s，你就可以得到 chase。再进一步想想，Seymour 也可以读成 see more[†]，而 Lester 可以简化为 les，于是 C. Lester 就成了 C. Les——或者 see less[‡]——这样一来，证据就变得颇为明显。在所有海克特的电影里，切斯可谓是最恶毒的一个角色。他的出现毁掉了海克特的生活，夺走了他的自我，而且他实施自己计划的手段不是通过向海克特的背后开上一枪或在他心口戳上一刀，而是通过诱骗他吞下一服会使他无影无踪的魔药。事实上，那正是汉特对海克特的电影生涯所干的勾当。他使他登上了银幕，而后他又使所有人都没法在银幕上看到他。海克特在《隐形人》里并没有失踪，可当他一喝下那杯饮料，就没人再能看到他。他仍然在那儿，在我们眼前，但影片里的其他角色都对他的存在视而不见。他跳上跳下，他胳膊乱舞，他在热闹的街角脱掉衣服，但全都无人理睬。他对着人们的脸孔大吼大叫，但他的声音根本没人听见。他成了个有血有肉的幽灵，一

---

[*] 意为"追猎"。

[†] 意为"看到更多"。

[‡] 意为"看到更少"。

个非人之人。他仍然活在这个世界上，但这个世界已经没有他的位置。他被谋杀了，但又没有人会好心好意地真把他杀了。他只是被抹掉了。

那是海克特第一次也是唯一一次让自己以一个富人的形象出现。在《隐形人》里，他拥有人们所渴望拥有的一切：漂亮的妻子、两个年幼的孩子、一幢仆佣成群的豪宅。在影片的开场，海克特正在和他的家人吃早餐。围绕着在烤面包片上涂黄油和一只落在果酱上的黄蜂，有几个闪亮的笑点，但这一场景的主要目的是为了向我们呈现出一幅幸福的画面。我们正在为将要到来的灾难进行预热，没有对海克特家庭生活的这短短一瞥（完美的婚姻、完美的孩子、和谐温暖的天伦之乐），后面要出场的罪恶行径就不会具有同等的冲击力。结果是，我们被发生在海克特身上的遭遇惊呆了。他吻别了妻子，而就在转身离家的那一瞬间，他便一头栽进了噩梦之中。

海克特在片中是一家生意兴隆的软饮料公司——飞驰流行饮料公司——的创始人兼总裁。切斯是他的副手及顾问，他自认为最好的朋友。但切斯背负沉重的赌债，正在被那些放高利贷的人追着要他还钱或还其他什么。当海克特那天早上来到办公室对他的属下打招呼时，切斯正在另一个房间跟两个面目凶悍的男人说话。别担心，他说，你们这个周末就能拿到钱。那时我将会掌控公司大权，股票就价值上亿。那两个恶棍同意给他多一点时间。不过这是你最后的机会，他们告诉他。再拖的话，你就会躺在河底跟鱼一道游泳。他们大步走出去。切斯擦去额头的汗水，发出一声长叹。接着，他从桌子最上面的抽屉里拿出一封信。他看了一会儿信，脸上浮现出非常满意的表情。邪恶地笑了一下，他把信对折起来放进衣服胸口的内袋。显然，车轮已经开始转动，但我们却根本不清楚自己究竟会被带到哪儿。

镜头切到海克特的办公室。切斯捧着一个像大保温瓶似的东西走进来，问海克特是否想尝尝新口味。它叫什么？海克特问。爵士活力饮，切斯答道。海克特点头赞许，对这个名字朗朗上口的发音很是欣赏。毫无戒备地，海克特让切斯给他倒了一大杯新调制的饮料样品。当海克特拿起玻璃杯的时候，切斯盯着他，眼里闪过一丝紧张，他在等待着毒药发挥作用。在一个中距离的特写镜头里，海克特把杯子举到嘴边，试探性地抿了一小口。他的鼻子不以为然地皱起来；他的眼睛瞪大了；他的小胡子跳起了舞。气氛完全是喜剧化的，不过当切斯催促他继续尝，而海克特把杯子举到嘴边要喝第二口的时候，"爵士活力饮"的险恶用心就变得越来越明显了。海克特又喝了一些。他咂咂嘴，朝切斯笑笑，然后摇摇头，似乎在说这口味不怎么样。但切斯根本无视老板的批评，他低头看表，右手五指伸开，开始从一到五地计时。海克特糊涂了。然而，就在他要开口说话之前，切斯已经数到了五和最后一秒，随即，没有任何预兆地，海克特坐在椅子上向前倒去，头砰的一下撞到桌面上。我们都以为那喝的只是把他弄昏了，使他暂时失去了知觉，但就在切斯站在那儿用冷漠无情的目光看着他的时候，海克特开始渐渐消失。先是他的胳膊，慢慢地从银幕上淡出，变得无影无踪，接着是他的躯干，最后是他的头。一个部位接着另一个部位，到最后他的整个身体都化成了一片空白。切斯走出房间，关上身后的房门。他停在走廊上，背靠房门面露微笑，尽情享受着成功的喜悦。一张字幕卡上写着：再见，海克特。很高兴认识你。

切斯走了。他离开画面后，摄影机又在门上停留了一两秒钟，随后，十分缓慢地，它开始探入钥匙孔。这是个很可爱的镜头，充满了神秘感和期待感，随着画面变得越来越大，在银幕上占据的空间越来越多，我们渐渐可以看进海克特的办公室里面。稍过片刻，我们已经身处其中，因为我们以为办公室里是空的，所以对于摄影机显示出的场景我们根本没有思想准备。我们看到海克特瘫在桌上。他仍然昏迷不醒，但又显形了，面对这突如其来的奇迹般的转折，我们只能得出一个结论：毒药的药效过了。我们刚刚眼瞧着海克特消失的，既然现在我们又能看到他了，那只能说明毒药的威力比我们想的要弱。

海克特开始苏醒过来。这生命的迹象让我们备感欣慰，让我们悬着的一颗心放了下来。我们以为世界已经重新归位，而海克特现在要着手对切斯进行复仇，揭穿他无耻之徒的真面目。在接下来的二十多秒里，他展现的技巧是其喜剧生涯中最鲜活、最出彩的保留节目之一。就像正在同糟糕的宿醉作斗争似的，他从椅子上站起身，懵懵懂懂地，分不清东南西北，在房间里摇摇晃晃地走将起来。我们被逗笑了。我们相信自己眼睛告诉自己的事，正因为确信海克特已经恢复正常，我们才会被他那膝盖发软昏头耷脑的样子逗乐。但接着海克特走到一面挂在墙上的镜子前，一切又都变了。他想看看自己。他想理理头发整整领带，可当他凝视着那光滑的椭圆形镜面，他的脸并不在那里。他没有了映像。他碰碰自己，以确认自己是真实存在的，自己的身体是有形的实体，可当他再次看镜子的时候，他还是看不见自己。海克特感到迷惑不解，但他没有惊慌。也许是镜子有什么问题。

他出去走到大厅。一个秘书正好经过，胳膊下夹着一沓文件。海克特朝她笑笑，友好地打了个招呼，但她似乎没注意到。海克特耸耸肩，就在这时，两名年轻职员从相反方向走近来。海克特冲他们做了个鬼脸。他怒吼。他伸出舌头。其中一名职员指指海克特办公室的大门。老板来了吗？他问。不知道，另一个回答，我没看到他。他说这些话的时候，当然，海克特就站在他眼前，距离他的脸只有六英寸。

场景转到海克特家的起居室。他妻子正在前前后后地走来走去,交替着扭绞双手和用手帕掩面哭泣。毫无疑问,她已经听说了海克特失踪的消息。切斯走进来,这个卑鄙的C.莱斯特·切斯,这个阴谋篡夺海克特软饮料帝国王位的幕后策划人,他装出一副安慰那个可怜女人的样子,一边拍着她的肩膀一边假装难过地摇着头。他从胸口内袋里掏出那封神秘的信件交给她,解释说那是他早上在海克特的办公桌上找到的。镜头切到那封信的一个大特写。最最亲爱的,信上写道,请原谅我。医生说我得了一种致命的疾病,只剩下两个月好活。为了不让你痛苦,我决定现在就结束自己的生命。生意上的事不用担心。公司会在切斯的手里照常运作。永远爱你,海克特。这些谎言和诡计很快就发生了作用。在下一个镜头里,我们看到那封信从他妻子的指间滑落到地板上。这对她的打击太大了。世界整个翻了个面,一切都被打碎了。一秒钟还没到,她就昏了过去。

摄影机跟着她降到地板上,而后画面上她那一动不动、斜躺着的身体化成了一幅海克特的远景镜头。他已经离开了办公室,正在大街上游荡,试图习惯发生在他身上的这可怕的怪事。为了证明真的一点希望都没有了,他在一个繁华的交叉路口停住,脱得只剩下内衣。他跳了一会儿舞,他双手倒立行走,他向路过的车辆翘起屁股,然而根本就没人注意到他，他只好郁闷地重新穿上衣服，拖着脚步走开了。在那之后，海克特似乎开始听天由命了。他不再一根筋地想要弄明白究竟为什么会这样，较之找个办法再度显形（比如说去找切斯，或者找到一种可以解除毒药药效的解药），他宁愿去做一系列怪异的、心血来潮的小实验，一项关于他是谁和他变成了什么的实地调查。出人意料地——用手突然地、闪电般地轻轻一弹——他打掉了一个路人的帽子。看来就是这么回事，海克特似乎在对自己说，一个人可以让周围的每个人都看不见他，但他的身体依然可以与这个世界相互作用。又一个行人走过来，海克特伸出脚绊倒了他。是的，他的推论显然没错，但这并不意味着就不再需要更进一步的研究。现在他已经对这项工作发生了兴趣，他掀起一个女人的裙边仔细观察她的腿。他在另一个女人的面颊上亲了一下，然后又在第三个女人的嘴上亲了一下。他把一块禁行标志牌上的字悄悄擦掉，没过一会儿一辆摩托车就和一辆手推车猛地撞到了一起。他偷偷跟在两个男人后面，拍拍每个人的肩膀，再对着他们的小腿分别踢上一脚，于是又挑起了一场恶斗。这些恶作剧里有残忍和孩子气的成分，但同时它们也令人赏心悦目，而且每个恶作剧都使他的隐形显得更加证据确凿。接着，当海克特捡起人行道上一只滚到他脚边的棒球时，他有了第二个重大发现。一旦隐形人抓住某样东西，那样东西就会从眼前消失。空气中不再有它的影子，它被吸入了一团虚无，一团跟隐形人身上一模一样的空白，在碰到他幽灵般身体的一瞬间，它就会消失不见。丢球的小男孩跑到他以为球会落到的地方。物理法则表明球应该就在那儿，但球不在。男孩傻眼了。瞧这个，海克特把球放在地上走开了。男孩低头往下看，哎呀，球又出现了，就躺在他的脚边。这到底是怎么回事？一张男孩吃惊的脸部特写结束了这个小小的插曲。

海克特转过街角，开始沿着一条林荫大道漫步。几乎马上，他就遇见了一幕可恶的场景，一桩叫人热血沸腾的事情。一个衣冠楚楚的胖绅士正从一个盲报童那儿偷一份《晨报》。那家伙的硬币用光了，因为急着赶时间，他懒得兑大钞，于是拿起一份报纸就走了。出于愤怒，海克特追上了他，当这个男人在街角停下等红灯的时候，海克特扒走了他的钱包。这简直让人哭笑不得。对那个钱包被偷的家伙我们当然不会有丝毫的同情，但海克特将法律玩弄于股掌之间的态度也不禁让我们目瞪口呆。即使当他走回报亭把钱全都给了那个盲童，我们也还是难以释怀。在偷完钱包之后的一刹那，他的样子让我们以为他要把那些钱收入囊中，在那个小小的、黑暗的瞬间，我们明白了他这么做并不是因为路见不平，而仅仅是因为他知道他可以为所欲为。他的慷慨，说得不好听点，只是一种事后的自我补偿。现在对他一切皆有可能,他已无须再遵守任何规则。如果他想,他可以做好事,但他也可以做坏事,就这点来说,他究竟会做出什么样的决定,我们根本无从知晓。

画面转回到海克特家里,他的妻子已经被抬到床上。

办公室里,切斯打开一只保险箱,拿出厚厚的一沓股票证券。他在桌边坐下,开始点数。

与此同时,海克特正在准备实施他的第一次大行动。他走进一家珠宝店,当着六个目击者的面,我们这位隐形的、蛮横的主人公把整整一玻璃柜台的珠宝一扫而空,他旁若无人地将大把的手表、项链和戒指全都塞进口袋。他看上去既开心又坚决,一边动手的时候,他的嘴角一边还升起一丝细小但却醒目的微笑。他的举止显得冷血而古怪,面对明摆在眼前的事实,我们只能承认海克特已经变坏了。

他离开了珠宝店。不可思议的是,他做的第一件事是径直走向立在路边的一只垃圾箱。他把胳膊深深插进那些垃圾,从中拉出一个纸袋。显然是他自己把它放在那儿的,袋里装满了东西,但我们不知道那到底是什么。当海克特走回到珠宝店前面,打开袋子,把一种粉末状的东西撒到人行道上的时候,我们更是被彻底搞糊涂了。那可能是泥土;也可能是灰烬;还可能是火药;但不管那是什么,都无法解释为什么海克特要把它们撒到地上。过了一阵子,一道细细的黑线从珠宝店前面延伸到街边。越过人行道,海克特开始向马路进军。他闪身躲过汽车，跨步避开手推车，一路险象环生，但他仍然继续一边开道一边倒袋子，看上去越来越像个正在播种的疯狂农夫。现在那条黑线已经穿过了大街。海克特走到对面路上，他还在继续画线。这时我们突然明白了，他是在制造一条线索。我们还是不知道接下来会发生什么，不过当他推开面前一幢大楼的大门消失在入口处的时候，我们感觉到又有一个圈套正在等着我们。大门在他身后关上了。摄影机的角度忽然一变，海克特刚走进去的那幢大楼的一个远镜头展现在我们眼前：飞驰流行饮料公司总部。

随后行动加快了。一阵快速的镜头交代之后，珠宝店的经理发现自己被偷了，他冲到人行道上，挥手叫住了一名警察，接着，他用急切的、惊慌失措的手势，解释了发生的事。警察四下张望，注意到了人行道上的那条黑线，然后他眼睛顺着那条黑线一直看到街对面飞驰流行饮料公司的大楼。看起来像条线索，他说。去看看它通到哪儿，经理说。于是他们俩出发朝大楼方向走去。

镜头切回海克特。他正在穿过一条走廊，他小心翼翼地布置他线索的最后部分。他来到一间办公室门前，当他把最后一点灰土倒在外面的半边门槛上，摄影机翘起来，显示出门上写的字：C. 莱斯特·切斯，副总裁。就在这时，海克特还蹲在那儿，门打开了，切斯本人从房间里走出来。海克特在最后一秒跳到了后面——在切斯被他绊倒之前——随即，当门开始要关上的时候，他从门缝里钻过去，像鸭子一样摇摇摆摆地走进了办公室。即使在情节即将达到高潮的时候，海克特也没忘记插科打诨。独自一人，他看到那些股票证券散放在切斯桌上。他把它们收到一起，用一种炫耀式的一丝不苟将它们的边角对对齐，然后装进夹克里。接着，通过一连串飞快剧烈的动作，他把手伸进侧袋，拿出那些偷来的珠宝，在切斯的记事簿上堆成了一座小山。当最后一枚戒指被放上去时，切斯回来了，他搓着双手，看上去喜不自胜。海克特往后退了几步。现在他的工作已经完成了，剩下的事就是等着看他的敌人如何得到应有的下场。

接下来便是一系列的惊奇和误解，正义得到了伸张，正义又遭到了背叛。一开始，切斯的注意力都被那些珠宝吸引走了，没有发现股票不见了。随着时间流逝，当他最终挖开那堆亮闪闪的小山，发现证券已经不在那儿的时候，一切都太晚了。门被猛地推开，警察和商店经理冲了进来。于是案情大白，人赃俱获。切斯是无辜的这点根本无关紧要。线索通到他的门口，而他们又把他跟珠宝一起逮了个正着。当然，他表示抗议，并试图从窗口逃走，还抓起飞驰流行饮料的瓶子朝他的对手乱扔，但在有警棍和刺刀介入的武力干涉之下，他最终还是被制伏了。海克特以冷峻的目光漫不经心地看着这一切,即使当切斯被套上手铐带出办公室的时候,他也没表现出任何胜利的喜悦。他的计划已经得到了完美的实施,但这对他又有什么好处呢?一日将尽,而他却依然是个隐形人。

他又出去开始在大街上漫步。商业区的马路上一片荒凉,海克特似乎是城里剩下的唯一一个人。那些先前围绕着他的人潮和喧闹怎么都消失了?那些汽车和手推车、那些在人行道上摩肩接踵的人流都去哪了?有一瞬间我们甚至怀疑是否魔咒被颠倒了方向。也许海克特又显形了,我们想,而所有其他人都隐形了。这时,不知从哪儿冒出来一辆大卡车,它飞驶过一个水坑。大片的水花飞溅到人行道上,把所有东西都溅湿了。海克特被淋成了落汤鸡,可是当摄影机转过去展示他的惨相时,我们却发现他的套装前面竟然洁白无瑕。这本该是个很好笑的场面,但却一点都不好笑,海克特故意反其道而行之(他长久地、悲哀地望着自己衣服时的那种神情;他看到自己不会被泥水溅湿时眼里流露出的那种失望),这个简单的手法使得影片的调子随之一变。当夜幕降临,我们看到他回到了家里。他走进去,爬楼梯登上二楼,走进孩子们的卧室。一个小女孩,一个小男孩,都在各自的床上睡着了。他在女孩的身边坐下,看了一会儿她的小脸蛋,然后举起手想去抚摸她的头发。可是,就在他正要碰到她的时候,他停住了,他突然意识到他的手可能会弄醒她，要是她在黑暗中醒过来而又看不见人，她会被吓着的。这一幕很感人，海克特的表演朴实而节制。他已经失去了触摸自己女儿的权利，我们看着他先是犹豫不决，然而最终还是把手收了回去，那一刻，我们充分感受到了他被魔咒附身的那种冲击。通过那个小小的动作——悬在半空的手，张开的手掌离小女孩的头只有一英寸——我们明白海克特已经什么都不是了。

就像一个鬼魂，他站起来离开了房间。他下楼来到客厅，打开一扇门，走了进去。那是他的卧室，那儿有他的妻子，他最最亲爱的人，睡在他们的床上。海克特停住脚步。她正在做噩梦，翻来覆去，辗转反侧，脚把被子踢到一边。海克特走到床前，他小心翼翼地给她盖好毯子，理好枕头，关掉床头柜上的台灯。她时断时续的动作开始平息下来，不久便坠入安静的沉睡中。海克特退后几步，朝她抛了个小小的飞吻，然后在靠近床脚的一张椅子上坐下来。看起来他似乎准备整夜都待在那儿，像个善意的幽灵那样守护着她。虽然他既不能碰她也不能跟她说话，但他至少可以保护她，可以从她身上汲取让自己活下去的力量。不过，隐形人也难免会筋疲力尽。他们和其他人一样有血有肉，一样需要睡眠。海克特的眼皮重起来。上下眼皮开始打架，眼睛闭上，又睁开，虽然他好几次都挣扎着迫使自己醒过来，但这场同睡魔的战斗显然必败无疑。过了一会儿，他投降了。

银幕慢慢变黑。当画面再度亮起，时间已经是早晨，天光透过窗帘涌进来。镜头切到海克特的妻子，她还睡在床上。再切到海克特，他睡在椅子上。他的身体扭成不可思议的姿势，张开的四肢和扭曲的关节造成一种奇妙的喜剧效果，因为我们根本没想到会看到这么个扭成麻花似的睡相，我们都笑起来，随着这笑声，影片的调子又再次发生了变化。他的亲密爱人先醒过来，当她睁开眼睛从床上坐起来，她脸上的表情向我们说明了一切——迅速地从兴奋变成难以置信再变成小心谨慎。她跳下床向海克特冲过去。她碰碰他的脸（他的脸朝后搭在椅子扶手上），海克特的身体被高压电击中似的打了个激灵，惊慌失措手脚并用地跳起来站得笔直。然后他睁开眼睛。不自觉地，他似乎已经忘记了自己本来应该是隐形的，他对她展开微笑。他们接吻，就在他们嘴唇要触到的时候，他迷惑地缩了回去。他真的在这儿吗？是魔咒已经解除了，还是他在做梦？他摸摸自己的脸，他用手四处按按自己的胸口，而后他看着妻子的眼睛。你能看见我吗？他问。我当然能看见你，她说，眼里充满了泪水，她扑过去再次和他亲吻。但海克特还不放心。他从椅子上站起来，向挂在墙上的镜子走去。证据就在镜子里，如果能看到自己的映像，他就能知道噩梦已经结束了。他的推论得到了印证，但那一刻的美妙在于他反应的缓慢。有一两秒钟，他脸上的表情没有任何变化，当他盯着墙上那个男人回视他的眼睛，感觉就像他正在看着一个陌生人，仿佛他面对的是一张他以前从未见过的面孔。接着，当摄影机把镜头拉近，海克特开始微笑。由于之前那段冷冰冰的面无表情，紧随其后的微笑似乎在暗示着某些比简单的自我重现更为复杂的东西。他看到的已经不再是原来的海克特。不管与过去的那个他有多么相像，现在他已经是另外一个人，他已经被彻底改造过了，被从里到外地更换过了，他将以一个新人的面目出现在这个世界。那个微笑变得越来越大，越来越灿烂，越来越对镜中的那张面孔感到满意。一个圆圈开始渐渐缩小，很快我们除了那张微笑的嘴——那张嘴和嘴上的那撇小胡子——之外就什么都看不见了。小胡子颤动了几下，然后圆圈变得更小了，然后更更小了。当它最终合拢为一点的时候，影片结束了。

事实上，海克特的电影生涯也随着那个微笑结束了。之后他为了履行合同又制作了一部电影，但《兼得或落空》不能算新作品。万花筒公司那时几乎已经破产，根本没有足够的钱再拍一部全新的电影。于是，海克特从以前的电影胶片里找出一些废弃的素材，把它们拼凑成了一部插科打诨、出尽洋相和即兴搞笑的大杂烩。这是一次绝妙的废物利用，但它除了向我们显示出海克特在剪辑上的天才之外，并没有提供更多的信息。为了对他的作品有个公正的评价，我们必须把《隐形人》看成他的最后一部电影。它是海克特对自己消失的一种冥想，它那暧昧的内涵和结尾隐秘的暗示，它里面所有那些提出之后却又拒绝回答的道德难题，都为我们揭示了这部电影最本质的主题：自我确认的极度痛苦。海克特在寻找一种方法跟大家说再见，跟这个世界告别，为此他要亲眼看着他自己把自己消灭。他变成了隐形人，而当魔力终于失效，他又能被看见的时候，他已经认不出自己的面孔。他在看自己，我们在看他，在这种怪异的双重透视里，我们看到他正面临着自我被毁灭的事实。兼得或落空。那是他为下一部电影选择的标题。这个标题跟那部十八分钟的杂耍集锦没有哪怕丝毫的联系，它指向的是《隐形人》中的结尾一幕。在海克特露出那个奇特的微笑之际，我们得以窥见是什么样的未来在等待着他。那个微笑表明他允许自己获得重生，但他已不再是跟原先一模一样的那个人，不再是过去一年里供我们娱乐消遣的那个海克特·曼。我们眼看着他变成了某个不认识的人，而就在我们对这个新海克特有所了解之前，他已经失去了影踪。一个围住他脸孔的圆圈渐渐闭合，他被吞入了一片黑暗之中。随后，在他所有电影里第一次也是唯一一次，剧终的字样被打在银幕中央，那是人们最后一次见到他。

3

我在九个月不到的时间里写完了那本书。打字机打出的原稿厚达三百多页，每一页都是我苦苦挣扎的结果。我能坚持到底，是因为除了写作，我什么都没干。我一周工作七天，每天在桌前坐十到十二个小时，除了偶尔到蒙塔古街做趟小小的旅行，采购所需的食物、纸张、墨水和打印机色带之外，我几乎足不出户。我没有电话，没有电视机或收音机，没有任何种类的社交活动。只有4月一次，8月又有一次，我坐地铁到曼哈顿的公共图书馆查阅了一些资料，除此以外我没有离开过布鲁克林半步。但我也不是真的待在布鲁克林。我待在那本书里，而那本书在我的脑袋里，所以只要我把自己关在自己脑袋里，我就可以继续写那本书。那就像生活在一间墙壁装有护垫的精神病房里，但在当时，在所有可能的生活方式当中，那是唯一让我感觉有意义的。我无法活在现实世界里，我很清楚，如果没有准备好就返回那个世界，我将会四分五裂。所以我躲在那套小公寓里，成天埋头于写作海克特·曼。那是一项缓慢的工作，甚至也许是一项毫无意义的工作，但它迫使我连续九个月把全副精力都投在上面，因此我忙得根本无暇去想任何别的东西，也许正是由于这个原因我才没有疯掉。

4月底，我给史密茨写了封信，要求再请一学期的假。我还没有一个长远的计划，我说，但接下来的几个月除非发生什么特殊情况，否则我恐怕是不能回去教书了——即便不是永远，至少也是很长一段时间。我希望他能原谅我。并不是我对当老师失去了兴趣，我只是不能确定，当我站在讲台上对着学生们讲话的时候，我的双腿是否支撑得住。

我慢慢习惯了没有海伦和孩子们的生活，但这并不意味着我的状况有了什么起色。我不知道我是谁，我不知道我想要什么，我必须重新找到一种与他人共处的方法，而在那之前，我只能算是半个人。在写作那本书的过程中，我故意拖着不去想将来的事。留在纽约，给我租的公寓添置点家具，在那儿开始新的生活，这似乎才是明智之举，然而到了真要采取行动的时候，我却做出了相反的决定，回到了佛蒙特。当时我正在辛辛苦苦地对原稿进行最后一轮修订，准备打出定稿，然后就把书送去出版，就在那时候，我突然意识到，纽约就是那本书，一旦书完成了，我也就应该离开纽约另往他处了。佛蒙特大概是我所能做出的最糟糕的选择，但那里有我熟悉的土地，而且我知道如果回到那儿，我就能离海伦更近，我就能呼吸到她生前我们曾一起呼吸过的同样的空气。这种想法令人欣慰。我不可能再搬回汉普顿的老房子，但在其他镇上还有其他的房子，只要仍然住在同一地区，我就可以实施我那疯狂而孤独的人生方案，同时也不用逼着自己忘掉过去。我还不想忘掉。时间才过去一年半，我想让悲伤继续。我所需要的是另一项可以让我投入的工作，另一个可以将我淹没的海洋。

结果我最终在西T镇上买下了一个地方，那里位于汉普顿南面大约二十五英里。那是一栋模样可笑的小房子，一座由预制板搭成的滑雪小屋，里面有电子壁炉，地板上铺满了地毯，由于样子丑陋到了极点，它反而显出某种美丽来。它没有任何魅力或气质可言，也没有什么可爱精致的细节能骗人以为这里曾经是个家。它是一座为活死人准备的旅馆，一间为饱受折磨的灵魂准备的驿站，住在这种空空荡荡、毫无个性的空间里，会让你明白：世界就是个每天都要更新的幻影。不过，尽管在设计上有种种缺陷，房子的面积结构却很理想。既没有大得让你觉得迷失其中，也没有小得让你感到身陷牢笼。一间天花板上有天窗的厨房；一间下沉式的起居室，里面有一扇观景窗和两面高度足够容纳下我那些书架的空墙；一条可以俯视起居室的凉廊以及三间大小一样的卧室：一间睡觉，一间工作，一间存放那些我再也不忍心去看但又不能让自己扔掉的东西。对于一个打算独自生活的男人，它的面积和户型都很适中，此外它还有一个优点：它完全与世隔绝。那栋小屋坐落在半山腰，浓密的桦树、云杉和枫树环绕四周，只有一条泥路可以抵达。如果不想见人，我就可以不用见人。更重要的是，根本就没有人要见我。

我搬进去那天刚好是1987年的第二天，接下去的六周时间我都在忙于具体事务：做书架，装柴炉，把汽车卖掉并换了一辆四轮驱动的皮卡。下雪时山路很险，而这里又几乎一年四季都在下雪，所以我需要一件能让我安全地上下山的代步工具，我可不想把每次出行都变成一次探险。我叫了一名水管工和一名电工来修理管道和电线，我油漆了墙壁，贮备了可以用一冬的柴火，又给自己买了一台电脑、一只收音机和一台二合一的电话传真机。与此同时，《海克特·曼的默片世界》正在迂回曲折的学院出版系统里慢慢旅行。跟其他书籍不同，学术著作的出版不是出版社某位编辑说接受或者拒绝就可以算数的。作者要把原稿的复印件寄给那一领域的各个专家，在这些人读过书稿并交出审读报告之前，你什么都别指望。由于这种审读工作的酬金少得可怜（顶多只有几百美元），加上那些专家往往都是忙于教学和自己写书的大学教授，这一过程的时间常常被拖得很久。就我来说，我从11月中旬一直等到次年的3月底才有了答复。那时我正专注于其他事情，几乎已经忘了自己曾给他们寄过稿子。当然，我很高兴他们愿意出版它，很高兴有机会展示自己的劳动成果，但我不敢说这对我有多大意义。对海克特·曼来说，这倒是个好消息，或许，对老电影迷和研究小胡子的专家也是个好消息，但对我来说，那段经历已经过去了，我很少再想到它。偶尔想到的时候，我觉得好像那本书是另外某个人写的。

2月中旬，我收到一封从前大学研究生院同班校友的信，他叫亚历克斯·科恩伯格，如今在哥伦比亚大学教书。我最后一次见到他是在为海伦和孩子们举行的追悼会上，虽然从那之后我们就再没联系过，但我一直把他当作一个可靠的朋友。（他的悼函是一份辞藻优美充满悲悯的典范之作，是我收到的最好的悼函。）在信的开头，他为没有早点联系而向我致歉。他经常想到我，他说，他从小道消息听说我离开了汉普顿，在纽约待了几个月。他很遗憾我没有去找他。如果他知道我在那儿，他会极为乐意见到我。那是他的原话——极为乐意——典型的亚历克斯风格。不管怎样，信的下一段开始了，他最近应哥伦比亚大学出版社之邀，要编辑一套新的系列丛书，世界文学经典丛书。一个名字怪怪的叫戴克斯特·菲邦的人，一个1927年毕业于哥伦比亚大学工程系的校友,向他们遗赠了四点五亿美元来启动这个项目。项目计划要把那些公认的世界文学名著都放到一起,编入一套统一的丛书。从梅斯特·埃克哈克到费尔南多·佩索阿,所有的作品都要被囊括其中,假如认为现有的翻译已经不合适了,可以授权进行新的翻译。这是一项疯狂的计划,亚历克斯写道,但他们已经决定让我当丛书的执行主编,尽管多了各种额外的工作(我已经不再睡觉了),但我得承认我很享受。在他的遗嘱里,菲邦列了头一百本他想看到出版的作品清单。他是以制造建筑铝板发家的,但你可别小看了他的文学品位。清单上的其中一本书就是夏多布里昂的《墓中回忆录》。我到现在也没看过这本可怕的大部头,整整有两千页之多,但我还记得1971年的一天晚上你在耶鲁大学校园里的某处——大概就在贝内克图书馆外面的那个小广场旁边——跟我说的话,现在我要把它对你复述一遍。"这本,"你说(手里拿着那本法语版的第一卷在空中挥舞),"是有史以来写得最好的自传。"我不知道现在你是否还这么觉得,但我也许都用不着提醒你,自从那本书1848年问世以来,迄今为止只有过两个全译本:一个是1849年出的,一个是1902年出的。是时候再出一个译本了,你不觉得?我不知道你是否还对翻译有兴趣,但如果你有兴趣,如果你同意为我们翻译这本书,我会感到荣幸之至。

现在我有电话了。那并不是说我指望有谁会打电话给我，而是因为我想我应该装台电话以防万一。我在那儿没有邻居，万一屋顶塌下来或是房子着火了，我希望能通过电话求助。那是我对现实为数不多的让步之一，一种不太情愿的承认，承认这个世界上其实并非只剩下了我一个人。通常来说，我会给亚历克斯回信答复，但那天下午我打开他来信的时候正好在厨房里，电话就在那儿，在离我手边只有两英尺的台面上。亚历克斯最近搬了家，他的新地址和电话号码就写在落款下边。这一切便利实在太诱人了，于是我拿起话筒拨了号。

电话铃在那头响了四次，然后自动留言机咔嗒一声打开了。出人意料的是，里面是一个小孩在说话。说了几个字以后，我听出那是亚历克斯儿子的声音。那时雅各布年纪在十岁左右，大概比托德大一岁半——或者应该说，如果托德还活着的话，他比托德大一岁半。这个小男孩说：现在是第九局结尾。一垒二垒三垒都站好了，两人已经出去。比分是四比三，我方落后，现在轮到我上了。如果我能击球得分，我们就赢了。球来了。我挥动球棒。是个地滚球。我丢下球棒开始跑。第二垒的垒手捞起那个地滚球扔给第一垒，于是我也出去了。是的，没错，朋友们，我出去了。雅各布出去了。我的爸爸，亚历克斯也出去了；还有我的妈妈，芭芭拉；以及我的妹妹，朱莉。我们全家都出去了。请在"哔"一声后留言，我们一绕过球场回到家，就会给你们回电话。

那不过是段可爱的俏皮话，但却使我不知所措。当话音结束"哔"一声响起的时候，我根本不知道该说什么才好，与其让磁带在那里空转，还不如挂了电话。我一直讨厌对着这种机器讲话，它们让我觉得神经紧张，浑身不自在。但是听着雅各布的声音，我感到天旋地转，仿佛被击倒在地似的无法动弹，仿佛被推到了绝望的边缘。他的声音里充满着太多的快乐，他的话语里洋溢着太多的欢笑。托德也曾是个聪明伶俐的小男孩，他现在本该八岁半了，但他还是七岁，即使等雅各布长成了大人，他也还是七岁。

我给了自己几分钟调整，然后我又试了一次。这次我有了心理准备，录音再次响起的时候，我把话筒从耳边拿开，这样我就听不到了。那录音似乎没完没了，当"哔"一声终于将它们切断时，我把话筒又重新拿到耳边，开始讲话。亚历克斯，我说，我刚刚看了你的信，我希望让你知道我愿意接下这个活。由于那部书的长度，没有两三年时间，你别指望能看到完稿。但对此我想你已经心里有数了。我刚在这儿安顿下来，不过一旦我学会了怎么用那台我上周刚买来的电脑，我就可以开工了。谢谢你的邀请。我正在想方设法地找事情做，我想这份活儿会让我很享受。向芭芭拉和孩子们问好。再联系。

他当天晚上就回了电话，对我同意翻译感到既吃惊又高兴。那纯粹是瞎打误撞，他说，但不先问你一下我总觉得不对劲。我简直没法告诉你我有多高兴。

你高兴就好，我说。

我让他们明天就传一份合同给你。公事公办嘛。

随便你。说实在的，我已经想好了怎么翻译书名。

Mémoires d'outre tombe.《墓中回忆录》。

我觉得那样译有点笨拙。怎么说呢，太抠字眼了，同时也不好理解。

你有什么主意？

《死人回忆录》。

有意思。

不坏吧，是不是？

不坏。我很喜欢这名字。

关键在于这个名字有含义。夏多布里昂花了三十五年时间写这本书，他希望它能在他死后五十年再出版。它根本就是用一个死人的语气写的。

但它没有过五十年。那本书是1848年出版的，在他死的同一年。

他陷入了财务危机。1830年大革命后，他的政治生涯完蛋了，他变得负债累累。雷卡米夫人，他过去十二年来的情妇——对，就是那个雷卡米夫人——叫他把还没写完的回忆录拿出来，供一小批挑选过的读者在她的客厅里私下阅读。这么做是为了能找到一个出版商愿意向夏多布里昂预支稿费，愿意为一部多年之后才能问世的作品而事先付钱给他。这个计划失败了，但对这本书的反响却异乎寻常地好。这本回忆录成了有史以来最著名的一本还没有完成，没有出版，也没有被读过的书。但夏多布里昂仍然穷困潦倒。于是雷卡米夫人又想出了一个新的点子，这个点子奏效了——或者说部分奏效了。他们成立了一个股票公司，人们可以购买手稿的股份。我想你可以称之为文字期货，就跟华尔街上人们把钱押在大豆和玉米价格上一个道理。实际上，夏多布里昂是用他的自传做了抵押贷款，以支付自己的晚年生活费用。他们提前给了他一笔数目可观的钱，让他可以还清债务，让他的余生有一份养老金。这是笔精明的投资。唯一的问题在于夏多布里昂一直不死，公司成立时他六十五岁，而他一直活到了八十岁。那时股份已经被转手了好几次，当年投资给他的那些朋友和崇拜者早就已经不知所终。夏多布里昂被捏在一帮陌生人手里。他们唯一感兴趣的就是是否有利可图，他活得越长，他们就越希望他死。他最后几年的日子过得十分惨淡。一个被风湿病折磨、行动不便的衰弱老人，雷卡米夫人几乎已经全瞎，而他的所有的朋友都已经离开人世。但他直到最后一刻还在修改手稿。

多有趣的故事。

我并不觉得那么有趣。不过我告诉你，这个老子爵的文笔好到了极点。那是一部不可思议的书，亚历克斯。

那么说你不介意在接下来的两三年里都和一个沉闷的法国佬泡在一起咯？

我刚刚跟一个默片喜剧演员待了一年，我想该换人了。

默片？我从没听你说起过。

一个叫海克特·曼的人。去年秋天我写了一本关于他的书。

那有你忙的。不错啊。

我必须得做点什么。所以我决定研究他。

我怎么没听说过这个演员？倒不是说我对电影很精通，但这个名字听上去很陌生。

没人听说过他。他是我的御用宠臣，是只为我表演的宫廷小丑。有十二三个月的时间，我醒时的每分每秒都和他待在一起。

你是说你真的和他在一起，还是只是一种比喻？

从 1929 年起就没人真的和他在一起。他死了。就像夏多布里昂和雷卡米夫人那样。就像那个叫戴克斯特什么的那样。

菲邦。

就像戴克斯特·菲邦那样死了。

这么说你花了一年时间看老电影。

不完全是。我花了三个月看老电影，然后把自己锁在房间里又花了九个月写它们。那大概是我做过的最奇特的事。我在写一样我再也看不到的东西，我必须用纯粹的视觉语言把它们表达出来。整个过程就像一场幻觉。

那么活着的人呢，戴维？你有没有多花点时间跟他们待在一起？

尽可能少。

我就知道你会这么说。

去年在华盛顿我跟一个名叫辛格的人打过交道。J. M. 辛格医生。一个很好的人，跟他在一起的时间我很开心。他帮了我大忙。

现在你还在看医生吗？

当然没有。现在的谈话是从那时以来我跟人说话说得最长的一次。

你在纽约时应该打电话给我。

我没法打。

你才四十岁还不到，戴维。人生还没完，你知道。

事实上，我下个月就四十了。15号在麦迪逊广场花园将会有个盛大的生日聚会，我希望你和芭芭拉届时能来捧场。我很惊讶你们怎么还没收到请柬。

大家都在担心你，如此而已。我不想多管闲事，不过当某个你关心的人变成这样，你很难只是袖手旁观。我希望你能给我一个帮忙的机会。

你已经帮忙了。你给了我一份新工作,我非常感激。

那是工作。我说的是生活。

有什么区别吗?

你简直是个顽固不化的混蛋,不是吗?

跟我说点戴克斯特·菲邦的事儿吧。不管怎么说,他可是我的恩人啊,我对他却一无所知。

你不是真的想说这个,是不是?

正如我们那位在死信处上班的老朋友经常说的:我宁愿选择不。*

没人能离开他人生活,戴维。那根本不可能。

或许。但以前没人曾经是我。或许我是第一个。

摘自《死人回忆录》前言(巴黎,1846年4月14日;修改于7月28日):

由于我无法预知自己的死期,由于一个人到了我这

---

* 美国作家麦尔维尔写过一篇短篇小说《抄写员巴托比》。主人公巴托比是一位抄写员,他日以继夜不停地抄写文件,拒绝任何变化与沟通,不论人家要他做什么,他只是不停地重复说"我宁愿选择不",到最后甚至拒绝进食,结果饿死了。小说结尾透露巴托比过去曾经在邮局死信处工作,每天所见都是未寄达的信,写信代表一种沟通的渴望,而死信则代表着无法完成的沟通。戴维说的这句话出自这个典故。

样的年纪，剩下的日子纯粹就是一种恩赐，或者不如说，是一种折磨，所以，我感到有必要做一些说明。

到今年9月4日，我就七十八岁了。对我来说，已经是离开这个世界的时候了，离开这个正在飞速离我而去的世界，离开这个我无怨无悔的世界……

是那时时扼紧我喉咙的可悲命运，逼我出售我的《回忆录》。没人能想象得出，因为被迫抵押自己的坟墓，我经受了怎样的痛苦，但这最后的牺牲，要归咎于我立下的誓言和我行为的始终如一……我的打算是要把它留给夏多布里昂夫人。她可以将它发表或禁止发表，看她觉得怎样合适。而现在，我比任何时候都更相信，后一种方法可能更为妥当……

这部《回忆录》写于不同的时间，不同的国家。出于这个原因，每当叙述线索重新展开的时候，我觉得都有必要加上一些开场白来描述我的所见所想。如此一来，我变化多端的人生经历就被融为一体。于是有时会发生这样的事，显赫的时候我却谈起了自己当年的潦倒；苦难的岁月我却在重温幸福时光；我的青春渗入了我的暮年；我成熟之年的庄重给我的纯真岁月染上了一层阴郁。我那太阳的光芒，从日出到日落，交相照映，交相混杂，使我的故事显得有些混乱——或者说，有一种神秘的统一。我的摇篮里有我的坟墓，我的坟墓里有我的摇篮；

我的痛苦变成了欢乐，我的欢乐变成了痛苦；而且，当我细细读完这部《回忆录》，我已经无法确定，它写的到底是一个年轻人的故事，还是一个白发老人的故事。

我不知道对于这种混杂，读者究竟是满意还是不满意。一切都已无可补救。那是我变化无常的命运造成的结果。命运的暴风雨总是让我连个写作的书桌也找不到，除了那块使我遇到海难的礁石。

人们总是催促我在有生之年就让这部《回忆录》的部分章节发表，但我宁愿躺在坟墓的深处说话。这样我的叙述才会有一种令人恐慌的语调，因为那声音是从棺材里发出的。如果说我在这个世界已经受够了苦，在下一个世界应该变成幸福的亡灵，那么天堂之光将会在我最后的画面上投下一缕护卫的光芒。对于我，生命是如此沉重；也许死亡更为合适。

这部《回忆录》对我具有非同一般的重要性。圣·博纳旺蒂尔承蒙上天恩准，可以在死后继续写他的书。我不敢奢望这样的好事，但我希望至少能让我在午夜时分复活，好改改我这本书的校样……

如果说这本书里有哪一部分比其他部分更让我感到满意的话，那就是关于我青少年时代的部分——我一生中最隐蔽的角落。在那里，我唤醒了一个只有我知道的世界，当我漫游于那个消逝的王国，我遇见的只有沉默与回忆。所有那些当年我认识的人,有几个今天还活着呢?

……假如我死在法国以外的地方,我请求要等到第一次下葬后的五十年再把我的遗体运回祖国。但愿我的遗骸免受尸检的亵渎;但愿没人到我死掉的大脑和停跳的心脏里寻找我生命的奥秘。死亡根本不会泄露人生的秘密。尸体乘着邮车旅行的想法让我满怀恐惧,而干燥轻盈的白骨运送起来则很方便。没有了我这肉体的累赘,卸下了我这烦恼的重量,它们的最后之旅就会轻松得多。

与亚历克斯通话后的第二天早晨我便开始动手翻译。因为我身边正好就有那部书(两卷本的派雷德版,由勒维朗和牟利尼尔编辑,有完整的动词变位表、注解以及附录),在亚历克斯信到之前的三天我才刚刚把它拿到手。那个礼拜的前几天我装好了新书架。每天我都要花好几个小时把书拆包上架,在单调乏味的劳作中间,我偶然在某堆书里发现了夏多布里昂。我已经许多年没有看过这部《回忆录》了,但那个早晨,在我佛蒙特那乱七八糟的起居室里,被一大堆倒翻的空箱子和没归类的书塔包围着,我一时兴起又打开了它。我眼睛落到的第一个地方是第一卷上的一小段。在那一段里,夏多布里昂描述了1789年6月他陪同一位布列塔尼诗人去凡尔赛宫游览时的情形。那时距离攻占巴士底狱还不到一个月时间,在参观的半路上,他们看见玛丽·安托瓦内特正在和她的两个孩子一起散步。她微笑着望了我一眼,优雅地向我致意,就像我被引见那天一样。我永远都忘不了那一瞥目光,它行将消逝。当玛丽·安托瓦内特微笑时,她的嘴形给我的印象是如此清晰,以至于当1815年这个不幸女人的头颅从坟墓中被挖掘出来的时候,对她那个微笑的记忆(多么可怕!),使我认出了这位王女的下颌骨。

这是一幅强烈的、令人惊心动魄的画面,在把书合上放回书架后的很长时间里,我还是不停地想起它。玛丽·安多瓦内特那线条简洁的白色头骨,从黑暗的墓底破土而出。短短的三句话里,夏多布里昂穿越了二十六年的时光。从血肉之躯到一把白骨,从锦衣玉食到无名之死,而横亘其间的,是整整一个时代的风云变幻,是那些无法形容的恐怖、残暴和疯狂岁月。这段话把我震住了,在一年半时间里没有什么话曾像它们那样打动我。接着,就在我与这些句子偶遇后的第三天,我收到了亚历克斯那封邀请我翻译的来信。这是巧合吗?当然是,不过我觉得似乎自己本来就在祈求它发生——似乎亚历克斯的来信在某种意义上帮我圆了一个我自己无法完成的愿望。在过去,我从不相信这种哗众取宠的所谓神秘感应。然而当你过上像我当时那样的生活，当你把自己完全禁锢起来，对周围的一切都视而不见时，你的看法就会开始改变。事实摆在眼前：亚历克斯信上的日期是9日星期一，而我收到信是在三天后的12日星期四。这就意味着当他在纽约给我写信提到那本书的时候，在佛蒙特我的手里正好捧着同一本书。我并不想坚持说这种关联有多重要，我只是忍不住要把它看成是一种信号。就好像我在自己都没有意识到的情况下发出了某种请求，然后突然，我的愿望变成了现实。

于是我安定下来，重新开始工作。我忘掉了海克特·曼，一心只想着夏多布里昂，让自己淹没在一段与我毫不相干的、浩瀚无垠的人生编年史中。那正是这份工作最吸引我的地方：距离，在我和我所做的事之间绝对的距离。能到二十年代的美国旅行上一年的感觉很不错，而待在十八、十九世纪的法国就更棒了。雪落在佛蒙特我住的那座小山上，但我几乎都没有注意到。我在圣马洛和巴黎，在俄亥俄和佛罗里达，在英格兰、罗马和柏林。大部分工作都是机械性的，因为我是那些文本的奴仆而非作者，所以跟写《默片世界》相比，需要投入的精力属于不同的类型。翻译有点像铲煤。你把它铲起来，然后扔到火炉里。一块煤就是一个词，一铲煤就是一句话，如果你的腰背够强壮，如果你有毅力连续干上八到十个小时，你就能让火势保持旺盛。现在我面前有近百万个词，我打算让工作时间尽可能地长，强度尽可能地大，哪怕这意味着会把房子给烧掉。

在那儿第一个冬天的大部分时间，我哪也没去。每过十天，我会开车到布莱特尔博罗的大联盟超市进行一次食品采购，那是唯一一件能让我中断工作的事情。布莱特尔博罗离我住的地方有好一段路，但我想多开这额外的二十英里，我就能避免碰见任何熟人。汉普顿大学的人一般都在学校北面的另一个大联盟超市购物，他们中有人出现在布莱特尔博罗的可能性微乎其微，但并不是说那就完全不可能。尽管我小心翼翼，但最终还是适得其反。3月的一个下午，我正在把一长条六包装的卫生纸往车上装的时候，格雷和玛丽·泰利森逮住了我。这导致了一次聚餐邀请，虽然我竭力推辞，但玛丽不断地更改时间，直到我用完了所有想得出的借口。十二天后的晚上，我开车来到他们在汉普顿大学边上的家，那里离我跟海伦和孩子们住过的地方还不到一英里。如果只有他们两个的话，我也许还不至于感到那么备受煎熬，但格雷和玛丽却自作主张地又请了其他二十个人，我根本没想到要面对这么一大群人。当然，他们全都很友好，而且其中大部分人可能还很高兴见到我，但我却觉得很尴尬，浑身不自在，每次我开口说什么，总发现自己说错了话。我已经对汉普顿式的闲聊生疏了。他们都以为我想知道最新的阴谋和丑闻、离婚和私通、升迁和部门间的争吵，但事实是我发现这些话题无聊得简直叫人难以忍受。我可以从这种对话中逃开，但过了一会儿我就会发觉自己又被另一帮讨论着不同但相似话题的人包围住了。没人会傻到向我提及海伦（大学老师在这点上非常礼貌），因此他们便抓住一些自认为无害的话题不放：最近的新闻、政治、体育。我不知道他们在说什么。我已经一年多没看过一张报纸了，在我看来，他们说的那些事完全可能发生在另外一个世界上。

派对开始的时候，大家都在一楼转来转去，从各个房间里走进走出，几个人扎成一堆聊几分钟，然后又分开到别的房间扎成新的一堆。我从起居室走到餐厅走到厨房再走到书房，刚好格雷看到我，就递给我一杯苏格兰威士忌苏打。我想也没想就接过来，因为焦虑不安，我几乎一口气就把它喝光了。那是我在一年多的时间里第一次碰酒。做海克特·曼调研的时候，我曾经拜倒在各家宾馆迷你酒吧的诱惑之下，但自从搬到布鲁克林开始写作，我就发誓要戒酒。当周围没酒时，我也并不是特别渴望那玩意，但我心里清楚，自己离失足酿成大错始终只有几步之遥。我在空难后的行为已经证实了这一点，如果我不是及时振作起来离开了佛蒙特，也许根本活不到来参加格雷和玛丽的派对——更别说在这里奇怪自己到底为什么要回来。

喝完一杯，我去吧台又倒了一杯，但这次我没掺苏打水，只在杯子里加了点冰块。到了第三杯，我连冰块也忘了，直接一饮而尽。

晚餐准备好了，客人们便围着餐桌站成一排，把他们的盘子盛满吃的，然后再分散到屋里的其他地方找椅子坐下。我最终坐到了书房沙发上，挤在扶手和凯芮·穆拉——一位德语系的助理教授——之间。那时我已经有点动作不稳了，我坐下来，膝盖上摇摇欲坠地放着一满盘沙拉和炖牛肉，然后我转身去拿沙发后面的酒（坐下之前我放在那儿的），我一握住酒杯它就从我手里滑了出去。相当于四小杯分量的尊尼获加酒到凯芮的脖子上，接着，紧随其后，酒杯又当的一声掉在她的脊椎骨上。她跳了起来——她怎么可能不跳？——这么一跳，她打翻了自己那盘炖肉和沙拉，那不仅使我的盘子也被连带着摔到地上，还把我的腿上弄得一塌糊涂。

本来那并不是什么大事，但我已经喝得头脑不清了，由于裤子突然被橄榄油淋得透湿，衬衫上又被溅得到处都是肉酱，我不禁勃然大怒。我不记得自己说了什么，但肯定是很难听的侮辱性的话，一句极为无礼的脏话。笨猪。大概是。但也有可能是蠢猪，或者笨蠢猪。不管是哪几个字，在任何情形下你都不该因为这点小事而大声吼出那种字眼，更何况当时还有满满一屋子敏感躁动的大学教授在场。也许不用再补充一句，凯芮既不蠢也不笨，而且她根本就不像一头猪，她是个迷人、苗条的女人，年纪四十不到，教歌德和荷尔德林，对我从来除了无比的尊敬和亲切之外别无其他。就在事件发生前的几秒钟，她还在邀请我到她的一个班上去讲课，当我清清喉咙准备告诉她我要考虑一下的时候，洒洒了出去。这完全是我的错，但我却立刻掉转枪头把怨气都发在了她身上。那真是一次丢人的发作，也再次证明了我还不适合被放出笼子。凯芮刚刚才对我做了一个友好的提议，事实上她已经发出了某种试探性的、非常微妙的信号，暗示我们可以就很多话题进行更为亲密的谈话，而我，一个近两年没碰过一个女人的男人，发觉自己对这些几乎难以察觉的暗示开始有了反应，我开始用男人酒喝多时那种粗俗的方式，想象她脱光衣服会是什么样子。难道那就是为什么我会厉声呵斥她的原因？难道我的自我怨恨已经到了如此严重的地步，因为她唤起了我身上的一丝性欲就要对她进行惩罚？或者是我心底其实知道她根本就没有那方面的意思，所有那些小暗示不过是我自己的臆想，不过是靠近她那暖香的身体后产生的片刻冲动？

让事态进一步恶化的是，当她开始哭的时候，我没有表现出哪怕丝毫的歉意。当时我们俩都站在那儿，当我看到凯芮的下嘴唇开始颤抖，眼角充满泪水，我感到很高兴，差点为自己制造的惊愕效果欢呼雀跃。那时房间里还有另外六七个人，在凯芮的第一声惊叫后他们全都把头转向我们的方向。盘子哗啦砸在地上的声音又把几个人引到了门口，当我嘴里冒出那句可恶的脏话时，至少有一打的目击者听到了。随后一片沉默。那一刻大家都被集体震呆了，接下去的几秒钟里谁也不知道要说什么或做什么。一开始凯芮气喘吁吁，不知所措，经过这小小的休整，她的受伤变成了愤怒。

你没权利那样对我说话，戴维，她说，你以为你是谁？

幸好，玛丽是走到门口来的人之一，在我做出什么更过分的举动之前，她冲进屋里抓住了我的胳膊。

戴维不是那个意思，她对凯芮说。对吗，戴维？那不过是一时冲动脱口而出的气话罢了。

我本想说些刺耳和反驳的话，以证明我说的每个字都是我想说的，但我还是忍住了。我用了最大的自制力才做到那点，但玛丽已经出面扮演和平使者的角色，一部分的我也知道不该再给她制造更多的麻烦。即便如此，我还是没有道歉，也没有试图和好。我没有选择说出心里想说的话，而是选择从她手里挣脱手臂离开了房间，我走出书房，穿过起居室，我以前的那些同事在一旁站着，默不作声地看着我经过。

我直接上楼走到格雷和玛丽的卧室。我的打算是拿了东西就走，但我的派克大衣被埋在床上的一大堆衣服下面，怎么都找不到。在四处稍微挖了一会儿之后，我开始把衣服扔到地板上，用排除法来简化我的搜寻行动。正当我进行到一半的时候——床下的衣服已经比床上多了——玛丽走进来。她是小个子的圆脸女人，金色的鬈发，微红的脸颊，当她两手放在臀部站在门口，我立刻明白了她一直在跟着我。我感觉自己就像个要挨妈妈骂的小孩。

你在干吗？她说。

找我的衣服。

在楼下的壁橱里。你不记得了？

我以为在这儿。

在楼下。你来的时候格雷放进去的。你还帮他找衣架来着。

好，那我下去找。

但玛丽可不准备这么轻易放我走。她朝屋里迈了几步，弯腰拾起一件衣服，愤怒地扔回床上。然后她又捡起另一件衣服，把它也丢到床上。她继续不停地收着衣服，每次把一件衣服啪的一声甩到床上，她正说了一半的话就会停顿一下。那些衣服就像标点符号——突然的破折号、草率的省略号、激烈的感叹号——每件衣服都像把利斧似的把她的话拦腰截断。

你下去的时候，她说，我希望你能……跟凯芮和解……我不管你是不是要跪下来……求她原谅……每个人都在说这件事……如果你现在不这么做的话，戴维……我就再也不会邀请你进这栋房子。

我一开始就不想来,我答道,要不是你硬拽着我的胳膊,我怎么也不会在这儿冒犯你的客人。你尽可以照常开你那无聊乏味的派对。

你需要帮助,戴维……我没忘记你遭受的打击……但耐心是有限度的……在你毁了自己的生活之前,去看看医生吧。

我过着我认为合适的生活。那并不包括到你家参加派对。

玛丽把最后一件衣服扔回床上,然后,没来由地,她突然坐下开始哭起来。

听着,混蛋,她用平静的声音说,我也爱她。你也许娶了她,但海伦是我最好的朋友。

不,她不是。她是我最好的朋友。我也是她最好的朋友。这和你一点关系都没有,玛丽。

对话就这样结束了。我对她是如此冷酷,对她情感的抵制是如此绝对,她已经无话可说。当我离开房间的时候,她背对我坐着,一边看着床上的衣服,一边来回摇头。

派对后过了两天,宾州大学出版社传来消息说他们想出版我的书。那时我差不多已经翻译了一百页夏多布里昂,而当《海克特·曼的默片世界》一年后正式出版的时候,我已经又翻好了一千两百页。如果按那样的速度干下去，再过七八个月我就能完成初稿。加上修订和改动的时间，再不到一年我就能把完成的译稿发给亚历克斯。

结果，那一年我只干了三个月。我又推进了两百五十页，到第二十三部拿破仑下台那一章（不幸与意外就像孪生子，总是一同诞生）。之后，一个潮湿的刮大风的初夏午后，我在邮箱里发现了芙芮达·斯贝林的来信。我承认一开始它把我弄得心神不安，不过等我寄走了回信，然后再稍微想想，我就劝自己说那不过是个恶作剧。那并不是说给她回信有什么不对，只是我已经不抱希望，我想我们的来往就到此为止了。

九天后，我又收到了她的来信。这次她用了整整一页纸，信纸的上方有一块蓝色凸起的压花印章，印着她的名字和地址。我知道伪造个人信笺是多么简单，但有谁会不怕麻烦地假扮成某个我从没听说过的人呢？芙芮达·斯贝林这个名字对我毫无意义。她可能是海克特·曼的妻子，也可能是个在沙漠里离群索居的疯子，但不可否认，她是真实存在的。

敬爱的教授，她写道，*您的怀疑完全可以理解，我一点也不惊讶你会不相信我的话。了解真相的唯一办法就是接受我在上封信里向您发出的邀请，飞到苏埃诺镇来与海克特见面。如果我告诉你他在 1929 年离开好莱坞后又编导*

了一系列电影长片——他可以在农场把它们放给你看——也许那更能促使你前来。海克特已经年近九十,且健康状况不容乐观。他的遗嘱指示我要在他死后的二十四小时内毁掉那些电影及其底片,我不知道他还能撑多久。请尽快与我联系。期待您的回音。芙芮达·斯贝林(海克特·曼夫人)敬启。

又一次,我没让自己被牵着鼻子走。我的回复简明、刻板,也许甚至有点儿无礼,但在我做出什么决定之前,我得知道她是否可以信任。我很想相信你,我写道,但我需要证据。如果你希望我不远千里地赶去新墨西哥,我就要先确定你的说法是否可信,海克特·曼是否真的健在。一旦疑虑消除,我就会前往农场。但我必须提醒你,我不坐飞机。戴维·齐默谨上。

她肯定会给我回音——如果我没把她吓跑的话。要是我真的吓跑了她,那她就是在默认自己骗了我,那么故事就此结束。我并不认为事情会那样发展,但不管她是骗我还是没骗我,谜底都会很快揭晓。她第二封信的口气很急切,几乎是在哀求,如果她真的是她所说的那个人,她一定会抓紧一切时间立即给我回信。沉默意味着我击中了她的要害,但如果她回信——我全心全意地盼望着她能回信——那封信很快就会到达。上封信到我这儿花了九天时间。假如一切顺利(邮局不拖延、不出错),我相信下一封信甚至会到得更快。

我竭力保持镇定,试图继续按部就班地翻译《回忆录》,但没有用。我太分心、太焦躁了,无法很好地集中注意力,为了完成每日的翻译定额而连续挣扎了几天之后,我终于宣布暂停这个项目。第二天一大早,我钻进那间多余卧室的储藏室,把我过去的海克特研究资料拖了出来,写完那本书后它们被收起来放进了纸板箱。总共有六箱。五箱是书稿的笔记、提纲和草稿,而另外一箱则塞满了各种各样的宝贵材料:剪报、照片、缩微拍摄的文件、复印的文章、老早一些随笔专栏上的花絮以及所有能找到的有关海克特·曼的只言片语。我已经很久没看过这些材料了,在等待芙芮达·斯贝林回音的无所事事中,我重新打开了那个纸板箱,并把那个礼拜剩下的时间都泡在了里面。我并不指望能从中发现什么以前不知道的东西,但那些资料的内容在我记忆中已经变得模糊不清,我觉得应当再看上一眼。我收集的大部分资料都是不可靠的:小报文章,明星杂志的小道消息,一些充满夸张、尽是胡编乱造的电影报道。尽管如此,只要记住不把自己读到的当真,我看不出翻翻这些东西会有什么害处。

从1928年8月到1929年10月,有四篇以海克特为主题的人物特写。第一篇发表在万花筒公司每月出版的《公报》上,那是汉特用来宣传他新产品的舆论工具。这篇新闻稿的主要目的就是向外界宣称他们已经与海克特签约，因为那时人们对他几乎一无所知，所以他们可以根据自己的需要随心所欲地编造任何故事。那正是拉丁情人在好莱坞最后的黄金时代，瓦伦蒂诺刚死不久，皮肤黝黑、富有异国情调的外国人对大众仍然很有吸引力。万花筒公司也想趁机捞上一笔，于是他们把海克特说成是滑稽绅士，具有喜剧感、让你心跳加速的南美帅哥。为了支持这种说法，他们还替他捏造了一份引人注目的作品清单，一份他来加利福尼亚之前那段时间完整的职业年谱：在布宜诺斯艾利斯音乐大厅登台献技、参加穿越阿根廷和巴西的巡回杂耍演出、拍摄了一系列在墨西哥风行一时的电影。通过把海克特塑造成一个业已成名的明星，汉特便可以在电影界树立起自己慧眼识才的名声。他要让他们知道，他并非这一行的新手，他是个能干的、有魄力的电影公司老板，他是出高价打败了许多竞争对手才引进了这么一位著名的外国明星，让他能够在美国观众面前一展风姿。这是个很容易蒙混过关的谎言。毕竟，没人会注意别国发生的事，而且，既然有这么多充满想象力的可能性摆在面前，干吗非要框死在所谓的真实中？

六个月后，二月号《电影故事》上的一篇文章对海克特的过去提出了一个更为合理的看法。当时他的几部电影已经上映，毫无疑问，随着全国各地对他这些作品兴趣的日益增长，在他早年生活上做手脚已经变得越来越没有必要。那篇稿子出自一个名叫布莉姬·奥夫伦的实习记者之手，从她第一段里对海克特的评论——具有穿透力的凝视和柔软敏锐的小胡子——我们不难看出她的唯一目的就是说他的好话。他浓重的西班牙口音让她觉得魅力十足，她还对他英语的流利大加赞赏，在交谈中，她问他为什么会有一个德国名字。者（这）很简单，海克特回答说，我的父母都出申（生）在德国，我也是。当我还是个小婴儿的时候，我们全家迁往了阿根廷。我在家里跟他们说德语，在学校说西班牙语。英语是后来才学的，来美国之后。说得海（还）不太溜。于是奥夫伦小姐又问他来美国多久了，海克特说三年。那显然与万花筒公司《公报》上的说法相矛盾，而且当海克特随后谈起他来加利福尼亚后干过的一些工作时（餐馆临时工、真空吸尘器的推销员、挖沟工人），他也根本没提到以前在演艺界有过什么资历。所谓在拉丁美洲家喻户晓大名鼎鼎的演艺明星原来不过如此。

我们可以对汉特手下宣传部门的夸大其词不加理会，但也不要因为他们混淆视听就以为《电影故事》上的报道更确切或更可信。在三月号的《影迷》杂志上，一个名叫兰德尔·西姆斯的记者就《探戈之乱》采访了海克特，他极为惊讶地发现这位阿根廷笑星讲着一口完美的英语，几乎

89

没有丝毫的口音。如果事先不知道他来自哪里，你保证会以为他的老家是俄亥俄州的桑达斯基。西姆斯这么说是一种恭维，但他的观察却在海克特的原籍问题上又增添了一丝疑云。即使我们把阿根廷当作他度过童年的地方，但他离开那儿来到美国的时间似乎比其他报道上写的要早得多。在下一段里，西姆斯记下了海克特说的一段话：我是个坏小子。我父母在我十六岁的时候把我赶出家门，我头也没回就走了。结果，我一路向北来到美国。从一开始，我脑子里就只有一个念头：要在电影上干出一番大名堂。说这些话的人和一个月前跟布莉姬·奥夫伦说话的那个人简直就像两个人。难道他是为了逗乐而有意对《电影故事》装出浓重的口音？或者是西姆斯故意美化，想通过强调他英语的熟练，为他日后不久的有声表演生涯铺平道路？也许是他们两个共同策划了这篇报道，或者也许有第三方付钱给了西姆斯——很可能就是汉特，那时他正深陷于财务危机之中。有没有可能是汉特想进一步提升海克特的市场价值，以便把自己的产业卖给其他的制片公司？一切都已无从知晓，但不管西姆斯的动机何在，也不管奥夫伦把海克特当时的情况转述得有多离谱，这些报道都无法自圆其说，哪怕给那些记者找再多的借口。

海克特的最后一篇访谈刊登在十月号的《电影》杂志上。根据他对 B. T. 巴克所说的话——至少巴克让我们相信那是他说的——这小子似乎在制造身份混乱上很有一套。这一次，他的父母成了斯坦尼斯洛夫人。那是个位于奥匈帝国东部的边境城市。海克特的母语变成了波兰语，而非德语。他们在他两岁的时候去了维也纳，在那儿待了六个月，然后到了美国，在搬到布宜诺斯艾利斯定居之前，他们先是在纽约待了三年，后来又在中西部待了一年。巴克打断他的话，问他们住在中西部什么地方，海克特镇定地回答：俄亥俄的桑达斯基。就在六个月前，兰德尔·西姆斯在他《影迷》上的报道里也提到了桑达斯基——但不是作为一个确指的地点，而是作为一种象征，一种典型美国小城的代表。现在海克特把它拿过来放进自己的故事，很可能只是因为这个词组干脆轻快的发音吸引了他。俄—亥—俄的桑—达斯—基，它们念起来有一种悦耳的响亮，它们那美妙的三段式切分音使其具有一种诗的节奏与力度。他的父亲，他说，是一位从事桥梁建造的土木工程师。他的母亲，世界上最美丽的女人，是一名舞蹈演员、歌手和画家。海克特非常爱戴他们，他那时是个循规蹈矩信奉宗教的小男孩（与西姆斯那篇报道里的坏小子正好相反），在他十四岁那年他们乘船发生事故不幸遇难之前，他一直都计划子承父业做一名工程师。他父母的突然离去改变了一切。从他成为孤儿的那一刻起，他说，他唯一的梦想就是回到美国，在那儿开始新的生活。在这个梦想实现之前，他经历了一长串的奇遇，但如今他终于回来了，他确定无疑地感觉到：这里是一个他想永远待下去的地方。

这些话中可能有一些是真的，但不多，也可能一句真话都没有。这是他关于自己过去的第四种版本，虽然它们有一些共同点（讲德语或波兰语的双亲，曾在阿根廷待过，从旧世界迁徙到新世界），但其余的东西都在变来变去。这一次他强硬而讲究实际；下一次他又怯懦而感情用事。在这个记者面前他放荡不羁，在另一个面前他又温文尔雅，彬彬有礼；他一下子出身富贵，一下子又出身贫穷；他一会儿讲话有浓重的口音，一会儿又完全没有任何口音。把这些矛盾放到一起，你最终得到的结果就是一无所得，如此多变的个性和家庭背景使他这个人变成了一堆碎片、一幅各个拼块之间毫无联系的游戏拼图。每次被问到同一个问题的时候，他都会给出不同的回答。他的话语滔滔不绝，但他决不把同样的事情说两遍。他似乎在隐藏什么事情，在守着什么秘密，但他用巧妙而迷人的幽默有效地掩饰了这种破绽，以至于几乎没有人注意到。他的魅力让那些记者无法抗拒。他使他们发笑，他用一些小伎俩把他们逗得乐不可支，很快他们就放弃了在他身上榨出什么真相的想法，而彻底被他的表演所征服。于是海克特继续漫天胡侃，从维也纳铺着鹅卵石的林荫道扯到俄亥俄那名字好听的大平原，到最后你就会开始问自己，这是不是个骗人的游戏，或者仅仅是为了打发无聊？也许他的说谎是无辜的。也许他并不想糊弄别人，他只是想给自己找点乐子。毕竟，接受采访是很枯燥的。如果每个人都不停问你同样的问题，为了保持清醒，你嘴里大概也会跳出一些新的答案。

虽然什么都无法确定，但在细细读过这一堆假冒伪造的回忆和逸事之后，我觉得自己发现了一个小小的秘密。在头三篇访谈中，海克特都在避免提及自己的出生地。奥夫伦问他时，他说是德国；西姆斯问他时，他说是奥地利；但两次他都没有提供任何细节：哪个镇、哪个城市、哪个地区。只有跟巴克谈话时他透露的一点信息填补了这个空白。斯坦尼斯洛夫曾经是奥匈帝国的一部分，但在"一战"末期奥匈帝国崩溃后它被划归了波兰。波兰是个远离美国大陆的国家，比德国还要远，由于海克特一直在竭尽所能地想让人们忽略他的外来身份，因此把那样一座城市说成是自己的出生地实在是件古怪的事。他那样做唯一可能的原因，我觉得，就是因为那是真的。我无法证实自己的推论，但他在那上面撒谎毫无意义。波兰并不能对他的事业有所帮助，如果他想给自己假造一个背景，何苦要提到什么波兰呢？那是一个失误，是一瞬间的走神，海克特一发觉自己的这个口误，立即就采取了补救措施。如果说他刚才使自己太外国化了，那么现在他就要通过强调他的美国化来抵消所犯的错误。他把自己放到了纽约，一座移民之城，然后为了进一步加深印象，又转移到了大陆的中心地带。于是俄亥俄的桑达斯基进入了视线。这个名字他完全是信手拈来，他回想起六个月前那篇关于他的人物报道上有这么个地名，便把它抛给了毫不怀疑的B. T. 巴克。结果恰到好处。那个记者被岔开话题后，没再问更多关于波兰的问题，他靠到椅子上，开始跟海克特聊起中西部平原上的苜蓿田野。

斯坦尼斯洛夫位于德涅斯特河的南边，在加利西亚地区的利沃夫和切尔诺维兹的半中央。如果那真是海克特度过童年的地方，那么我们就很有理由认为他是个犹太人。那一地区有大量犹太人定居的事实还不足以说服我，但把那里的犹太人口与他家的迁徙结合起来看，这一论点就变得令人信服了。曾经有大批犹太人离开那个地区，从十九世纪八十年代沙俄大规模屠杀犹太人开始，成千上万的意地绪语移民逃往了西欧和美国。也有很多人去了南美。单在阿根廷，从二十世纪初到"一战"爆发之间，犹太人口就从六千涨到了十万还不止。海克特和他的家人无疑也为这些统计数据的增长出了一份力。如果他们不是犹太人，那他们就不可能到过阿根廷。在那个历史时期，从斯坦尼斯洛夫跑到布宜诺斯艾利斯的只有犹太人。

我很为自己的小小发现而骄傲，但我并不觉得那有多大用处。如果海克特确实隐瞒了什么秘密，如果那个秘密真的就是他的出身，那么我所揭露的也不过是社交场上最平常的老于世故。是个犹太人在当时的好莱坞并不是什么罪，人们只是避免去谈论这方面的话题而已。那时候乔森已经拍出了《爵士歌手》，百老汇剧院里坐满了付大价钱来看埃迪·坎托和费尼·布赖斯的观众，他们喜欢听欧文·柏林和格什温乐队，为马克斯兄弟鼓掌叫好。犹太人的身份对海克特也许曾经是个负担。他也许曾为此吃过苦头，他也许会为此而感到羞耻，但我很难想象，他会为此被杀。当然，世上总会有些极端分子心理变态到要去杀犹太人，但一个人那样做往往都希望自己的罪行广为人知，其目的是把它当成一种恐吓他人的手段，而不管海克特的命运如何，一个确定无误的事实是：人们从未找到过他的尸体。

从他与万花筒公司签约到他失踪，海克特的演艺生涯只维持了十七个月。在这段应该说不算长的时间里，他为自己闯出了相当的知名度，到1928年初，他的名字已经开始出现在好莱坞报纸的社交专栏里。我在做海克特电影旅行时，曾设法从各个缩微胶卷档案馆复制了二十来篇这样的专栏文章。肯定还有许多其他类似的文章被我错过了，更不用说那些已经销毁掉的，但光凭这些残缺不全的信息，便足以证明海克特不是那种天黑后会乖乖待在家里的主。他出没于餐馆和夜总会、各种派对和电影首映式，而且几乎每次他的名字出现在报纸上的时候，都会附带着一句描述性的短语，比如他那火一般燃烧的吸引力，他那不可抗拒的眼神，或者他那令人心跳停止的英俊面孔。当作者是女人时，这种情况尤为明显，但男人们也会被他的魅力所折服。其中之一，一个笔名叫高登飞的人（他的专栏名称叫《飞檐走壁》），甚至提出海克特演喜剧是在浪费才华，说他应该转向浪漫的爱情剧。曼先生那样清俊的外表，高登飞写道，让人感觉到看着他让鼻子不停地撞到墙壁和路灯柱上实在是一种对审美的冒犯。大众更乐意看到他丢掉那些噱头，专心去亲吻美丽的女郎。毫无疑问，城里会有许多年轻的女演员愿意担任那样的女郎角色。有消息说，艾琳·芙拉瓦已经获得了几次与他一起试镜的机会，但现在这位活跃的西班牙绅士好像又把目光投向了康丝坦斯·哈特，那位永远走在流行前列，生气蓬勃的时髦少女。我们殷切期待着这次试镜的结果。

不过，大部分时候，海克特只能从记者那儿收到一个注目礼。他还不算什么大角色，顶多是众多新人里较有前途的一个，我手头的这些专栏文章里，足有一半只提了一下他的名字——通常都和一个女人连在一起，而她也只是一个名字。海克特·曼与西尔维亚·罗兰出现在羽巢俱乐部。海克特·曼昨晚与米尔德丽德·丝薇一起步入直布罗陀夜总会的舞池翩翩起舞。海克特·曼与爱丽丝·德芙嬉笑，与波莉·麦卡克莱恩吃牡蛎，与德洛丽斯·圣琼手牵手，与菲奥纳·玛溜进小酒馆。我数了一下，总共有八个不同的女人，不过谁知道他那年还和多少其他女人出去过？我的数字只限于我找到的这些文章，八个很可能是二十个，甚至可能更多。

当第二年1月海克特失踪的新闻发布后，几乎没人把注意力放在他的私生活上。西摩·汉特三天前才刚刚在自己卧室里上吊自杀，警察根本就没想到要从那些陈腐的风流逸事中去找证据，他们把精力都集中在海克特与那个贪污银行家之间的麻烦关系上。也许把这两个事件联系起来的想法实在太诱人了。汉特被捕后，海克特曾经放言说知道美国人还有正义感让他觉得很欣慰。而据海克特的一位私人密友描述，他曾在半打人都能听见的情况下宣称说：那家伙是个无赖。他从我身上骗走了好几千块钱，还想毁了我的前途。我很高兴他们把他抓起来。那是他应得的下场，我一点都不替他可惜。报上开始谣传海克特就是把汉特告发给当局的那个人。这种理论的鼓吹者还声称，因为汉特死了，所以他的同谋要除掉海克特，以防止更多的秘密被泄露出去。有些看法甚至认为汉特的死并非自杀，而是安排得像自杀一样的谋杀——是他的那些黑帮朋友为了销毁罪证精心策划的阴谋的第一步。

这是事件的黑色版本。在二十世纪二十年代的美国，感觉上那似乎是个行得通的解释，但没有尸体来支持这个假设，警方的调查陷入了困境。报纸上头两周还跟风跟了一阵，围绕着汉特的商业运作和电影工业里犯罪元素的增多做了一通文章，但在海克特的失踪与其前制片人的死亡之间无法建立起确切的联系时，他们便开始寻找其他的动机和解释。人人都被这两个事件的接连发生弄得头脑发热，但由此就推断是一个事件导致了另一个事件，这在逻辑上是站不住脚的。相邻的行为之间并不一定有必然的联系，即使发生时间上的接近使它们看起来似乎有所关联。现在，当其他调查开始陆续展开，人们发现很多线索都已经变得模糊不清。德洛丽斯·圣琼，这位早先被好几篇专栏文章称作海克特未婚妻的时髦女郎，悄无声息地离城返回了她在堪萨斯州的父母家里。一个月后才有记者找到她，当他们找到她时，她拒绝回答任何问题，她自称还在为海克特的失踪心乱如麻，无法发表完整的声明。她唯一的评论是我的心都碎了，此后再也没听说过她的消息。这位楚楚动人，曾出演过半数海克特电影的年轻女演员（在《道具师》和《隐形人》里，她分别扮演警长的女儿和海克特的妻子），就这样冲动地放弃了自己的职业生涯，彻底从演艺界消失了。

朱尔斯·布劳斯坦，一名在万花筒公司与海克特合作了所有十二部电影的喜剧作家，告诉《综艺》杂志的记者说他和海克特已经合写了一系列有声喜剧的电影剧本，海克特兴致极高。自从11月中旬起他们就每天见面,汉特的事情确实闹得很不愉快,布劳斯坦承认,但海克特并不是万花筒公司里唯一受到冲击的人。我们每个人都损失惨重,即使他是最惨的,他也不是那种会怀恨在心的人。大好前程在前面等着他,随着跟万花筒的合同期满,他开始动脑筋另谋出路。他和我拼命工作,我从没看到过他工作那么拼命,他的脑子里充满了各种各样的新点子。他突然消失的时候,我们的第一个剧本已经基本完成了——一个会让你笑破肚皮的滑稽故事,叫《一点一横》——我们正准备跟哥伦比亚电影公司的哈瑞·科恩签约。影片预计3月开拍。海克特将担任导演,并在里面扮演一个不说话但很有意思的小角色,如果这些还让你觉得他是个要自杀的人,那只能说明你对海克特一无所知。认为他会自寻短见的想法简直荒谬。也许有人杀了他,但那就意味着他有仇人,而在我认识他的这么长时间里,我从没看到他与哪个人发生过摩擦。他是个王子,我热爱跟他一起工作。我们现在应该花一整天坐在这儿沉下心好好想想发生的事,我敢打赌说他还活着,他只是半夜突发灵感,决定到哪儿单独清净一下罢了。人人都说他死了,但要是海克特现在从那扇门走进来,我一点都不会吃惊,他会把帽子往椅子上一扔,然后说,"来吧,朱尔斯,我们去干活。"

哥伦比亚证实了他们正在跟海克特和布劳斯坦洽谈,

双方原打算签订一份拍摄三部影片的合同,其中包括《一点一横》及另外两部喜剧长片。一切都还没有最后敲定,他们的发言人称,不过一旦双方在有关条款上达成共识,制片厂就会张开双臂欢迎海克特加入他们的大家庭。布劳斯坦的话,再加上哥伦比亚的声明,彻底打破了认为海克特的电影生涯已经走到头的说法,有些小报曾把那说成是他自杀的一大动机。但事实表明海克特前程似锦。正如1929年2月18日《洛杉矶纪事报》上所说的,万花筒公司的混乱并没有使他意志消沉,由于没有发现任何信件或留言可以支持海克特自寻短见这一论点,自杀理论开始让位给各种天马行空的猜测和不着边际的狂想:绑架撕票、意外事故、超自然事件。与此同时,警方在海克特失踪与汉特自杀之间的关系问题上也毫无进展,虽然他们声称正在追查几条有价值的线索(1929年3月7日的《洛杉矶每日新闻》),但始终没有抓到新的嫌疑人。如果说海克特真的是被谋杀了,也没有足够的证据可以指控谁是凶手。如果说他是自杀,又找不到一个合理的解释。有几个刻薄的家伙则认为他的失踪不过是一种宣传噱头,是由哥伦比亚的哈瑞·科恩在背后策划的廉价花招,为的是让他的新星引起大家的注意,因此我们随时都有可能看到他奇迹般地重新出现在众人面前。这种荒唐的说法在某种意义上似乎行得通,但随着日子一天天过去,海克特依然没有露面,这种理论最终被证明跟其他所有理论一样也是错的。每个人对海克特事件都有一套自己的看法，但事实上谁都一无所知。如果真有人知道的话，那个人也一定是守口如瓶。

海克特事件大概做了一个半月的报纸头条新闻，随后人们对它的兴趣开始慢慢减退。既然没有什么新发现可供报道，也没有什么新线索可供调查，报纸便把注意力转向了别的新闻。那年春末，《洛杉矶调查报》首先刊登了一条关于海克特下落的传言。此类传言在接下来的几年里时断时续地出现，传言说有人在某个似乎不大可能的边远地区——所谓的海克特目击地——看见了他，但那无非是些哗众取宠的小花絮，一种老掉牙的好莱坞笑话，为了拼凑版面而被塞在报纸星座版的最底下。海克特在纽约州的尤蒂卡做工会头目。海克特和他的流动马戏团在南美的潘帕斯大草原上。海克特在贫民窟。1933年3月，兰德尔·西姆斯，五年前替《影迷》杂志采访过海克特的那个记者，在《先驱报》的周日增刊上发表了一篇文章，题为《海克特到底怎么了》。它让人感觉似乎有什么关于事件的新消息，但除了暗示海克特有可能卷入了一场错综复杂、寻死觅活的三角恋爱之外，它基本上是1929年洛杉矶报纸上那些文章的老调重弹。与此相似的还有一篇，作者名叫达布尼·斯特雷霍恩，出现在1941年的《科利尔》杂志上，在一本1957年出版的书里——书有个垃圾标题:《好莱坞丑闻与神秘事件揭秘》,作者为弗兰克·C.克莱波德——也贡献了短短的一章给海克特的失踪事件,只要稍微细读一下,你就会发现它几乎是把斯特雷霍恩的那篇文章逐字逐句地抄了一遍。这些年里,肯定还有许多其他关于海克特的文章和报道,只是我不知道罢了。我只有在箱子里的这些,所有我能找到的,都在这个箱子里。

4

两周后，还是没有芙芮达·斯贝林的消息。本来我已经做好了应付各种情况的准备：半夜来电、特快专递、电报、传真，要我赶到海克特病榻边的绝望恳求，但在十四天的沉默之后，我已经不再对她抱什么期望。我的怀疑论又回来了，一点一点地，我又回到了以前的工作轨道。纸板箱重新放回了储藏室，又郁闷了十天或者一个礼拜，我捡起夏多布里昂开始接着往下干。我已经浪费了近一个月时间，我竭力把苏埃诺镇挤出脑海，但还是有些残留的失望和厌恶感。海克特又死了一次。他要么是1929年死的，要么是前天死的。什么时候死的都无所谓。他已经不属于这个世界，我再也没有机会见到他了。

我把自己又关了起来。天气阴晴不定，时好时坏。一两天的大太阳后紧接着就是狂风暴雨；倾盆大雨，然后晴空万里；一下大风，一下没风；一下暖，一下冷；一下薄雾弥漫，一下又清澈明净。山上的气温总是比山下的镇子的要低五度，但有些下午我在四周散步时只用穿短裤T恤。而在另外一些下午，我却得生火取暖，并在身上裹上三件毛衣。转眼间，6月变成7月。我已经一鼓作气工作了大概十来天，渐渐跟上了过去的节奏，并进入了我认为的冲刺阶段。就在国庆假期那个周末之后的一天，我早早收工开车到布莱特尔博罗购物。我在大联盟超市里花了四十分钟，接着，把购物袋放进卡车驾驶室后，我决定再待一会儿，看场电影。那只是一时的心血来潮，是我站在停车场上，在将近傍晚的阳光下眯着眼睛流汗时的一时兴起。我的工作已经接近尾声，没有理由不可以改变一下计划，没有理由急着回家——如果我不想回去的话。我兴之所至地来到主街的莱奇斯电影院，正好赶上六点钟的电影就要开场。我买了一杯可乐和一袋爆米花，在最后一排中间找了个位子坐下，看完了《回到未来》系列电影中的某一部。电影荒谬而有趣。电影结束后，我决定延长出游时间，到街对过的韩国餐馆吃晚饭。我以前在那儿吃过一次，就佛蒙特的标准来说，东西烧得相当不错。

　　我在黑暗中待了两个小时，走出电影院的时候，天气已经又变了。老天爷又一次突然变脸：乌云翻滚，气温骤降，狂风开始呼啸。如果是像先前那样阳光灿烂的日子，这个钟点应该还有一点天光，但太阳在黄昏之前就消失了，漫长的夏日变成了潮湿、阴冷的夜晚。我穿过街道走进餐馆时已经开始下雨，而当我在前排一张桌边坐下点餐的时候，外面的风暴已经一触即发。一个纸袋从地面上飞起来贴到山姆军用品商店的橱窗上；一只空的易拉罐咔嗒咔嗒地沿着街道滚向河边；子弹般的雨点打在人行道上。我先来了一大盘的韩国泡菜，每吃一口就吞一口啤酒。那玩意刺激得舌头好像着了火一样，开始吃主菜的时候，我又不停地拿烤肉去蘸辣酱，而那就意味着我要不停地喝啤酒。我总共喝了三瓶啤酒，也许四瓶，到付账的时候，我已经喝得有点过头了。走走地上粉笔画的直线还行，我想，考虑一下自己的翻译问题也还行，但开车，恐怕不行了。

尽管如此，我还是不想把责任都推给啤酒。我的反应或许有点儿迟缓，但里面还有其他的因素，即使把啤酒这一项从事故方程式里拿掉，我怀疑结果也不会有什么不同。我离开餐馆的时候大雨还在倾盆而下，跑到几百码外的公共停车场后，我已经被淋成了落汤鸡。那使我在摸钥匙想把它们从湿裤子里拿出来时困难重重，等我好歹抓住钥匙抽出来，却马上又失手掉到了地上的水坑里。那意味着我要浪费更多的时间蹲下来在黑暗中找钥匙，终于站起来爬进车里的时候，我全身已经湿得像穿着衣服洗了一场澡。

怪啤酒，也怪那些湿衣服和滴到我眼睛里的雨水。我不得不再三地一只手离开方向盘去擦拭前额，再加上汽车除霜系统坏掉造成的不便也叫人分心（那意味着当我不用擦拭前额时，我就要用同一只手去擦起雾的挡风玻璃），接着操作不灵的雨刮器也来凑热闹（它们什么时候灵过？），总之那晚的状况实在很难说有什么安全保证。

讽刺的是，这一切我都心知肚明。虽然穿着湿衣服在瑟瑟发抖，虽然渴望着快点回去换上暖和衣服，但无论如何，我还是努力把车开得尽可能地慢。正是那救了我，我想，但同时也可能正是那导致了事故发生。如果开得快一点，也许我就会更警醒，就会跟那变化莫测的路况更合拍，但事实是过了一会儿我的思想就开始走神，随后我便堕入了那种长久的、漫无目的的、似乎只有一个人单独驾车时才会产生的冥想状态。如果没记错的话，那次我想的是给日常的生活琐事做个量化统计。在过去的四十年里我花了多少时间在系鞋带上？我开关了多少扇门？我打了多少喷嚏？有多少小时被我花在找那些找不到的东西上？有多少次我踢到脚趾或撞到头或因为眼睛进了东西眯眼流泪？我发觉这相当有趣，于是一边在黑暗的泥泞中驾车艰难跋涉，一边不停地加列统计清单。离开布莱特尔博罗大概二十英里，在T镇和西T镇之间的一条开阔路上，距离通向我房子的那条土路的拐弯岔道只有三英里的地方，我突然看到一只动物的眼睛在汽车前灯的灯柱里闪烁。随即，我看到那是条狗。它在前方二三十码处，一个湿乎乎的、脏兮兮的、在夜里四处流窜的畜生，跟大部分迷失的流浪狗相反，它不是沿着马路边上走，而是在路中央溜达——或者是在中央靠左，刚好就在我的车道中间。我猛打方向以免撞上它，同时一脚踩到刹车上。我知道不该那么做，但就在我告诉自己不要踩刹车之前我的脚已经踩了下去，由于路面被雨下得又湿又滑，轮胎根本刹不住。我滑出了路边的黄线，我还来不及把方向打回来，汽车已经撞上了一根电线杆。

我系着安全带，但那一撞使我的左臂磕到方向盘上，所有东西都从购物袋里飞出来，一罐番茄汁从天而降砸到我的脸颊上。我的脸伤得像鬼一样，前臂一阵阵地痛，不过我的手还能伸缩，嘴巴还能开合，而且我能感觉到身上没有骨折。我本该松口气才对，该为自己没有什么大碍而感到庆幸，但我根本没心思去庆幸，也没心思去推测身体的受损情况。这些已经够糟了，再说我还在为撞了车而怒火中烧。前灯碰掉了一个；挡泥板压得皱巴巴的；前挡风玻璃的下部震得粉碎。不过，发动机还是好的，可当我想倒车开走时，才发现前轮有一半陷进了泥浆里。我又在泥雨里花了二十分钟推车才把轮子弄出来，那时我已经全身湿透筋疲力尽，也懒得去清理车厢里掉得到处都是的食品杂货。我只是坐到方向盘前面，倒回路上，然后出发。后来我才发现，在我背心与座位的狭小空间里还卡着一袋冰冻豌豆，我就那样一路开回了家。

在屋前停好车时已经过了晚上十一点。我冷得身体直打哆嗦，下巴和胳膊隐隐作痛，心情极端恶劣。人们常说，要做好最坏的打算，但如果最坏的事情已经发生了，你就不会再去做更坏的打算。我的防卫已经松懈下来，爬出卡车时我还在对那条狗和电线杆耿耿于怀，还在回想事故的细节，所以没注意到那辆停在屋子左边的汽车。我的车前灯照不到那个方向，我熄灭引擎关掉车灯，周围的一切都陷入了黑暗之中。那时雨势已经小了，但还在淅淅沥沥地下，屋里没有亮灯。我本以为会在太阳落山前就回来，所以走时没打开前门的廊灯。天空一片漆黑。地上也一片漆黑。我什么也看不见，只能凭着记忆跟感觉摸索着走向房子。

在南佛蒙特，离家时不锁门是很平常的事，但我做不到。每次出去我都要把门锁得死死的。那是种顽固的旧习，我不想改，哪怕只出去五分钟。那天晚上当我第二次翻找钥匙的时候，我才明白这种无谓的警惕有多么蠢。我把自己锁在了自己的家门外。钥匙已经在我手里，但钥匙串上有六把钥匙，我根本搞不清楚哪把是大门钥匙。我盲目地在门上摸来摸去，想找到锁的位置。一旦找到了锁，我就随便挑了把钥匙插进锁孔里。它进去了一半，然后卡住了。我本来还要再试另外一把，但在那之前，我必须把第一把钥匙先拔出来。那比我预计的要麻烦得多。到最后关头,就在把钥匙最末端的卡口从锁孔里抽出来的时候,我用力稍稍猛了一点,钥匙串从手里滑了出去。它哐当一声掉在木头台阶上,然后弹到黑漆漆的天知道什么地方去了。于是我转了一圈又回到了开头的那一幕:四肢着地在地上爬来爬去,一边暗暗诅咒,一边搜寻看不见的钥匙。

当一道灯光在院子里亮起的时候,我过了两三秒钟都没回过神来。我朝下扫了一眼,本能地把头转向灯光的方向,在我还没机会害怕之前,在甚至还没搞清楚发生了什么之前,我看见了一辆汽车停在那儿——一辆来路不明的汽车停在我的地盘上——一个女人正从车里出来。她撑开一把红色的大伞,砰地关上身后的车门,车灯还开着。需要帮忙吗?她说。我手忙脚乱地从地上爬起来,稍过片刻又有一道灯光亮起来。那个女人拿一把手电筒指着我的脸。

你他妈是谁?我问。

你不认识我,她答道,但你认识叫我来的那个人。

那不行。告诉我你是谁,不然我就报警。

我叫阿尔玛·格兰德。我已经在这儿等了五个多小时,齐默先生,我需要跟你谈谈。

叫你来的那个人是谁?

芙芮达·斯贝林。海克特情况危急。她希望我告诉你时间已经不多了。

我们靠她的手电筒找到了钥匙,我打开门走进屋子,按亮了起居室的灯。阿尔玛·格兰德跟在我后面走进来——一个年纪在三十五到三十九岁之间的矮个女人,穿着蓝色的丝绸罩衫和剪裁考究的灰色长裤。中长的棕发,高跟鞋,深红色口红,一只硕大的皮包挎在肩上。当她走到灯光下,我看到她的左侧脸颊上有一块胎记。那是一块有成人拳头那么大的紫色污痕,其长宽足以让人联想到某个想象中的国家地图:一大片深色块,覆盖了她的大半个脸颊,从眼角开始一直延伸到下巴。她的发型剪得刚好可以遮住大部分胎记,为了阻止头发晃动,她的头部始终保持着一种笨拙的倾斜姿势。那是一种根深蒂固的姿势,我猜,一种多年的自我保护所形成的习惯动作,那使她给人一种傻乎乎和容易受伤害的感觉,就像那种害羞的小女孩,宁愿低头看地毯也不肯与你对视。

在任何其他一个夜晚,我可能都会很愿意跟她聊聊——但不是那晚。我太烦了,太累了,已经发生的一切让我疲惫不堪,我唯一想做的就是剥掉湿衣服,洗个热水澡,然后上床睡觉。本来打开起居室的灯后我已经关上了身后的大门。但现在我把它又打开了,并礼貌地请她离开。

只要给我五分钟,她说,我就能解释一切。

我不喜欢有人闯进我的私宅,我说,我也不喜欢有人深更半夜跳到我面前。你不想我把你扔出去,是吧?

她抬头看着我,我言辞的激烈让她很惊讶,她被我声音里的回头浪般的愤怒吓坏了。我以为你想见海克特,她说,说这句话的时候,她朝屋里又走了几步,把自己从靠近门的地方挪开,以防万一我真的把威胁付诸行动。当她转过身重新对着我,我就只能看到她的右边脸。从这个角度她看起来很不一样,我发现她有一张精致的圆脸,皮肤非常嫩滑。总之,并非毫无吸引力,几乎可以称得上漂亮。她的眼睛是深蓝色的,里面闪烁着一丝轻盈而敏感的聪慧,让我有点儿想起海伦。

我已经对芙芮达·斯贝林所说的不感兴趣了,我说。她让我等得太久了,我费了很大劲才恢复过来。我不想再来一次。希望越大,失望越大。我没精力耗在那上面。就我所知,故事已经结束了。

在她还来不及回答之前,我用一个利落的借口结束了这次小小的演讲。我要去洗个澡,我说,希望等我洗好,你已经走了。出去时麻烦你把门关上。

我转过身开始向楼梯走去,我决心就当她不存在,把一切都置之脑后。朝楼梯走到一半,我听到她说:你写了那么棒的一本书,齐默先生。你有权利知道真实的故事,而且我需要你的帮助。如果你不听我把话讲完,就会大事不妙。只要给我五分钟。那就是我的所有要求。

她已经竭尽所能,用最煽情的方式提出了自己的请求,但我还是不为所动。我走到楼梯顶端,转过身来从凉廊上对她说话。我连五秒钟都不想给你,我说,如果你想跟我谈,明天打电话给我。更好的办法是,给我写信。我对电话有点儿过敏。随后,不等她有所反应,我便钻进浴室关上了门。

我在浴缸里逗留了十五到二十分钟。加上擦干身体的三四分钟,在镜中审视面颊的两分多钟,以及穿上干净衣服的五六分钟,我大概在楼上待了将近半个小时。我一点都不急。我知道等我下楼的时候她还会在那儿。我的心情还是很糟,还是有一肚子压抑的怒火和敌意。我不怕阿尔玛·格兰德,但我自身的愤怒让我害怕,我已经搞不清楚自己变成了什么。去年春天在泰利森家的派对上我已经发作过一次,但从那以后我就又躲了起来,已经养成了不同生人说话的习惯。现在我唯一知道如何相处的人就是我自己——但我算不上一个真正的人,我也算不上真正地活着。我只是个假装活着的人,一个整天埋头翻译一部死人之书的死人。

当我出来走到凉廊上,她从一楼扬起头望着我,劈头就是一连串的道歉,请求我原谅她的无礼,并解释说她对没有事先通知就闯来感到十分抱歉。她并非那种夜里潜伏在别人家旁边的人,她说,她无意吓我。她六点钟敲门的时候，还是阳光灿烂。她错以为我会在家，而她之所以会在院子里等上这么多钟头，只是因为她觉得我随时都有可能回来。

我下楼梯走向起居室的时候，发现她已经梳过头发，重新涂过口红。她现在看上去精神多了——不再那么憔悴，那么不自信——当我走到她身边请她坐下，我甚至感觉到她并不像我原先以为的那样软弱无助。

在你回答我的问题之前，我不想听你说什么，我说，你的回答要让我满意，我才会给你讲话的机会。否则，我就要请你离开，并且再也不想见到你。明白？

你想要回答长还是短？

短。尽可能地短。

告诉我从哪儿开始，我会尽力而为。

我想知道的第一件事就是为什么芙芮达·斯贝林不给我回信。

她收到了你的第二封信，但就在她坐下来给你写回信的时候，一桩突发事件使她停了下来。

停了整整一个月？

海克特从楼梯上摔了下来。在房子的这边，芙芮达正手里拿支笔坐在桌前，而在房子的那边海克特正走向楼梯。这两件事连接得这么紧密真是怪异。芙芮达刚写了几个字——敬爱的齐默教授——就在那时海克特绊了一下摔倒下来。他的腿有两处骨折,几根肋骨开裂,头的一侧撞了个大包。一架直升机飞到农场,他被送到阿尔博科奇的一家医院。给他的腿部动手术时,他的心脏病又发作了。他们把他转到心脏病科,接着,正当他看上去快要复原的时候,他又染上了急性肺炎。这又折腾了好几个星期。有三四次,我们都以为要失去他了。在那种情况下不可能写信,齐默先生。发生了太多的事,芙芮达根本无暇他顾。

他还在医院里吗?

昨天回家了。今天早上我搭了第一班飞机,两点半左右到波士顿,再租了辆车赶到这儿。这比写信要快,不是吗?只要一天,而不是三四天,也许甚至五天。说不定海克特五天之内就会死掉。

为什么不给我打个电话?

我不想冒那个险。那样你会很轻易就把我的电话挂断。

你干吗这么积极?这就是我接下来的问题。你是谁,你怎么会卷进这件事里?

我从生下来就认识他们。他们和我很亲。

难道你是他们的女儿?

我是查理·格兰德的女儿。也许你不记得这个名字,但我担保你曾经瞄到过它。可能还看到过好多次。

那个摄影师。

不错。他是海克特在万花筒拍的所有电影的摄影。当海克特和芙芮达决定重新拍片的时候,他离开加利福尼亚住到了农场。那是1940年。1946年他与我母亲结婚。我在那儿出生,在那儿长大。那对我是个重要的地方,齐默先生。我所有的一切都来源于那儿。

你从没离开过?

十五岁我上了寄宿学校。然后上大学。再然后,我住在城市里。纽约,伦敦,洛杉矶。我结过婚,又离了,我干过各种工作,我做过各种事。

但你现在生活在农场里。

我大概是七年前搬回去的。我母亲去世了,我回家参加葬礼。那之后,我决定留下来。查理几年后也死了,但我还在那儿。

在那儿干吗?

写海克特的传记。那花了我六年半时间,但现在已经快完成了。

开始慢慢有点意思了。

当然有意思。我不可能跑两千四百英里的路来跟你撒谎,是不是?

下一个问题。为什么是我?世上有那么多人,你为什么要挑我?

因为我需要一个证人。我在书中说到的事情没有其他人见过,如果没有一个人出来支持我的说法,我写的东西就会显得不可信。

但那个人不一定非要是我。他可以是任何人。从你小心翼翼兜圈子的话听来，似乎海克特后来又拍了新的电影。如果是那样的话，你应该联系一位电影学者让他看看那些影片。你需要一位权威人士来为你做证，他应该是在这一领域里有一定声望的某个人。而我只是个业余爱好者。

你也许不是个电影批评方面的专家，但你在海克特的喜剧默片上却是个绝对的专家。你写了本极其出色的书，齐默先生。对于那些电影来说，没人能写得比你更好。那是一部权威性的著作。

直到那时为止，她都在全神贯注地对待我。她坐在沙发上，我则在她前面来回踱着步子，感觉自己就像个正在盘问目击证人的控方律师。我已经占了上风，她回答问题的时候直直盯着我的眼睛。现在，突然，她低头匆匆瞥了一眼手表，开始坐立不安起来，我能感觉到形势已经发生了逆转。

晚了，她说。

我误解了她的话，以为她的意思是她累了。这让我觉得很荒唐，在那种情况下这样说实在可笑透顶。是你开的头，我说，你不会想现在把我晾到一边吧，啊？我们才刚刚热完身。

现在一点半。波士顿的飞机七点一刻起飞。如果我们一个小时内出发,也许还赶得上。

你在说什么?

你不会以为我来佛蒙特只是为了聊天吧,是不是?我要把你带回新墨西哥。我以为你明白。

你在开玩笑。

旅途时间很长。如果你还有问题要问,我会很乐意在路上回答你。等我们到了那儿,我所知道的一切你都会知道。我保证。

你太自作聪明了,你怎么知道我愿意跟你走。不,现在不行。现在是半夜。

你必须走。海克特死后二十四小时,那些电影胶片就要被销毁。也许他现在已经死了。也许在我今天到这儿来的途中他就已经死了。你懂吗,齐默先生?如果我们现在不走,时间可能就不够了。

你忘了我在最后那封信里跟芙芮达说的话了。我不坐飞机。那有违我的信仰。

阿尔玛·格兰德一言不发,手伸进皮包掏出一只小小的白色纸袋。袋上标着一块蓝绿相间的徽章图案,图案下面写着几行字。从我站的地方,我只能辨认出其中一个词,但只需那个词我就能猜出袋里是什么。那个词是药房。

我没忘记,她说,我带了些赞安诺给你,你习惯用这个,对不对?

你怎么知道的？

你写了本很好的书，但那并不意味着我们就能信任你。我必须做一番小小的调查，以确定你是否合格。我打了些电话，我写了些信，我读了你的其他几本著作。我了解了你一直以来的各种情况，我感到很抱歉——非常抱歉，对你妻子和儿子的事情。你一定很不好过。

你没权利那么做。像那样窥探别人的私生活令人恶心。你闯到这儿请求我的帮助，然后却又掉头说起这些。我为什么要帮你？你让我想吐。

如果不知道你是什么人，芙芮达和海克特就不会让我邀请你。为了他们我必须那样做。

我无法接受。我无法接受你所说的该死的任何一个字。

我们是同一边的，齐默先生。我们不应该内讧。我们应该像朋友那样并肩作战。

我不是你的朋友。我不是你的任何人。你不过是个不知从哪儿来的深夜游魂，现在我想请你从这儿回去，让我一个人待着。

我做不到。我必须带你走，而且我们必须现在就走。求求你，别让我动粗。那样做很蠢。

我根本不明白她在说什么。我比她高八英寸，至少重五十磅——一个情绪处于失控边缘的壮汉，一个随时都有可能爆发的炸药包——而她却跟我说要动粗。我站在原地不动,从我靠近柴炉的位置盯着她。我们相隔十到十二英尺,正当她从沙发上站起来的时候,一阵新的雨点打到屋顶上,在屋顶铁皮板上发出碎石头砸下来似的咔嗒咔嗒声。她被那声响吓得跳起来,飞快地环视了一下房间四周,眼里闪烁着激动和不知所措的眼神,那一瞬间我突然知道了接下去会发生什么。我无法解释那种感觉从何而来,但无论如何,看到她的那种眼神时,一种预感或超验的直觉抓住了我,我意识到她包里带着把手枪,我知道在接下去的三四秒钟之内她就会把右手插进包里拿出手枪。

那是我一生中最为愉悦的时刻之一。我比现实抢先了半步,我超越了自身躯体的局限,当事情的发展正如我所料时,我感到通体透明。我是如此轻盈虚无,仿佛要溶化在空气中。一切将我围绕也被我包含,我只要看进自己,就能看到整个世界。

枪在她手里。那是一把小小的、镀银的左轮手枪,珍珠枪柄,只有我小时候玩的玩具手枪的一半大。当她转向我的方向举起手臂时,我看到她手臂末端的手在颤抖。

这不是我,她说。我不会做这种事。你叫我把它放下,我就放下。但我们必须现在就走。

那是第一次有把枪对着我,而我的感觉竟是如此舒适,我在那一刻竟能如此坦然地面对死亡,这让我大为惊讶。只要一个错误的动作,一句错误的话,我就会莫名其妙地送命。我本该被那种想法吓住才对。那本该让我想逃,但我并不想那么做,也不想让正在发生的事情停下来。有一种无边无际的、恐怖的美展现在我面前,所有我想做的就是继续观赏这种美,继续观赏这个满脸惊异的女人的双眼。我们就那样站在那儿,听着雨声在我们顶上轰鸣,恍如有一万面大鼓在为这魔鬼之夜疯狂敲奏。

来,开枪打我,我说,那样你就帮了我一个大忙。

这句话在我意识到自己要说它之前就从嘴里冒了出来。我觉得它听起来既刺耳又吓人,只有一个危险分子才会说出那样的话,但话一出口,我就知道自己并不想收回它。我喜欢这句话。它的直率,它的坦白,它面对进退两难时那种斩钉截铁的态度,都让我中意。然而,虽然这句话给了我很大勇气,但我还是无法确定它到底意味着什么。我究竟是想让她杀了我,还是想找个办法劝她别杀我?我是真的希望她扣动扳机,还是想控制住她的手哄她放下枪?过去的十一年里,我多次回想过这些问题,但从未得出一个确切的答案。我只知道我不害怕。当阿尔玛·格兰德掏出那把左轮手枪指着我胸口的时候,我像是着了魔似的没有被吓住。我意识到那把手枪的子弹里蕴涵着一种我从未想过的思想。这个世界上充满着各种各样的洞,毫无意义的小孔,以及被人们忽略的在显微镜下才能看出的裂缝,而一旦你到了其中某个洞的另一边,你的自我就会解脱,你的生命就会解脱，你的死亡就会解脱，你所拥有的一切都会得到解脱。那天夜里在我的起居室里，我偶然遇见了其中一个洞。它以一把枪的形式出现，当我进入那把枪里，我就已经无所谓出不出去。我极其镇定、极其狂热、极其投入地准备去领受那一瞬间所赐予我的一切。那样巨大的冷漠是罕见的，而只有准备好完全放开自我的人才能达到那一境界，它令人肃然起敬，它赋予那些凝视它的人某种威严。

那一切我只能记到这里为止，只能记到我说出那句话及稍后一点儿为止，再后来发生的事情就变得模糊不清了。我只记得自己对她咆哮，拍着胸口让她扣动扳机，但我不记得自己那样做是在她开始哭之前还是之后。我也不记得她说了什么。那意味着大部分时候是我在说话，但当时那些话是如此飞快地脱口而出，我几乎不知道自己在说什么。最关键的是她吓坏了。她没想到我会反戈一击，当我从枪口抬起头再次看进她的眼睛的时候，我意识到她根本就没有胆量杀我。她完全是在虚张声势，那是一种孩子气的铤而走险，在我开始向她走去的一刹那，她立即垂下了手臂。她喉咙里发出一种神秘的声音——一连串压抑的、嘴巴被捂住似的呼吸声，一种无法确定的、介于呻吟与哽咽之间的声响——当我继续用嘲讽和侮辱的话语攻击她，吼着让她快点动手，我知道——我完全知道，我毫不怀疑地知道——她的枪没有上子弹。又一次，我无法说明这种感觉从何而来，但就在我看着她放低手臂的那一瞬间，我意识到自己什么事都不会有，于是我决定要让她为此受到惩罚，要让她为自己的装模作样付出代价。

我在说的这些事都是在几秒钟里发生的，整整一生的时间都被压缩在这几秒钟里。我向前走了一步，然后又一步，我突然逼近她，一把扭住她的胳膊，将手枪从她手里夺了过来。她不再是个死亡天使，而我现在已经知道了死亡是个什么滋味，在紧接着的几秒钟里，我做出了自己从未做过的最狂野、最怪异的举动。只为了证明一点。只为了向她展示我比她更强大。我夺过手枪，后退几步，把枪指向自己的头部。当然，里面没有子弹，但是她不知道我知道这点，我想利用我的直觉来羞辱她，让她看看一个不怕死的人是个什么样子。她开了头，现在在我来收尾。她尖叫起来，我记得，我至今还能听到她尖叫并恳求我住手的声音，但那时已经没有什么东西能让我住手。

我以为会听到咔嗒一声，接着或许会从空枪膛里发出一下短促的回响。我把手指放到扳机上，朝阿尔玛·格兰德送上一个古怪的、令人作呕的微笑，然后开始扣动扳机。哦，天呐！她尖叫起来。哦，天呐！别开枪。我扣下去，但扳机动不了。我又试了一次，还是不行。我以为是扳机卡住了，可当我放下枪察看时，终于发现了问题所在。保险没打开。枪里有子弹,但保险没打开。她忘了打开枪的保险。要不是因为那个错误,一颗子弹就会射进我的脑袋。

她在沙发里坐下,手捂住脸接着哭。我不知道她哭了多久,我以为她一恢复过来就会起身离开。难道她还有什么别的选择?因为她,我差点一枪轰掉了自己的脑袋。既然她已经输掉了这场病态的意志较量,我很难想象她还敢跟我说什么别的话。

我把枪放进口袋。枪一离手,我就觉得疯狂开始从我的身体里慢慢退去。留下的只有恐惧感——一种灼热的、触摸得到的余温,我的右手里还残留着试图扣动扳机的记忆,太阳穴上还残留着被硬金属抵压的记忆。现在我的太阳穴上之所以没被打出一个洞,那只是因为我既愚蠢又幸运,因为在我的生命中幸运一度战胜了愚蠢。我差一点点就杀了自己。一系列的变故把生活从我手中夺走,然后又原物奉还,而就在这段空隙里,在这两者的细微裂缝间,我的人生变成了不同的人生。

当阿尔玛终于又抬起头的时候,泪水还在她的脸颊上滚滚而下。她的妆弄花了,留下几道弯弯曲曲的黑线从中间穿过她的胎记,看到她把自己折磨得如此狼狈不堪,我几乎都要觉得不好意思了。

去洗洗，我说，你看上去很糟。

她没说什么，这让我有些感动。她是个能言善辩的女人，一个自信的、不会任人摆布的女人，但在我说了那样的话之后，她却默默地从沙发上站起来，照我说的去做了。她脸上泛起一丝苍白的笑意，并几乎令人难以察觉地耸了下肩。当她走过去找浴室的时候，我才意识到她受到的打击有多大，她被伤得有多深。不可思议的是，看着她离去的背影，我心里有什么东西被触动了。不知怎么，那改变了我的想法，第一次有细微的怜悯和同情在心里闪过，我随之做了一个突然的、完全出乎意料的决定。至于说那个决定有多重要，我只能说，我相信它是我现在要讲的这个故事的开始。

她走开后，我折进厨房想找个地方藏枪。我打开又关上水槽上的碗橱，又在几个抽屉和铝罐里勘察了一番，最终选择了冰箱的冷冻柜。那是我头一回跟枪打交道，我不知道卸子弹会不会惹出更多的麻烦，所以原封不动地把它放进了冷冻柜——子弹还满满上在膛里——塞在一包鸡块和一盒馄饨的下面。我只想让这玩意离开我的视线。然而，等我关上冰箱门，我意识到自己并不怎么急着要丢掉它。倒不是说我还想用那把枪，而是我喜欢它在我身边的那种感觉。在找到一个更好的地方之前，我打算就让它待在冷冻柜里。这样每次我拉开冰箱门，就会记起那天晚上发生的事情。它将是我的一个秘密纪念物，一座纪念我与死神擦肩而过的纪念碑。

她在浴室里花了很长时间。那时雨已经停了，我决定与其干坐着等她出来，不如去清理一下卡车车厢，把那些食品杂货拿进来。那花了我将近十分钟的时间。当我放好那些食物，阿尔玛还在浴室里。我走到浴室门口侧耳倾听，我开始感到如坐针毡，担心她会在里面一时鲁莽做出什么傻事。在我走出房子之前，洗脸池里的水还开着。我能听到水龙头喷射水流的声音，当我路过门口的时候，我听到她在那水声里啜泣。而现在水停住了，里面悄无声息。那也许意味着她已经止住眼泪，正在平静地梳妆打扮。也可能意味着她已经吞下了二十粒赞安诺，正全身冰冷地躺在地上。

我敲了敲门。她没有回答，我又敲了一次，问她是否没事。她就来，她说，她马上出来。接着，一阵长长的停顿之后，她用一种仿佛要窒息般的声音，对我说她很抱歉，她为发生的所有这些乱七八糟的事情感到抱歉。如果得不到我的原谅，她情愿去死，她说，她求我原谅她，但即使我不肯，她也会现在就走，不管走到哪儿，她都不会再麻烦我。

我站在门边等她。她出来的时候，正如一个人长时间哭泣后的样子，眼睛浮肿起泡，但她的头发已经梳理整齐，粉底和口红掩盖了脸上大部分的红肿。她想从我身边走过，但我伸手拦住了她。

已经两点多了，我说，我们都累了，我们需要好好睡一觉。你可以睡我的床。我睡楼下沙发。

她尴尬得没有勇气抬头看我。我不太明白，她说，就像在对着地板说话。当我没有立即再说什么的时候，她又说了一遍：我不太明白。

今晚谁也不走，我说，我不走，你也不走。明天的事明天再说，现在我们先按兵不动。

那是什么意思？

意思就是去新墨西哥的路很长。最好明天一早再出发。我知道你很急，但相差几个小时不会有太大差别。

我以为你想要我走。

不错。但现在我改变主意了。

她的头抬起了一点，我看得出她有多么困惑。你不必对我好，她说，我不需要。

别担心。我是为自己着想，不是为你。明天有一大堆事等着我们，如果我现在不睡觉，明天就会连眼睛都睁不开。我必须醒着才能听你要告诉我的事，对不对？

你不是在说要跟我一起走吧？你不会那么说的。你不可能那么说。

我想不出明天有什么非做不可的事。为什么不能去？

别骗我。如果你现在骗我的话，我会受不了的。那等于要把我的心挖出来。

我花了好几分钟才说服她，让她相信我会跟她走。这个转变对她来说太震撼了，她实在难以接受，我不得不重复了好几遍才让她相信。当然，我没有什么都说。我没有费事跟她提起宇宙中那些小洞，或者想为前面的一时狂乱赎罪的心理。那些都太复杂，所以我只让自己告诉她说我的决定是个人化的，跟她毫无关系。我们表现得都不好，我说，我和她一样要为发生的事情负责。无须责备，无须原谅，无须就谁对谁干了什么而斤斤计较。我讲了一通诸如此类的话，这些话最终向她证明我是出于自己的原因想去见海克特，我去那儿不是为了任何人，而是为了我自己。

接着是累人的讨价还价。阿尔玛不肯睡我的床。她给我带来的不便已经够多了，再说那晚早些时候我还在交通事故中受了轻伤。我需要休息，在沙发上我不能自如地翻身。我坚持自己没事，但她听不进去，我们俩你来我往，每个人都想强迫另一个人接受自己的意见，活像一出无聊的情景喜剧，而就在不到一个小时之前，我才从她手里抢过手枪，并差点把自己脑袋打开花。最后我已经筋疲力尽，实在没力气再争了，只好随她去。我给她拿了些床上用品和一只闲置备用的枕头,把它们扑通一声放到沙发上,然后指给她看灯的开关在哪儿。我就做了这些。她说她不介意自己铺床,在过去的三分钟里她已经谢了我七次,随后我上楼进了自己的房间。

毫无疑问,我疲惫不堪,但等我钻进被窝,却又难以入睡。我躺在那儿望着天花板上的影子,当发觉没什么好看的时候,我便翻了个身侧躺着听阿尔玛*在楼下走动发出的微弱声响。最后,我卧室门下的灯灭了,我听见她准备上床睡觉时拉开沙发的弹簧声。那之后,我肯定是眯瞪了一会儿,因为从接下来到三点半我睁开眼睛这段时间发生的事情,我一点都记不得了。我从床头的电子钟上看到了时间。当时我正处于晕乎乎、飘乎乎的半梦半醒之间,只能模糊地知道我睁开眼睛是因为阿尔玛爬上床,把她的头枕在了我肩上。下面孤单单的,她说,我睡不着。我很明白那是什么感觉。我深知睡不着是个什么滋味,在还没有清醒到要问她在我床上干吗之前,我已经把她揽进怀里,吻住了她的嘴。

我们第二天近午时分才出发。阿尔玛想开车,于是我

---

* Alma,拉丁文 almus 的阴性写法,意思是丰美和慷慨。

坐在副驾，担负起看路和领航的任务，她驾着那辆租来的蓝色道奇驶向波士顿，我告诉她哪儿该转弯，该上哪条高速。地上还有风暴留下的痕迹——折断的树枝、粘在汽车顶上的湿树叶、倒在某家院子草坪上的旗杆——但天空已经放晴，我们开往机场的一路上阳光灿烂。

我们谁也没提前一晚发生在我卧室里的事。那就像个和我们一道乘车同行的秘密，就像某种只限于夜晚小房间里才有的、不能见光的东西。如果要将它说出来，就得冒着将它毁掉的危险，因此我们除了偶然的相互一瞥，飞快的一个微笑，一只手在对方膝盖上小心地放一下之外，没有更多的接触。我怎么知道阿尔玛是怎么想的？我很高兴她能溜上我的床，我很享受我们在黑暗中共度的那几个小时。但那只是一夜而已，接下来会怎样我心中完全没数。

我最后一次开车去洛根机场，是和海伦、托德、马可一起。在他们生命中的最后一天，也曾走过现在阿尔玛和我正在走的这条路。从一个地方到另一个地方，一英里接着一英里，他们做过同样的旅行，走过同样的路线。30号公路到91号州际公路，91号州际公路到麦斯派克高速，麦斯派克高速到93号公路，93号公路到隧道。一部分的我很欢迎这奇异的重演。那感觉就像某种设计巧妙的惩罚，似乎上帝裁定了让我只有回到过去才能拥有未来。因此，公平起见，我应该用和海伦度过最后一个早晨的同样方式，来度过和阿尔玛的第一个早晨。我必须同样坐在汽车上驶往机场，我必须同样以超出限速十到二十英里的速度一路飞奔——以免错过飞机。

那天孩子们在后座吵了起来，我还记得有一下托德挥臂朝他小弟弟的胳膊上猛击了一拳。海伦转过身去提醒说他不该去欺负才四岁的弟弟，而我们的大儿子生气地抱怨说是马可先惹他的，因此活该挨揍。如果有人打你，他说，你就有权打回去。对此我回答说——那将是我一生中最后一次作为父亲发言——没人有权利去打比他小的人。但马可永远比我小，托德说。那么说我永远都不能打他了。怎么说呢？我答道——他的逻辑感让我吃惊——有时候人生是不公平的。那句话实在很白痴，当我说出那句恐怖的真理时，海伦大笑起来。她是在用那种方式告诉我，那天早上车上的四个人里，托德是脑子最好使的一个。我当然同意她的看法。他们都比我聪明，我连一秒钟都没想过自己比他们高明。

阿尔玛是个好司机。当我坐在那儿看着她在左车道和中间车道上迂回前行、如入无人之境时，我对她说她看上去很漂亮。

那是因为你看到的是我好的一面，她说，如果你坐在这边，大概你就不会那样说了。

那就是你为什么想要开车？

130　幻影书

车是用我的名字租的，应该由我来开。

那么跟虚荣心完全无关？

适应它需要一个过程，戴维。不是不得已的话，没必要特意夸大它。

我无所谓，你知道。我已经习惯它了。

你不可能习惯。至少现在还不可能。你看我看得还不够，你还不知道自己会有什么感觉。

你说你结过婚。显然，它并没有削弱你对男人的吸引力。

我喜欢男人。给一点时间，他们也会喜欢上我。我也许不像有些女孩那么老到，但我有自己的特点和魅力。跟我待的时间够长的话，你甚至都会看不到它。

但我喜欢看到它。它让你与众不同，让你看起来不像任何别的人。你是我遇见的唯一一个只像自己的人。

我父亲以前也经常那么说。他告诉我那是来自上帝的特殊礼物，那会让我比所有其他的女孩更美丽。

你相信他吗？

有时候。但有时候我又觉得苦恼。毕竟那东西很丑，而且当你是个小孩时，那很容易让你成为别人攻击的靶子。我一直想着有一天能去掉它，能有个医生妙手生花使我变得正常。每当我夜里梦见自己的时候，我的两边脸都是一样的。白皙嫩滑，完美匀称。一直到我大概十四岁的时候，才没有了那种想法。

你学会了怎么跟它和平相处。

也许，我不知道。发生了一件事情，我的想法开始转变。那对我是一次重要的经历，是我人生中的一个转折点。

有人爱上了你。

不，有人给了我一本书。那年圣诞节，我母亲给我买了一本短篇小说集，《美国经典故事集》，一本大大的绿色布封面的精装书。里面四十六页上有一篇纳撒尼尔·霍桑的短篇小说，《胎记》。你知道吗？

只有一点印象。我想还是我上高中之前读的。

有六个月时间，我每天都要看它。它是霍桑为我而写的。它就是我的故事。

一个科学家和他的年轻新娘。那是大致的情形，是不是？他想把胎记从她脸上去掉。

一块红色的胎记。在她的左脸上。

难怪你喜欢它。

"喜欢"这个词还不够有力。我被它迷住了，那个故事把我生吞了下去。

那个胎记看起来像一个人的手掌，是不是？现在我开始想起来了。霍桑说它看起来就像一个按在她脸颊上的掌印。

但要小一点。跟一个小矮人，或者一个婴儿的手掌那么大。

她只有那么一个小小的瑕疵，除此之外她的脸蛋漂亮极了，她是个出名的美人儿。

她叫乔治亚娜。在她嫁给艾尔默之前，她甚至都没认为那是一种瑕疵。是他教会了她憎恶那块胎记，是他让她变得讨厌自己，让她想去掉它。对他来说，那块胎记不仅是一种缺陷，不仅是某种有损她自然美的东西，而且是一种内心堕落的征兆，一个乔治亚娜灵魂上的污点，一个罪恶、死亡与衰败的标志。

死神之印。

而那纯粹是我们人类的看法，正是这点使那个故事显得如此悲惨。艾尔默钻进他的实验室开始研制神丹妙药，试图配制出一种能消除那个可恶斑点的药方，天真的乔治亚娜则举双手赞成。那正是事情的可怕之处。她希望他爱她，那是她关心的一切。如果除掉那个胎记是她为他的爱而要付出的代价，那么即使冒着生命危险她也在所不惜。

结果他害死了她。

但那是发生在那块胎记消失之后，这一点非常重要。在最后的弥留之际，就当她快要死的时候，那块印记慢慢地从她脸颊上退去了。它消失了，彻底消失了，而就在那时，就在那一刻，可怜的乔治亚娜断气了。

那块胎记就是她自身。它消失了，她也就随之消失了。

你不知道那个故事对我的意义有多大。我不停地阅读它，不停地想着它，一点一点地，我开始看清了自己是谁。别人的人性都藏在里面，但我的却戴在脸上。那就是我和所有其他人的区别所在。上天不准我隐藏我是谁，每次人们看着我的时候，一眼就能看进我的灵魂。我不是个难看的女孩——这点我知道——但我也知道我将一直都活在脸上那块斑痕的阴影里。想去掉它是徒劳的。它是我生命的中心，清除它无异于自我毁灭。我将永远不会拥有那种做普通人的幸福，但在读了那个故事之后，我意识到我拥有另外某种几乎可以说是好的东西。我能知道人们在想什么。我所要做的就是看着他们，研究他们看到我左边脸时的反应，那样我便能判断出他们是不是值得信任。胎记是对他们人性的测试仪，它能称出他们灵魂的重量，如果我全力以赴的话，我甚至能直接看进他们的内心，看出他们是什么样的人。十六七岁时，我的看相技巧已经炉火纯青了。那并不是说我就不会看错人，但大部分时间我都很有把握。偶尔出错只是因为我情不自禁。

就像昨天晚上。

不，不像昨天晚上。那不是出错。

我们差点杀了对方。

我们必须那样。当时间来不及的时候，一切就会加速运转。我们没有那个奢侈去正儿八经地自我介绍，握手，边喝东西边东扯西聊。我们只有用暴力。就像两个星球在宇宙边缘相撞。

别告诉我你不害怕。

我怕得要死。但我并非毫无准备，你知道。我已经准备好了迎接各种情况。

他们告诉你我疯了，是不是？

没人用过那个词。最严重的说法是神经错乱。

见到我的时候你的看相术看出了什么？

你已经知道答案了。

你被吓坏了，对吗？我把你吓得魂都飞了。

还不止呢。我是很怕，但同时又很兴奋，几乎幸福得发抖。我看着你，有一阵子简直就像在看着我自己。我以前从未有过那样的感觉。

你喜欢那种感觉。

我爱那种感觉。我是如此迷乱，我觉得自己都要融化了。

那么现在你信任我了。

你不会让我失望，我也不会让你失望。这我们都知道。

我们还知道什么？

没有了。那就是为什么现在我们会一起坐在这辆汽车里。因为我们是一样的，因为除此之外我们一无所知。

我们提前二十分钟赶上了四点钟飞往阿尔博科奇的航

班。本来，服用赞安诺最理想的时间应该是在我们抵达霍利奥克或斯普林菲尔德的时候，最晚也要在伍斯特，但我跟阿尔玛说得太投入了，对话绵绵不断，于是我一拖再拖。当我们开过495号出口的标志时，我意识到已经没必要吃药了。药在阿尔玛的包里，但她没看过说明书。她不知道必须提前一到两小时服药，药效才能发挥作用。

一开始，我很高兴自己没有投降。每个瘸腿的想到丢掉拐杖都会不寒而栗，但如果我能挺过这次飞行而不至于眼泪横飞或胡言乱语，也许我就能最终克服这种恐惧。这种想法使我又撑了二三十分钟。接着，当我们快到波士顿郊区的时候，我知道已经别无选择了。我们已经行驶了三个多小时，但还没谈到海克特。我原以为我们会在车上说海克特的事，结果谈的却都是其他事情，一些无疑必须先谈的事情，一些比在新墨西哥等着我们的更为要紧的事情。在我意识到之前，旅程的第一阶段已经快结束了。现在我不可能在飞机上靠着她睡觉了。我必须保持清醒，好听她讲故事——她答应要告诉我的故事。

我们坐在候机室靠近登机口的位子。阿尔玛问我想不想吃颗药，就在那时我对她说我不打算用赞安诺了。只要握住我的手，我说，我就会没事的。我感觉很好。

她握住我的手，过了一小会儿我们就当着其他乘客的面亲吻起来。那是一种纯净的、青春期般的放肆——虽然我的青春期并不是那样的，但那是我一直向往的感觉——当众亲吻一个女人的体验是如此新奇，以至于我都没时间再去细想即将面临的折磨。我们登机的时候，阿尔玛正在擦我脸颊上的口红印，我几乎没注意就穿过机舱门走了进去。沿着中间过道走过去也没出现什么问题，坐到座位上也是。甚至当我必须要系紧安全带时也没觉得有什么大碍，甚至当引擎开足马力大声轰鸣，我皮肤开始感到机器的震颤时，我还是安之若素。我们在头等舱。菜单上说他们晚餐将供应鸡肉。阿尔玛，她坐在我左边的靠窗位子——因此她又是右脸对着我——她拿起我的手放进她手里，把它举到嘴边，亲吻着它。

我犯的唯一错误是闭上了眼睛。当飞机倒退着离开候机楼开始沿着跑道滑行，我不想看着我们起飞。那是最危险的时刻，我觉得，如果我能熬过从地面升空的过程，完全不去想我们已经与大地失去联系的事，也许就可以安然度过剩下的飞行。但我错了，我想掩耳盗铃，我切断了自己与那一刻周围活生生现实的联系。面对现实或许是痛苦的，但更糟的是让自己从那种痛苦中逃开，沉入幽闭的脑海里。现实世界消失了。什么都看不见，什么都无法让我从自己那要命的恐惧中分心，闭眼的时间越长，我的恐惧要我看到的东西就越可怕。我一直希望自己能与海伦和孩子们死在一起，但我从未真正想象过他们在飞机坠毁前的最后时刻是怎么度过的。现在，双眼紧闭，我听到孩子们在尖叫，我看到海伦胳膊抱着他们，对他们说她爱他们，在另外一百四十八个人的垂死尖叫声中，她在他们耳边说她会一直爱着他们。当我看到那儿的她和她胳膊里的孩子们，我垮掉了，我哭了。正如我一直想象自己会做的那样，我垮掉了，我哭了。

我双手捂着脸，我埋在自己那咸乎乎、臭乎乎的手掌心里哭了很长时间，没法抬头，没法睁眼，没法停止。最后，我感觉到阿尔玛的手在我的脖子后面。我不知道它在那儿已经放了多久，但在我开始感觉到它的时候它就已经在那儿了，过了一会儿我又意识到她的另一只手正在上下抚摩着我的左臂，手法非常温柔，就跟妈妈用来抚慰可怜孩子的那种柔和而有节奏的动作一模一样。说来奇怪，脑子里一有了那种念头，一浮现出妈妈和孩子的画面，我就开始想象自己的身体变成了托德，我自己的儿子，而正在抚慰着我的不是阿尔玛而是海伦。那种感觉只持续了几秒钟，但它力量无穷，从没有一件想象的事情能像它那样栩栩如生，那样逼真地把我转换成另一个人，而就在那种感觉开始消逝的一刹那，我突然意识到，最难熬的时刻已经过去了。

5

半个小时后,阿尔玛开始讲述。我们身处三万英尺的高空,正在宾夕法尼亚州或俄亥俄州某个无名乡村的上方,她从那时一路讲到了阿尔博科奇。我们着陆时有过一次短暂的停顿,然后当我们爬进她车里开始前往苏埃诺镇的两个半小时的行程,故事又接了下去。我们沿着绵延不绝、荒无人烟的高速公路行进,下午变成了黄昏,黄昏又变成了夜晚。就我记得,直到我们来到农场大门的时候故事才告一段落——甚至那时它也还没有真正结束。她说了将近七个小时,但还是来不及把所有一切都讲清楚。

刚开始她的讲述非常混乱,在过去和现在之间跳来跳去,我花了好一阵子才弄清头绪,理出事件发生年代的先后次序。一切都在她的书里,她说,所有的人名和日期,所有的重要资料，没必要在海克特失踪之前的生活枝节上再浪费时间——无论如何，至少那天下午在飞机上，在我接下来的几天或几周里亲自读那本书之前，没有那个必要。问题的关键在于涉及海克特隐匿生活的那部分，在于他待在沙漠里编导那些从未公布于世的电影的那段岁月。那些电影正是为什么我现在和她一起前往新墨西哥的原因，知道海克特生下来时叫哈伊姆·曼德尔鲍姆——他出生在大西洋中间的一艘荷兰轮船上——也许挺有意思，但那根本无关紧要。同样无足轻重的事实还有：他母亲在他十二岁时去世，而他的父亲，一名对政治毫无兴趣的细木工匠，在布宜诺斯艾利斯1919年的拉塞马拉惨案中被一名反布尔什维克和反犹太的暴徒打得半死。那导致了海克特离家前往美国，但在那之前一段时间他父亲就已经在敦促他出国了，阿根廷的危急局势不过是加快了那个决定的实施。没必要再列举他到达纽约后干过的几十种工作，甚至对他1925年到好莱坞后的经历也无须多说。关于他在好莱坞的早期生活，我知道他跑过龙套，做过布景师，在许多经过这么多年早就被我们丢失或遗忘了的老电影里担任过小角色，我还知道他跟汉特错综复杂的关系，这就够了，用不着再细说。那段经历使海克特对电影业感到厌恶，阿尔玛说，但他并不打算放弃，直到1929年1月14日之前，他脑子里从未有过离开加利福尼亚的念头。

在他消失的前一年，他曾经接受过《电影故事》记者布莉姬·奥夫伦的采访。她在一个周日下午的三点钟来到他北橘道上的寓所，到五点钟的时候他们已经一起倒在地板上，两人在地毯上滚成一团，互相饥渴地寻找着对方身体上的洞和缝。海克特经常和女人们那样干，阿尔玛说，他已经不是第一次利用自己的诱惑力来进行这种迅速而果断的征服。奥夫伦才二十三岁，一个来自斯波坎，信仰天主教的靓丽女孩，她毕业于史密斯女子学院，回到西岸投身于新闻业。事实上，阿尔玛也毕业于史密斯，她利用自己在那儿的关系搞到了一份1926年的学院年鉴。奥夫伦的大头照看起来并不怎么样。她的眼睛靠得太近，阿尔玛说，下巴太宽，剪短的头发跟她的脸形也不太相称。不过，她身上还是有某种热情洋溢的东西，她的凝视里隐隐闪现出顽皮幽默的光亮，散发着一种生气勃勃的、内在的活力。在一张戏剧社演出《暴风雨》的剧照里，奥夫伦正在表演时被拍了下来，她扮演米兰达，穿着一件薄薄的白色长袍，头发上醒目地别着一朵白花，阿尔玛说她那个姿势非常可爱，恍若一小片闪烁着生命活力的什么东西——张着嘴，一只手臂伸向前面，似乎正在高声朗诵一行诗句。作为一名记者，奥夫伦的写作风格可谓与时俱进。她的语句犀利而强劲，而且她有一种本事，能在文章中穿插许多诙谐的旁白和灵巧的双关语，那使她在杂志社的地位青云直上。

但海克特的那篇文章是个例外，它对采访对象那种真挚而坦率的倾慕，大大超过了阿尔玛读过的她的任何其他文章。不过，说海克特的口音很重只是略有夸张。为了制造喜剧效果，奥夫伦稍稍有点夸大其词，但基本上那个时候海克特就是那样说话的。这些年他的英语已经进步了很多，但回到二十年代，他的发音听起来仍然像个刚下船的人。他也许已经在好莱坞站住了脚，但昨天他还只是又一个懵懵懂懂站在码头上的外乡人，他在世间所有的财产都塞在一只硬纸板做的手提箱里。

在那次采访之后接下来的几个月里，海克特继续同许多年轻美貌的女演员厮混在一起。他很乐意跟她们出现在公众场合，也很乐意跟她们上床，但跟谁都不长久。奥夫伦比他认识的其他女孩都要聪明，一旦海克特对他的新玩物感到厌倦了，他就会给布莉姬打电话，要求再跟她见面。在2月初至6月底之间，他平均每周都要去她的公寓一两次，而在那段时间的中间，即4月和5月的大部分时间，他和她的见面次数多到每隔两三晚就要待在一起。他无疑很喜欢她。随着时间推移，他们之间建立起了一种舒适的亲密关系，但尽管没什么经验的布莉姬把那当成了一种永恒爱情的信号，海克特却从未骗自己说他们除了是密友之外还有什么其他关系。他把她看成他的伙伴、他的性搭档、他可以信任的盟友，但那并不意味着他有任何向她求婚的打算。

她是个记者,她当然知道海克特不在她床上的那些晚上都在干什么。她只要翻开早晨的报纸,留意一下他的猎艳成果,感受一下关于他拈花惹草的最新的流言飞语,便什么都知道了。即使她读到的这些花边新闻大部分都是假的,作为煽起她嫉妒的依据也已经绰绰有余。但布莉姬并没有嫉妒——或者至少她没有表现出嫉妒。每次海克特来访,她都张开双臂欢迎他。她从不提起其他的女人,她既不怪罪他也不责骂他也不要求他改变生活方式,他对她的爱慕反倒日渐加深。那正是布莉姬的计划。她已经倾心于他,她想,与其逼他就他们俩共同的未来做出草率的决定,还不如耐心等待。海克特迟早会停止追蜂逐蝶,那种狂乱的性爱游戏将会对他失去吸引力。他渐渐会觉得无聊;他会把它从自己的生活中剔除出去;他会幡然醒悟。而当他那样做的时候,她将会守在他的身边。

头脑清晰、足智多谋的布莉姬·奥夫伦盘算得如此精细,有一度看起来似乎她就要得手了。海克特由于与汉特纠缠不休的各种争吵,疲惫和每月必须拍出一部新电影的压力的苦苦折磨,他对晚上把时间浪费在爵士俱乐部和地下酒吧,把精力花在毫无意义的勾引女人上,已经变得不那么热衷了。奥夫伦的公寓成了他的避难所,他们在那儿共度的那些平静的夜晚对他保持头脑和下身平衡大有裨益。布莉姬是个敏锐的评论家,而且她对电影业的了解比他要深，这导致他愈来愈依赖她的判断。事实上，正是她建议他让德洛丽斯·圣琼在他即将开拍的喜剧短片《道具师》中饰演警长女儿的角色。布莉姬已经观察了圣琼好几个月，在她看来这个二十一岁的女演员前途无量，她很有可能成为下一个大明星，又一个梅布尔·诺曼或格洛利亚·斯万森，又一个诺玛·泰曼姬。

海克特采纳了她的建议。当圣琼三天后走进他的办公室时，他已经看了好几部她的电影，并打算把这个角色给她。布莉姬对圣琼才华的判断是对的，但根据她所说的以及他在圣琼出演影片里所看到的，海克特完全没有预料到，圣琼真人的出现居然会对他产生那般无法抵挡的诱惑。看一个人在无声电影里表演是一回事，握住那个人的手看着她的眼睛又是另外一回事。或许，别的女演员在电影胶片上给人的印象会更深刻，但在有声有色的现实世界里，在鲜活的，五官能感觉到的，由四大元素构成的两性之间的三维世界里，他从未碰到过哪个尤物能与这个圣琼相比。那并不是说圣琼比其他女人要漂亮多少，也不是那天下午他们在一起的二十五分钟里她对他说了什么不同寻常的话。老实说，她甚至似乎有点儿傻傻的，智商也不过中等水平，但她的身上有一种野性，她的肌肤，她的姿态都焕发、放射出一种野兽般的狂野不羁，那让他禁不住看得目不转睛。回望他的那双眼睛是那种极淡的西伯利亚蓝。她的皮肤白皙，头发是很深的红色，一种接近红褐色的红。跟1928年6月时大多数的美国女人不同，她的头发很长，并且散开垂在肩膀上。他们聊了一会儿无关紧要的事情。然后，直截了当地，海克特告诉她如果她愿意这个角色就是她的，她接受了。她以前从没演过肢体喜剧，她说，她很期待这个挑战。接着她便从椅子上站起身，同他握手，然后离开了办公室。十分钟后，她的面孔仍在他的脑海中激荡，海克特决定，德洛丽斯·圣琼就是他要娶的那个女人。她就是他生命中的那个女人，如果最终她不能嫁给他，他将不会再娶其他女人。

她在《道具师》中表现得相当出色，她完全按照海克特的要求去做了，甚至还贡献了一些自己的聪明点子，但在海克特想跟她签下一部戏的时候，她犹豫了。她已经得到了艾伦·达旺一部长片里的一个主要角色，这个机会对她来说太珍贵了，她无法放弃。海克特，被认为对女人有着魔术般的诱惑力，却在跟她的关系上毫无进展。他无法在英语中找到表达自己的合适词汇，每次在他就要开口向她求婚的那个点上，他都会在最后一秒临阵退缩。他怕如果说错了话会把她吓跑，从而永远失去机会。与此同时，他继续每周都在布莉姬的公寓里过几个晚上，因为他对她没做过什么承诺，因为他可以随便去爱任何他想爱的人，所以他根本没对她提起圣琼。当6月底在《道具师》里的戏份拍完,圣琼便离开电影外景地去了蒂哈查皮山。她拍了四个星期达旺的电影,而在那期间海克特给她写了六十七封信。那些他没法亲口对她说的话,他终于鼓起勇气把它们写到了纸上。他说了一遍又一遍,虽然每封信里他说的方式都不同,但意思都一样。一开始,圣琼很困惑;然后她感到受宠若惊;再然后她开始翘首盼望那些信;最后她意识到没有它们她简直就不能活。当她8月初回到洛杉矶的时候,她告诉海克特她愿意嫁给他。是的,她爱他。是的,她愿意成为他的妻子。

婚礼的日期还没定,但他们经过讨论觉得一二月份比较合适——时间刚好足够海克特完成他与汉特的合约,并做好下一步的打算。跟布莉姬摊牌的时候到了,但他一再推延,始终没把这件事真正提上议程。他跟布劳斯坦和墨菲工作到很晚。他说,他在剪辑室,他在看外景,他身体不舒服。8月初到10月中旬之间,他编了各种理由不见她,但他还是无法让自己彻底断绝这段关系。甚至在他苦苦迷恋圣琼的时候,他也还是继续每周去找布莉姬一两次,而每次当他跨进她的公寓门口,他就又滑回到了跟以前一样的惬意的老套路。你可以指责他是个懦夫,也可以随便搪塞说他只是个心理矛盾的男人。也许他对娶圣琼还有别的想法。也许他并不打算放弃奥夫伦。也许他在这两个女人之间游移不定,觉得她们他都需要。内疚能使一个男人做出违背自身最佳利益的举动，而欲望也有同样的效果，当内疚与欲望在内心均匀地混为一体，那个男人十有八九会做出奇怪的事情。

奥夫伦什么都没怀疑。9月，当海克特让圣琼在《隐形人》中扮演他妻子的角色时，她还祝贺他的选择明智。甚至当有流言渐渐从片场传来，说海克特和他的女主角之间有一种特殊的亲密关系，她也没怎么紧张。海克特喜欢调情。他总是迷上跟他一起工作的女演员，但一等到拍摄完毕各回各家，他就会很快忘掉她们。然而，这一次情况有点特别。海克特已经在剪辑《兼得或落空》，他在万花筒公司的最后一部电影，而高登飞在他的专栏里吹风说某位长发美女和她那有一撇小胡子、滑稽有趣的花花公子即将敲响婚礼的钟声。那是10月中旬，已经五六天没有海克特消息的奥夫伦，打电话到剪辑室叫他那晚去她的公寓。她以前从未叫他做过那样的事情，于是他取消了和德洛丽斯共进晚餐的计划，去了布莉姬那儿。在那儿，面对过去两个月里他一直拖着不肯回答的问题，他终于对她说出了真相。

海克特本来祈求会有某个决断，会有一次泼妇式的爆发，而那会使他被扫地出门流落街头，使一切一了百了，可当他向她捅出真相时，她只是看着他，做了个深呼吸，说他不可能爱圣琼，那不可能，因为他爱的是她。不错，海克特说，他是爱她，他会一直爱她，但事实是他要娶圣琼。布莉姬开始哭泣，但她还是没有责怪他背叛了她，她也没有自我申诉或愤怒地喊叫说他让她受了多大的委屈。他搞错了，她说，一旦他认识到没有人会像她那样爱他，他就会回到她身边。德洛丽斯·圣琼是个玩物，她说，而不是一个人。她是个光芒四射令人心醉神迷的玩物，但那只是金玉其外，她的内在既粗俗又浅薄又愚蠢，她不配做他的妻子。那一刻他本该对她说点什么。那种场合需要他发表一些残忍而尖刻的言论，以彻底摧毁她的希望。但对他来说，布莉姬的悲伤太强烈了，她情绪的投入太强烈了，当他听她小声地喘着气说出那些话时，他实在不忍再说什么。你是对的，他回答道，也许那只能维持一两年时间。但我必须先经过这一关。我必须得到她，一旦我得到了，其他的一切就顺其自然好了。

结果那天他在布莉姬的公寓里过了夜。并不是因为他觉得这么做对他们有什么好处，只是因为她求他在那儿再待最后一次，他无法对她说不。第二天早晨，他在她醒来之前就溜了出去，而从那以后，他的人生开始改变。他和汉特的合同期满了；他着手和布劳斯坦创作《一点一横》；他的婚礼策划已经初见眉目。过了两个半月，他一直没有布莉姬的消息。他发觉她的沉默有点儿不对劲，但事实是他把注意力都放在了圣琼身上，并没有对这件事想得太多。如果布莉姬消失了，那只是因为她说话算数，因为她自尊心太强，不想挡他的道。既然他已经把话说清楚了，她也就退后让他自己去折腾了。如果他如鱼得水，也许他就再也见不到她了。如果他溺水不行了，她也许会在最后一分钟现身，并把他拉出水面。

对奥夫伦的这些想法想必会让海克特良心上好受些。他把她当成了某种超人，刀刺进身体不会痛，受伤了也不会流血。但既然缺乏任何确凿的事实，为什么不干脆沉溺于美好的想象？他想让自己相信她过得很好，她将一如既往勇敢地直面人生。他注意到她的文章已经从《电影故事》上消失了，但那意味着她可能出城了或是在另外什么地方找了别的工作，反正目前他拒绝去正视那些更为黑暗的可能性。直到她最终又浮出水面（她在新年前夜从他门缝下面塞进了一封信），他才知道他骗自己骗得有多深。在他10月离开她之后的两天，她在浴缸里割腕自杀。要不是水滴到了楼下的公寓里，女房东还不会打开房门，布莉姬也就不会被及时发现。救护车把她送到了医院。几天后她身体好了，但她的思想已经崩溃了，她写道，她语无伦次，整天以泪洗面，于是医生决定将她留院观察。她在精神病房又待了两个月。她本准备就在那儿度过余生，因为她现在的人生目标就是找个办法自杀，所以待在哪儿都没有区别。接着，就在她正在加紧筹划下一次自杀的时候，奇迹发生了。甚至，她发现那个奇迹其实早就发生了，在过去的两个月里她一直活在它的魔咒之下。当医生一确诊那是真的而并非她的臆想,她就不再想死了。她多年前就丧失了信仰,她继续写道。自从高中起她就没再做过忏悔,然而当那天早晨护士走进来把检查结果递给她的时候,她感觉仿佛上帝把自己的嘴唇放在了她的嘴唇上,重新将生命吹入了她的体内。她怀孕了。是秋天怀上的,就在他们共度的那最后一夜,她怀上了海克特的孩子。

在他们让她出院后,她搬出了她的公寓。她有一点积蓄,但并不足以在不回去工作的情况下继续支付房租——她已经没法回去了,因为她已经辞掉了杂志社的工作。她在某处找了个便宜的房间,信上接着说,那地方有一张铁床,墙上挂着木头十字架,地板下面老鼠成群,但她不会告诉他旅馆的名字,甚至连在哪个区也不会说。他不用费劲去找她。她是用假名登记的,她打算要一直藏到自己肚子大起来,那时他就不可能再试图说服她去打胎了。她已经打定主意要把孩子生下来,无论海克特愿不愿意娶她,她都决心要做他孩子的母亲。她在信上总结说:命运把我们拴在了一起,亲爱的,现在无论我身在何方,你都将始终陪伴着我。

然后又是沉默。又有两个礼拜过去了,布莉姬说到做到,一直躲着没有露面。海克特没有对圣琼说奥夫伦信的事,但他知道自己同她完婚的机会大概已经十分渺茫了。

他无法在想到他们俩未来的时候不想到布莉姬,不被想象中的那幅画面所折磨:他那怀孕的前爱人躺在某个荒凉街区的廉价旅馆里,他的孩子在她的体内生长着,而她正在慢慢地把自己推向疯狂。他并不想放弃圣琼,他依然梦想着每晚爬上她的床,用自己赤裸的肌肤去感受她那柔滑的、让人如触电般刺激的身体。但男人要为自己的行为负责,如果孩子被生下来,那么他就责无旁贷。汉特在1月11日自杀了,但海克特对汉特已经无所谓了,当他1月12日听到消息的时候,他毫无感觉。过去无关紧要。困扰他的只有未来,而未来突然变得充满疑问。他将不得不解除和德洛丽斯的婚约,但那得等到布莉姬再次出现,因为他不知道到哪儿去找她,所以他只能原地不动,只能待在困住他的地方不挪窝。随着时间推移,他开始觉得自己就像双脚被钉在了地上。

1月14日晚上,他七点结束了跟布劳斯坦的工作。圣琼在她托潘加谷的住处等着他八点来吃晚饭。海克特本可以提前赶到那儿,但他的车在路上出了点故障,等他给那辆蓝色的德索特换好轮胎,时间已经过去了三刻钟。如果不是那只瘪掉的轮胎,那件改变他整个人生进程的事件也许就不会发生,因为恰好就在那时,当他在离拉辛尼伦吉大道不远的一片漆黑中蹲下身子开始把汽车的前部顶起来的时候,布莉姬·奥夫伦敲响了德洛丽斯·圣琼家的房门,而等到他完成了这小小的修理任务，坐回汽车方向盘后面的时候，圣琼已经失手把一颗.32口径的子弹射进了奥夫伦的左眼。

无论如何，她是这么说的，从他跨进前门时她迎接他的那种震惊和恐惧的眼神，海克特看不出有什么理由怀疑她。她不知道枪里有子弹，她说。枪是三个月前她搬进托潘加谷这幢独立的住房时她的经纪人给她的，是用来防身的。当布莉姬开始向她胡言乱语，开始大嚷大叫着什么海克特的孩子、她割脉的手腕、疯人院窗户上封死的板条以及基督伤口流出的鲜血时，德洛丽斯变得害怕起来，她让布莉姬出去。但布莉姬不肯走，过了几分钟她又开始控诉德洛丽斯偷走了她的男人，她威胁她，野蛮地要给她下最后通牒，她叫她鬼、妓女、下三烂的恶心的荡妇。就在六个月前，布莉姬还是一个来自《电影故事》杂志，笑容甜美、幽默犀利的美女记者，但现在她已经彻底失去理智，她变得很危险，她在屋里步履蹒跚地走来走去，扯开喉咙大声哭泣，德洛丽斯不想让她再待在那儿。就是在那时她想到了那把左轮手枪。它就放在起居室那张拉盖书桌的中间抽屉里，离她站的地方只有十英尺远，于是她走到书桌边拉开了中间抽屉。她并不打算扣动扳机。她唯一的念头就是：也许枪的出现能对布莉姬产生足够的震慑力，把她吓跑，让她离开。可当她从抽屉里一拿出手枪指向房间对面,那玩意就在她手上发射了。那一声并不怎么响。只有小小的砰的一声,她说,然后布莉姬神秘地哼了一下,倒在了地上。

德洛丽斯不愿跟他一起进起居室(太恐怖了,她说,我不敢看),于是他一个人走进去。布莉姬面朝下趴在沙发前面的小地毯上。她的身体还是暖的,血还在从她的后脑壳往外渗。海克特把她翻过来,当他的目光落在她被毁掉的脸孔上,当他看到本来是她左眼的位置上的那个洞时,他突然窒息了。他无法一边看她同时又一边呼吸。为了重新开始呼吸,他不得不去看别的地方,而一旦他那样做了,他就再也不忍心多看她一眼。一切都完了。一切都被碾得粉碎。她肚子里那个未出生的孩子,也随她而去了。最后,他终于站起来,走进门厅,在那儿的壁橱里找到一条毛毯。他回到起居室,最后看了她一眼,他又一次感到呼吸紧张,于是他打开毛毯,把它铺在她小小的、可怜的躯体上。

他的第一个冲动是报警,但德洛丽斯害怕。他们问她枪的事她怎么回答?她说,他们要她十遍二十遍地重演当时那难以置信的事件经过怎么办?他们要她解释为什么一个二十四岁的孕妇会死在她起居室地板上怎么办?即使他们相信她,即使他们接受枪意外走火的说法,那些流言飞语也会毁了她。她的电影生涯将就此结束,而海克特也是一样,这样说来,他们有什么理由要为那些并非他们造成的过错而受苦呢？他们应该去找雷金，她说——她是指雷金纳德·道斯，她的经纪人，就是给她枪的那个白痴——让他来处理这件事。雷金很厉害，他通晓所有的门路。如果听雷金的，他会想出一个办法让他们脱险。

但海克特知道他不可能逃脱了。如果他们说出去，事情会闹得满城风雨；如果他们不说，情况甚至会更糟。他们会被指控谋杀，而一旦案件提交到法庭，绝对没有任何人会相信布莉姬的死是个意外。两选一。海克特必须做出抉择。他必须为他们两个做出抉择，虽然不管做出什么抉择都是错的。忘了雷金吧，他对她说，如果让道斯听到风声，他就会以此要挟她。她就会一辈子都被他捏在手里，向他卑躬屈膝摇尾乞怜。不可能找什么其他人。要么拿起电话报警，要么就谁也不说。如果谁也不说的话，那么他们就要自己处理尸体。

他知道那么说会让他下地狱，他也知道他将再也见不到德洛丽斯，但无论如何，他还是说了，并且动手做了。那已经不再是善和恶的问题。那是在特殊情况下如何把伤害降到最小的问题，是如何避免毫无缘由地毁掉又一个人人生的问题。他们坐上德洛丽斯的克莱斯勒轿车，开到距离马里布北部大约一小时车程的山里，布莉姬的尸体放在汽车后备厢里。尸体还在毛毯里，被小地毯一层层裹起来，后备厢里还有一把铁锹。那是海克特在德洛丽斯屋后花园的工棚里找到的，他就是用它来挖坑的。如无意外，他想他就欠她那么多了。毕竟，是他背叛了圣琼，而令人吃惊的是她却照样信任他。布莉姬的话对她毫无影响。她把那些话当成是胡言乱语，是一个嫉妒的、精神错乱的女人的疯话，根本不予理会，甚至就在证据都递到她那漂亮的鼻子前面的时候，她也拒绝承认。当然，那可能是出于虚荣心，一种畸形的虚荣心，只看自己想看到的，对其他都视而不见，但同时那也可能是出于真爱，一种如此盲目的爱，以至于海克特几乎难以想象自己居然将要失去它。不用说，他永远没弄清楚那到底是出于哪个原因。那晚他们在山里干完那桩可怕的差事回来之后，他开上自己的车回到自己的房子，从此再也没见过她。

他就是那时消失的。除了身上的衣服和钱包里的现金，他什么都没带。第二天上午十点，他已经置身于一列向北驶往西雅图的火车上。他以为自己肯定会被抓住。一旦布莉姬被发现下落不明，不久就会有人把他们俩的失踪联系在一起。警方会想找他问话，而那时他们就会开始认真地寻找他。但海克特在这点上估计错了，正如他在其他所有方面都估计错了一样。下落不明的人是他，短时间内根本没人知道布莉姬不见了。她没有工作，没有永久住址，1929年年初那个礼拜的下半周，当她一直没回到位于洛杉矶闹市区的菲兹威廉兵器街上的房间时，旅馆的前台服务员便把她的行李拿到了地下室,把房间租给了其他人。那没什么不正常。人们时刻都在失踪,当有新房客想要入住的时候,你不可能让一个房间空着。即使那个前台服务员够细心而报了警,警方也无能为力。布莉姬是用假名登记的,你怎么去找一个根本不存在的人?

两个月后,她父亲从斯波坎打来电话,跟洛杉矶一位名叫雷诺兹的侦探通了话,后者一直致力于这个案子,直到他1936年退休。那之后又过了二十四年,奥夫伦的遗骨终于被发现了。一台推土机从斯密山边上一个住宅新区的建筑工地上把它们挖了出来。它们被送到洛杉矶的法院实验室,但雷诺兹的文件那时早已石沉大海,根本不可能再确认它们到底属于谁。

阿尔玛之所以知道这些遗骨,是因为她专门为此做过调查。海克特对她说了埋葬的地点,而她在八十年代初拜访那个住宅区的时候,跟很多人谈了话,足以证明在那个地点确实曾经发现过那些遗骨。

那时候,圣琼也已经死了很久。她在海克特失踪后回到了威奇托的父母家。她曾对报界发表过一次声明,然后便与世隔绝了。一年半后,她嫁给了当地一个名为乔治·T.布林克霍夫的银行家。他们有两个孩子,威拉和小乔治。1934年,当时大的孩子三岁还不到,圣琼在11月一个大雨的晚上开车回家时汽车失去了控制。她撞到一根电线杆上,碰撞的冲击力使她穿破了前挡风玻璃，玻璃割断了她的颈动脉。根据警方的验尸报告，她是在昏迷状态下失血过多而死。

两年后，布林克霍夫再婚了。当阿尔玛1983年写信给他要求采访他的时候，他的遗孀回信说他已在上一个秋天死于肾衰竭。不过，孩子们还活着，阿尔玛跟他们都说了话——一个在得克萨斯的达拉斯，另一个在佛罗里达的奥兰多。不管哪个都没能提供更多的信息。他们那个时候太小了，他们说，他们是从照片上认识母亲的，对于她，他们已经什么都不记得了。

1月15日早晨海克特走进中央车站的时候，他的小胡子已经不见了。通过去掉自己最容易被确认的特征，通过一个简单的删除动作，他把他的面孔变成了另一张面孔，他把自己伪装了起来。他的眉眼、他的前额和他那光滑的背头还是会让一个熟悉其电影的人有某种似曾相识的感觉，但在他买了火车票后不久，海克特就找到了一个解决办法。而在那个过程中，阿尔玛说，他也找到了一个新名字。

九点二十一分开往西雅图的火车还要过一个小时才开。海克特决定到车站餐厅喝杯咖啡来打发时间，但等他在角落一坐下，开始闻到平底煎锅里培根和煎蛋的香味时，一阵排山倒海般的恶心席卷而来。于是他跑到男厕所，把自己锁进其中一个隔间，手膝着地，把胃里的东西全都吐到抽水马桶里。它们一股脑儿喷涌而出，苦涩的绿色流体和没消化的褐色食物硬块，一阵羞愧、恐惧和憎恶的战栗的倾泻，发作结束，他瘫倒在地上躺了好久，艰难地想缓过气来。他的头枕靠在后墙上，从那个角度他可以看到一些本来他不会注意到的东西。就在马桶后面那根弯曲的下水管的肘部位置，有人留下了一顶帽子。海克特把它从藏的地方拉出来，发现那是一顶工人帽，一顶斜纹毛呢做的结实耐用的玩意，前面伸出短短的帽舌——跟他当年初到美国时戴过的帽子没什么差别。海克特把它翻过来，想看看里面有没有东西，看看他戴起来会不会太脏太破。就在那时他看见了用墨水写在里面皮镶边背后檐上的帽主名字：赫尔曼·莱斯。海克特被这个名字打动了，这是个好名字，甚至可以说是个极好的名字，至少不比任何其他名字差。海克特·曼连在一起就是赫尔曼，不是吗？如果他称自己为赫尔曼，他就既能改变身份又不用完全与过去断绝关系。那很重要：把自己消除掉，成为另一个人，但又记住自己曾经是什么人。不是因为他想消失，恰恰正是因为他不想。

赫尔曼·莱斯。有人会把莱斯（Loesser）发成 Lesser*，

---

* Lesser 意为"更少的"，同时它又与海克特在《隐形人》中扮演的角色名字 Lester 相近。

而有人则会把它读成 Loser*。不管怎样，海克特觉得找到了一个跟自己般配的名字。

帽子异乎寻常地合适。既不太松也不太紧，并且刚好够他把帽檐拉到额头遮住他那富有特色的眉毛，使别人看不清楚他那双异常清澈的眼睛。先是删除，然后是增添。海克特减去了小胡子，然后海克特加上了帽子。这两项操作把原来的他一笔勾销，那天早晨当他离开男厕所时，他看上去就像任何一个谁也不是的普通人，就像他自己扮演过的那个隐形人的化身。

他在西雅图住了六个月，又南下搬到波特兰待了一年，然后回头向北到了华盛顿，他在那儿一直待到1931年春天。最初，他被单纯的恐惧驱使着东躲西藏。海克特感觉自己正在亡命天涯，在他失踪后的那些日子里，他的愿望跟那些罪犯毫无二致：逃过一天算一天。每天早上和下午，他读着报纸上关于自己的消息，跟踪着案件的最新进展，想看他们多快就要找到他了。但报上所写的让他迷惑不解，几乎没人费神去了解他的生活，这令他惊讶不已。汉特根本就无足轻重，然而每篇文章都用他来开头结尾：股票黑手、诈骗投资、有损好莱坞名声的商业腐败。布莉姬的名字从未被提到过，甚至一直到德洛丽斯回到了堪萨斯，也

---

*　Loser 意为失败者。

没人想到要去和她谈谈。一天天地，压力渐渐变小了，在四个礼拜案件都没有突破，报上的版面也日益缩小的情况下，他的恐慌开始平息下来。没人怀疑他什么。他想回家就可以回家。他只要跳上一辆去洛杉矶的火车，便可以把他断掉的人生重新接上。

但海克特哪儿也没去。没有什么事比跟布劳斯坦一起坐在洒满阳光的门廊上，一边喝着凉茶一边讨论《一点一横》的最后细节更让他向往的了。拍电影就像活在某种精神错乱的谵妄状态里。那是人们所发明的最艰苦、最劳神的工作，而他发觉它越艰难，就越让他兴奋。他正在学着掌握秘诀，正在慢慢地精通这项工作错综复杂的方方面面，他确信再给他多一点点时间，他就能成为一名出类拔萃的电影人。那便是他一直以来对自己的全部期望：做个很会拍电影的人。那是他唯一想做的事，因此那也是他永远都不允许自己再做的事。你使一个无辜的女孩发疯，你让她怀孕，你把她的死尸埋到八英尺的地下，你不可能在干了这些事之后还指望继续像从前那样生活。如果一个人做了他所做的那些事，就应该受到惩罚。如果这个世界不惩罚他，那么他就必须自己惩罚自己。

他在靠近派克市场的一座寄宿公寓里租了个房间，当钱包里的钱终于都用光了，他就在当地的一个鱼贩子那里找了个工作。他每天清晨四点起床，在黎明前的雾气中卸下卡车上的货物，当他搬动柳条筐和货箱的时候，普吉湾的湿气使他的手指僵硬，潮气直入骨髓。接着，简短地抽根烟之后，再把螃蟹和牡蛎铺到一层碎冰块上，随后是各种各样重复单调的白天作业：海鲜贝壳叮当作响地砸到磅秤上过秤，拿褐色的纸袋来装袋，用他那把短短的可以致命的弯刀切开牡蛎。不工作的时候，赫尔曼·莱斯就从公共图书馆借来书看，坚持记日记，除非迫不得已，跟谁都不说话。他那么做的目的，阿尔玛说，是为了强迫自己在严酷的环境里受苦，让自己尽可能地不舒适。当那份工作变得太轻而易举了，他便搬到了波特兰，在那儿他在一家制桶厂找了个守夜的工作。继市场里充斥的嘈杂之后，这里是深深的沉寂。他的选择始终是在变化的、不固定的，阿尔玛解释说。他的赎罪是一个持续的动态过程，他为自己设定的惩罚随着他感觉的变化而随时变化，每当他感到自己最缺什么，他就不给自己什么。他渴望朋友，他向往再有一个女人，他希望有活人和声音围绕在他身边，因此他就把自己关在那家空荡荡的工厂里，努力训练自己更好地自我克制。

他在波特兰时股票市场大崩盘，1930年年中康斯托克制桶公司倒闭，海克特失业了。那时，他已经埋头读了几百本书，从那些他一直听人说起但从未费劲去读过的十九世纪经典名著着手（狄更斯、福楼拜、司汤达、托尔斯泰），尔后，一旦感觉自己已经入门了，他便又回头从零开始，决定系统地进行自学。海克特没什么学问。他十六岁就离开了学校，没人操闲心告诉他苏格拉底跟索福克勒斯不是同一个人，而乔治·艾略特是个女人，或者《神曲》是一部关于来世的诗歌而并非某出里面所有角色最终都嫁对人的滑稽闹剧。生活一直压迫着他，他没时间去关心那种事情。而现在，突然，他有了无尽的时间。为了思考他的生存状况，为了弄明白他灵魂中那连绵不绝的、残酷的痛楚，他把自己囚禁在自己的恶魔岛*上，花了数年工夫学习一种新的思想语言。用阿尔玛的说法，那种脑力训练的苛刻与严厉逐渐把海克特变成了另外一个人。他学会了如何有距离地看自己，如何把自己首先看做是众人中的一员，然后再看做是物质粒子的一种随机组合，最后看做是一颗微尘——他离开自身的原点越远，她说，离抵达无限就越近。他曾给她看过他那一时期的日记，事隔五十年后，阿尔玛仍能直接感受到他良心上的痛苦。从未比现在更失落，她凭记忆引用了一段朗诵给我听，从未比现在更孤独、更恐惧——但也从未比现在更感觉到自己在活着。这些句子写于他离开波特兰不到一小时前。随后，近乎一种补记，他又坐下

---

* Alcatraz Island，一座位于旧金山的岩石丛生的小岛，由于曾是美国联邦监狱所在地而闻名于世。

来在那页底下加了一段：现在我只跟死人说话。他们是我唯一能信任的人，也是唯一能理解我的人。跟他们一样，我已经没有未来。

有消息说在斯波坎能找到工作。木材厂好像正在招人，东边和北边的几个伐木点听说也要雇人。海克特对这些工作并没有兴趣，但在制桶公司倒闭后不久的一天下午，他无意中听到两个家伙在那儿谈论这件事，那使他有了个主意，而一旦开始认真考虑这个主意，他就再也无法抗拒它。布莉姬是在斯波坎长大的。她母亲已经去世，但她的父亲还在，家里还有两个妹妹。在所有海克特能想象到的折磨里，在所有他可能强加给自己的苦痛中，没有什么想法能比前去他们生活的城市更厉害了。如果他能瞥一眼奥夫伦先生和那两个女儿，那么他就能知道他们长得什么样，每当他想到他给他们造成的伤害，他们的面孔就会浮现在他的脑海。他应该受到那样的折磨，他觉得，他有责任记住他们，就像记住布莉姬那样把他们牢记在心。

少年时就以一头红发而著称的帕特里克·奥夫伦，在斯波坎市中心拥有并经营"红发运动用品商店"已经有二十年。到达的那天早上，海克特在火车站西边两个街区的地方找了家便宜的旅馆，预付了一天的房费，然后出门去找那家商店。他五分钟就找到了它。他没想过到了那儿该怎么做，但出于谨慎起见，他想最好先站在外面透过窗户看一眼奥夫伦。海克特不清楚布莉姬有没有在家信中提起过他。如果提过，她家人就会知道他讲话有很重的西班牙口音。更重要的是，那样他们就会对他1929年的失踪格外注意，在如今布莉姬已经下落不明近两年时间的情况下，他们或许是美国唯一会把这两桩失踪案联系起来的人。他所要做的就是走进店里张口说话。如果奥夫伦知道海克特·曼是谁，很可能三四句话之后他就会起疑心。

但哪里也看不见奥夫伦。当海克特把鼻子抵在玻璃上，假装正在查看橱窗里展示的一套高尔夫球棍时，他能清楚地看进店里，就他那个角度的视线所及，里面一个人也没有。没有顾客，柜台后也没有营业员站着。时间还早——十点刚过——但门上的标志写着营业中，海克特放弃了原计划，他决定与其冒着被人注意到的危险留在拥挤的街头，还不如干脆走过去。如果他们发现了他是谁，他想，那就随它去吧。

他推开门时门发出叮当一声，他朝后面的柜台走去，脚下的原木厚地板嘎吱作响。地方不大，但架子上堆满了货品，对于运动爱好者来说这里似乎应有尽有：钓鱼竿和绕线筒、潜水用的橡皮脚掌和游泳用的护目镜、霰弹枪和猎枪、网球拍、棒球手套、橄榄球、篮球、垫肩和头盔、钉鞋和防滑运动鞋、足球发球座和高尔夫球发球座、滚木球、杠铃和健身实心球。两长条排列错落有致的支架横贯整间店堂，每个架上都摆着一幅红发奥夫伦带框的相片。拍那些照片时他还很年轻，上面展示的都是他在进行某项体育运动的英姿。一张穿着棒球服，另一张穿着橄榄球服，但大部分还是穿着紧身田径服在赛跑的照片。有一张，镜头捕捉到了他大踏步奔跑的瞬间，他双脚离地，比离他最近的选手领先了两码。另外一张里，他正在和一位头戴高帽身穿燕尾服的男人握手领取一枚1904年圣路易斯奥林匹克运动会的铜质奖章。

正当海克特走近柜台的时候，一个年轻女子从后屋里冒出来，她正在用一条毛巾擦手。她眼睛望着下面，头歪向一边，但即使她的脸大部分都看不清楚，他还是能发现某些似曾相识之处，她走路的姿势，她肩膀的斜度，她用毛巾擦拭手指的样子，这些都让他感觉仿佛自己正在看着布莉姬。一刹那间，似乎过去十九个月的事情从未发生过。布莉姬死而复生了。她自己挖开了坟墓，从他铲到她身体上的那些泥土中一路爬了出来，现在她就在这儿，完好无损，呼吸如常，脑袋里没有子弹，眼睛位置也没有窟窿，正在华盛顿斯波坎她父亲的商店里帮忙看店。

那女子径直朝他走来，只停了一下把毛巾放在一只没打开的纸板箱上，接下来离奇的事情发生了：甚至在她抬起头看着他眼睛时，那种幻象依然持续不散。她也有着布莉姬的面孔。同样的下巴和同样的嘴形，同样的额头和同样的脸形。过了一会儿当她向他微笑的时候，他又看见了与布莉姬同样的笑容。直到她走到离他不到五英尺，他才开始注意到有些不同。她的脸上有雀斑，而布莉姬的脸上没有，而且她眼睛的绿色更深。她双眼也分得过开，但它们离她鼻梁的距离要稍微更远那么一点点，这种面部结构的细微变化给她的脸庞增添了一种整体的协调感，使她比她姐姐要更漂亮一两分。海克特向她回以微笑，等她走到柜台用布莉姬的声音开口跟他说话，问他要买什么的时候，他已经不再有那种就要昏死在地板上的感觉了。

他找奥夫伦先生，他说，他想知道有没有可能跟他谈谈。他丝毫没有隐藏他的口音，他把先生 Mister 发成 Meester，把最后的 r 音夸张地卷起来念，然后他向她靠近一点，观察她面部表情的反应。什么事也没有，至少他们的对话就像什么事也没有似的继续着，在那一刻海克特知道了布莉姬根本没提起过他。她是在一个天主教家庭长大的，她一定害怕让自己的父亲和妹妹知道她在和一个跟别的女人订了婚的男人上床，而且，这个割过包皮的男人并不打算毁掉婚约跟她结婚。如果真是那样，那么或许他们根本就不知道她怀孕了。也不知道她在浴缸里割腕自杀；也不知道她在医院里住了两个月，每天都在梦想着怎样更好更有效地自杀。甚至有可能在圣琼出场之前，在她还满怀信心地以为一切都会如她所愿的时候，她就已经停止给家里写信了。

当时海克特脑子转得飞快，思绪电光石火般同时向好几个方向飞散，当柜台后的女子说她父亲出城一个礼拜，到加利福尼亚办事去了的时候，海克特觉得他知道那是什么事。瑞德·奥夫伦南下洛杉矶是为了跟警方谈他失踪女儿的事。他在敦促他们做点什么，这个案子已经拖得太久了，如果他对他们的答复不满意，他就打算雇个私人侦探开始重新搜索。管它要多少钱，他也许会在出城前对他斯波坎的女儿这样说，有些事情晚了就来不及了。

这位斯波坎的女儿说她父亲外出的时候由她在店里代班，但如果海克特愿意留下名字和电话号码的话，她会在他礼拜五回来时转交给他。不用了，海克特说，他礼拜五会再来的，接着，仅仅出于礼貌，或者说不定是想给她留下一个好印象，他问是不是只有她一个人留下来看店。看起来照看这么大的店只有一个人好像太少了，他说。

本来应该有三个人的，她回答说，但平常的那个营业员那天早上打电话请了病假，而仓管员上礼拜由于偷棒球手套半价卖给他邻居小孩而被解雇了。事实上她正感到有点儿晕头转向，她说，她很多年没有在店里帮忙了，已经分不清高尔夫轻击棒和木头棒的区别，她甚至一用收银机就要按错八九个键，把生意搞得一团糟。

一切都显得非常友好而直率。她似乎完全不介意把这些知心话跟他说，随着对话的继续，海克特了解到她过去四年都在外边，在某个她称之为"州大"的地方——后来才知道那是指普尔曼的华盛顿州立大学——学习师范专业。她6月份毕业了，回家现在和父亲住在一起，即将去赫拉斯·格里利小学工作，当一名四年级的小学老师。她简直不敢相信自己的运气，她告诉他，那和她小时候上的是同一所学校，她和她的两个姐姐四年级上的全都是妮基德夫人的班。妮夫人已经在那儿教了四十二年书，而正当她自己开始找工作的时候，她过去的这位老师刚好退休了，这让她觉得简直是个奇迹。再过不到六个星期，她就将站在那间当年她还是个十岁小女孩时天天都坐在里面的教室里，这很奇特，不是吗，她说，有时人生的巧合很有意思，是不是？

是啊，很有意思，海克特说，很奇特。他知道了现在跟他说话的是诺拉，奥夫伦家女孩中最小的那个，而不是迪尔德丽，那个十九岁就结婚去了旧金山的女儿。在与她相处了三分钟之后，海克特断定诺拉跟她那死去的姐姐毫无共同之处。她也许外表很像布莉姬，但丝毫没有她的干练，没有她那种自作聪明的劲头，也丝毫没有她的那种雄心勃勃，那种敏锐而迅捷的才智。这一位要更温柔，更怡然自得，也更天真。他想起有一次布莉姬曾描述说在奥夫伦三姐妹中只有自己血管里流的是真正的血。迪尔德丽里面流的是醋,她说,而诺拉完全就是温牛奶构成的。诺拉才应该叫布莉姬才对,她说,用圣布莉姬的名字给她取名,那个爱尔兰圣徒,因为如果说有人注定要把自己的生命奉献给自我牺牲和辛勤工作的话,那就是她的小妹妹,诺拉。

又一次,海克特准备转身离开,但又一次有什么把他留在了那儿。一个新主意跳进了他的脑海——那种最疯狂的冲动,它如此危险,简直就是自寻毁灭,他甚至对自己会想到它都大为惊异,更别说有胆子将它付诸实施。

没有冒险就没有收获,他对诺拉说,他略带歉意地笑笑,耸耸肩,事实上他早上来这儿的原因就是想问奥夫伦先生找份工作。他听说了那个仓管员的事,想知道那个位子是不是还空着。怪了,诺拉说,那只是几天前的事,他们还来不及在报上登招聘启事。他们打算等她父亲出差回来之后再说。是吗,消息都传开了,海克特说。不错,也许是那样,诺拉答道。但究竟为什么他想要做个仓管员呢?那是个给粗人干的活,那些四肢发达头脑简单没有想法的壮汉;而他显然能找到更好的工作。未必,海克特说,经济不景气,这段时间任何能挣钱的工作都是好工作。为什么不给他一个机会?店里只有她一个,他知道她用得上他。如果她觉得他干得不错,说不定她还可以在她父亲面前替他美言几句。奥夫伦小姐觉得如何,他说,可以成交吗?

到斯波坎还不到一个小时,赫尔曼·莱斯已经又找到了一份工作。诺拉握握他的手,为他提议的直白大胆而笑起来,随后海克特便脱下夹克衫(他唯一一件像样点的衣服),开始干活。他把自己变成了一只飞蛾,那天剩下的时间里,他就一直围绕着热烫、燃烧的烛火飞来飞去。他知道他的翅膀随时可能被点燃,但离火焰的距离越近,他就越能感受到他是在履行自己的使命。正如那天晚上他在日记中所写的:*如果我想要拯救自己的人生,那么我必须走到离毁灭它只有一步之遥。*

    顶着种种不利条件,海克特坚持了将近一年。开始是在后屋做仓管员,然后是营业员和经理助理,直接在奥夫伦本人手下工作。诺拉说她父亲五十三岁,但在下一个礼拜一海克特被介绍给他的时候,他看上去比那要老,老得好像有六十岁,老得好像有一百岁。这位前运动员的头发已经不红了,他那曾经敏捷的躯干已经不再生气勃勃,偶尔还会因为患了关节炎的膝盖而跛几步。奥夫伦每天早上九点准时在店里露面,但他显然对工作没什么兴趣,一般十一点到十一点半就又走了。如果腿脚感觉不错的话,他会开车到乡村俱乐部和两三老友打一局高尔夫。反之,他则会在蓝铃花餐厅,就是街正对过的那家饭店,吃一顿长长的早午餐,然后回家在卧室里度过那个下午,他会看看报纸，喝点他每个月从加拿大走私进来的詹姆逊爱尔兰威士忌。

他从不批评或指责海克特的工作。他也从不赞扬。奥夫伦表示满意的方式是沉默不语，时不时地，碰到他情绪较好的时候，他会跟海克特微微点头打个招呼。有好几个月，他们之间的交往仅止于此。一开始海克特感觉有点别扭，但随着时间的推移，他学会了不把这当回事。这个男人活在一个无声的内心天地里，他在那里同外部世界进行着无止境的抗争，他浑浑噩噩地度日，似乎除了尽可能不觉得痛苦地打发时间之外已经别无所求。他从来不发脾气，但也难得露出笑容。他心平气和，超然物外，甚至在场时也让人感觉不在，跟对别人一样，他对自己也没表现出有什么怜悯或同情。

较之奥夫伦的自闭和对他的冷漠，诺拉则显得开朗而亲切。毕竟，是她雇了海克特，她感到要继续对他负责，她交替地把他看成是她的朋友，她的被保护人，以及她的改造对象。在她父亲从洛杉矶回来，而那个营业员的带状疱疹也好了之后，店里就不再需要诺拉了。她忙着为即将到来的学年做准备，忙着拜访老同学，忙着跟几个年轻男人眉来眼去地兜圈子，但在那个夏天剩下的日子里，她总会设法找时间在午后时分到红发运动用品商店转一转，看看海克特进展如何。他们在一起仅仅工作了四天，但就在那期间他们已经养成了趁半小时午休在库房里分享芝士三明治的习惯。现在她出现时仍然会带着芝士三明治，他们仍然会在库房里花半小时谈论阅读。对于海克特，一个求知若渴的自学者，这是个学习东西的机会。对于诺拉，她刚刚大学毕业，要将人生奉献给教育事业，趁这个机会可以把知识传授给一名聪明上进的学生。那个夏天海克特正在苦啃莎士比亚，诺拉陪着他一起读，帮他弄懂不明白的词句，解释这个那个的历史背景或戏剧常识，剖析人物角色的心理和动机。在其中一次的库房授课中，当海克特因为《李尔王》第三幕里的词组 Thou ow'st[*] 的发音而结结巴巴时，他对她坦言他的口音使他感到有多么难堪。他讲不好这该死的语言，他说，在像她这样的人面前说话时他的声音听上去就像个傻子。诺拉不想听到这样的丧气话。她在州大辅修过语言障碍矫正的课程，她说，包括具体的发音纠正、实践练习和改进发音的技巧。如果他愿意接受挑战，她保证能帮他去掉口音，把他发音里的西班牙味彻底清除干净。海克特提醒她自己付不起学费。谁说要钱了？诺拉答道，如果他愿意学，她就愿意教。

9 月学校开学后，这位四年级的新老师就没法来吃午饭了。于是她和她的学生改成了晚上上课，每个星期二和星

---

[*] 意为"你所拥有的"。

期四晚上七点到九点，他们在奥夫伦家的客厅里会面。海克特艰难地学习短元音 i 和 e、舌齿音 th、齿槽后部音 r、不发声的元音、齿槽爆破音、唇音的变调、摩擦音、闭合上腭音、音素。大部分时间他不知道诺拉在讲什么，但练习似乎颇有成效。他的舌头开始能发出一些以前从未发出过的声音，最后，经过九个月的不懈努力和重复练习，他已经达到了让人越来越难以辨别出他出生地的程度。或许，他说话听起来还是不像个美国人，但也不再像个初来乍到、没受过教育的外来移民了。到斯波坎也许是海克特犯下的最严重的错误之一，但在那儿发生的所有事情当中，诺拉发音课的作用大概最为深刻而持久。在接下来的五十年里，他说的每一个字都受到它们的影响，在他的整个余生，它们都留在他的身体里。

奥夫伦一般星期二和星期四晚上都待在楼上自己的房间，不然他就会出门去跟朋友玩牌。10月初的一个晚上，课上到一半时电话铃响起来，诺拉走到前厅去接电话。她跟接线员说了几句，然后，用紧张而激动的语气朝楼上喊她的父亲，说斯坦格曼在线上。他在洛杉矶，她说，他想通话由对方付费。她要不要答应？奥夫伦说他马上下来。诺拉关上客厅与前厅之间的移门，想让父亲不受打扰，但奥夫伦那时已经有点微醉了，他声音大得足以让海克特听到他说的一些话。不是每句都听得清，但足以推断出电话里带来的不是什么好消息。

几分钟后,移门又拉开了,奥夫伦慢腾腾地走进客厅。他穿着双破旧的皮拖鞋,吊裤带从肩上滑下来,挂在他的膝盖旁边。他的领带和假领都不见了,而且他要靠抓住胡桃木茶几的边角才能保持平衡。接着过了一小会儿,他直接对着诺拉说起话来,诺拉当时正挨着海克特坐在客厅中间的长沙发上。他根本没把注意力放在海克特身上,他女儿的这个学生好像隐形了。并不是奥夫伦忽视他,也不是他装作以为他不在那儿,他只是没注意到。而海克特呢,对接下来谈话的每个微妙之处都心领神会,也不敢起身离开。

斯坦格曼认输了,奥夫伦说。他已经在这个案子上花了好几个月,还是没找到一点有用的线索。这让他很为难,他说。他不想再拿他们的钱了。

诺拉问她父亲对此是怎么作答的,奥夫伦说他对那个私家侦探说,如果他觉得拿他们的钱那么不好意思,那干吗他每次打电话来还都他妈的要对方付费?然后他告诉斯坦格曼,他对他的工作感到恶心。如果斯坦格曼不想干的话,他会去找其他人。

不,爸,诺拉争辩说,你错了。要是斯坦格曼找不到她,那就意味着没人能找到她。他是西海岸最好的私家侦探。那是雷诺兹说的,而雷诺兹是他们可以信任的人。

让雷诺兹见鬼去,奥夫伦说,让斯坦格曼见鬼去。该死的，他们喜欢说什么就让他们去说吧，反正他不会放弃。

诺拉不停地摇头，她的眼里噙满泪水。是时候面对现实了，她说。如果布莉姬还活着，她早就会写封信来，她早就会打电话来，她早就会让他们知道她在哪儿。

早就会个球，奥夫伦说。她已经四年多没写过一封信了。她已经和这个家断绝关系了，这就是他们要面对的现实。

不是和这个家，诺拉说，是和他。布莉姬一直都在给她写信。她在普尔曼念书的时候，每隔三四个礼拜她就会来一封信。

但奥夫伦不想听到这些。他不想再争论了，如果她不站在他这边，那么他就一个人去干，让她跟她那该死的想法都见鬼去。说完这些话，奥夫伦放开桌子，摇晃着踉跄了一两下，试着重新站稳脚步，然后蹒跚地走出了房间。

海克特没料到自己会目睹这一幕。他只是个仓管员，而不是某个亲密的朋友，他没理由听到他们父女间的私下交谈，他没资格坐在房间里看着自己老板醉醺醺、衣冠不整、步履蹒跚的模样。如果诺拉那时叫他离开，这件事就会从此画上句号。他什么都没听见，什么都没看见，这个话题永远都不会再被提起。她所要做的只是说一句话，随便找个借口，海克特就会从长沙发上站起来道声晚安。但诺拉缺乏掩饰自己的才能。奥夫伦离开房间时她依然泪水盈眶，现在那个被禁止的话题终于浮出了水面，还有什么好隐瞒的？

她父亲并不是一直都像那样，她说，在她和她姐姐小的时候，他是个完全不同的人，现在她已经认不出他了，她已经记不得他过去曾是什么样子了。红发奥夫伦，外号"西北闪电"。帕特里克·奥夫伦，玛丽·黛的丈夫。奥夫伦老爸，小女儿们的帝王。但想想过去那六年，诺拉说，想想他所经受的那些事情，也许你就不会奇怪为什么他最好的朋友是那个叫詹姆逊的男人——就是那个和他一起住在楼上的沉默可怕的家伙，那个被困在一瓶瓶琥珀色液体中的家伙。第一个打击来自她母亲的逝世，她在四十四岁那年死于癌症。那已经够残酷了，她说，但随后坏事不断发生，家里的变故一件接着一件，先一拳打在胃上再一拳打到脸上，渐渐地，这些事情把他折磨得筋疲力尽。葬礼后不到一年，迪尔德丽让自己怀孕了，当她拒绝接受奥夫伦为她安排的包办婚姻时，他把她赶出了家门。那导致布莉姬也跟他反目，诺拉说。她这个最大的姐姐当时正在史密斯学院读最后一年，远在千里之外，但当她听说了发生的事情，她便写信给父亲说如果他不把迪尔德丽迎回家，她就永远都不会再跟他说话。奥夫伦不肯。是他付钱让布莉姬上的学，她以为她是谁，她凭什么对他指手画脚？她自己付了最后一学期的学费，然后，毕业后直接出发去了加利福尼亚，成了一名作家。她甚至都没在斯波坎停下看一眼。她和父亲一样顽固,诺拉说,而迪尔德丽则有他们两个加起来那么顽固。哪怕她现在已经结婚并又生了个孩子也是一样。她还是不愿和父亲说话,布莉姬也是。与此同时,诺拉去了普尔曼上大学。她和她的两个姐姐都保持着定期联系,但跟布莉姬通信更多,几乎每个月诺拉都会收到至少一封她的来信。接着,在诺拉大学三年级开始后的某个时候,布莉姬停止了写信。一开始,那似乎也没什么好引起警惕的,但在三四个月持续的沉默之后,诺拉写信给迪尔德丽问她是否有布莉姬最近的消息。当迪尔德丽回信说她已经六个月没有她的音讯时,诺拉开始感到担心了。她把这告诉了她父亲,而可怜的奥夫伦——他绝望地想要弥补自己的过失,对自己在两个大女儿身上所作所为的内疚已经快把他压垮——立即联系了洛杉矶警察局。一位名叫雷诺兹的侦探接手了这个案子。调查迅速展开了,几天时间里许多关键性的事实就已被确认:布莉姬已经辞去了在杂志社的工作,她自杀未遂,结果住进了医院,她怀孕了,她没有留下信件转寄地址就搬出了公寓,她目前下落不明。尽管这些消息很不利,尽管根据这些情况所推导出的线索支离破碎,但看起来似乎雷诺兹已经处于破案成功的边缘。然而,渐渐地,线索断掉了。一个月过去了,然后三个月过去了,再然后八个月过去了,雷诺兹再没有什么新的发现可报告。他们跟每个认识她的人都谈过了,他说，他们做了所有能做的事，但在追踪她到了菲兹威廉兵器街之后，他们就陷入了死胡同。案子的停滞不前让奥夫伦灰心丧气，他决定雇一名私家侦探加紧调查。雷诺兹推荐了一个名叫法兰克·斯坦格曼的人，于是有段时间奥夫伦的生活又充满了新的希望。那个案子是他生活的全部支柱，诺拉说，无论什么时候，只要斯坦格曼报告了一丁点儿新的情报，有一丝一毫的破案线索，她父亲就会坐上去洛杉矶的头班火车，有必要的话甚至连夜出发，而第二天早上到达后的第一件事就是去敲斯坦格曼办公室的门。但现在斯坦格曼也没办法了，他准备撒手不干。海克特自己也听到了。那就是他打电话来要讲的事，她说，也难怪他想放弃。布莉姬已经死了。这点她知道，雷诺兹和斯坦格曼也知道，只有她父亲还不肯接受事实。他觉得这一切都怪自己，如果他再没有什么东西去企盼，如果他不骗自己相信布莉姬会被找到，他就无法活下去。就那么简单，诺拉说，她父亲要死了。这种悲痛对他来说太沉重了，他会垮掉的，他会死的。

那天晚上以后，诺拉继续把每件事情都告诉了他。感觉上似乎她正想要找个人来分担她的烦恼，而在所有的世人中，在所有可能的候选人中，最终是海克特担任了这项工作。他成了诺拉的心腹知己,成了存放他自己犯罪资料的储藏室,每个星期二和星期四晚上,当他和她一起坐在长沙发上苦苦学习发音的时候,他会有一种脑袋好像要裂开的感觉。生命是一场幻梦,他发现,现实是一个虚构和幻觉的世界,一个凭空捏造的产物,一个你所想象的一切都会成真的场所。他知道谁是海克特·曼吗?一天晚上诺拉竟然问了他那样的问题。斯坦格曼提出了一个新理论,她说,就在两个月前的那次请辞事件之后,这位私家侦探在那个周末又打电话给奥夫伦要求再给他一次机会。他发现布莉姬曾经发表过一篇关于海克特·曼的文章。十一个月后,曼先生失踪了,而布莉姬也在同一时间失踪,他想搞清楚这是否仅仅是一种巧合。如果这两个悬案间有某种联系呢?斯坦格曼无法承诺是否会有什么结果,但至少他现在有事可干了,奥夫伦允许的话,他想就此追查一番。如果他能确认布莉姬写完那篇文章后还在和曼先生继续来往,那就很值得怀疑了。

不,海克特说,他从未听说过他。这个海克特·曼是什么人?诺拉对他也知之甚少。一个演员,她说。几年前拍过一些喜剧默片,但她一部也没看过。在大学时她没时间去看电影。不,海克特说,他自己也不怎么去。那太费钱,而且有次他在哪里看到说看电影对眼睛不好。诺拉说她模模糊糊地记得听说过那个失踪事件,但她那时没太仔细注意。据斯坦格曼说，那个曼已经失踪了近两年时间。他为什么要出走？海克特想知道她的回答。没人搞得清，诺拉说。有一天他就那么突然消失了，从此杳无音讯。听起来希望不大，海克特说。一个人很难躲那么久。如果他们到现在还没找到他，那也许意味着他已经死了。是啊，或许，诺拉表示同意，或许布莉姬也已经死了。但有些传闻，她接着说，斯坦格曼打算要调查一下。什么样的传闻？海克特问。说他有可能回南美了，诺拉说。他是从那儿来的。巴西，阿根廷，她不记得是哪个国家，但这简直不可思议，不是吗？怎么不可思议了？海克特问。那就是说海克特·曼和他来自世界上同一个地方。难道这不是很巧吗？她忘了南美洲是个很大的地方，海克特说，南美人到处都是。是的，这个她知道，诺拉说，但即便如此，如果布莉姬真是和他去了南美的话，那岂不是很不可思议？光是这么想想都让她开心。两个姐妹，两个南美人。布莉姬和她的那位在那儿，她和她的这位在这儿。

如果他不是那么喜欢她，如果一部分的他不是在他们遇见的第一天就对她一见钟情，事情也许还不至于那么糟糕。海克特很清楚她是个禁区，哪怕是动了想去碰她的念头都是一种不可饶恕的罪过，但他还是每个星期二和星期四晚上定时跑到她家里，而每次当她挨着他在长沙发上坐下，她那二十二岁的身体舒适地陷在勃艮第红的天鹅绒软垫里的时候，他都觉得难受得快要死掉了。那是多么简单，他只消探过身去抚摸她的脖子，用手环住她的手臂，转向她亲吻她脸上的雀斑。尽管他们的谈话内容有时很特殊（布莉姬和斯坦格曼，她父亲的自暴自弃，追踪海克特·曼），但那时要压制欲望对他来说却更困难，他必须动用所有的力量才能让自己不越线。经过两个小时的折磨之后，他常常一下课就直奔河边，穿过镇子，直到抵达一片由破屋和两层楼旅馆组成的狭小街区，那儿可以买到女人陪你玩个二三十分钟。这是个消极的解决办法，但别无选择。就在不到两年前，好莱坞最有魅力的女人们还在争相要和海克特上床。如今他却要在斯波坎的后巷里花钱买笑，为了片刻的发泄而浪费半天的工钱。

海克特从未想过诺拉对他会有什么感觉。他是一个不幸的角色，一个不值一提的人，诺拉之所以愿意把那么多时间给他，那只是因为她觉得他可怜，因为她年轻而充满热情，把自己想象成迷失灵魂的救星。圣布莉姬，正如她姐姐叫她的那样，是这个家庭里的圣徒。海克特是赤身裸体的非洲土著，而诺拉则是跋涉丛林来改变他命运的美国传教士。他从未见过什么人像她那么无私，那么满怀希望，对这世上运转的黑暗势力那么视而不见。有时候，他都怀疑她是不是纯粹就是蠢。而另外一些时候，她似乎又具有非凡而崇高的智慧。还有一些时候，当她眼里带着那种热切而坚定的眼神转向他时,他觉得自己心都要碎了。他在斯波坎的那一年是充满自我矛盾的一年。诺拉让他觉得生命无法忍受,但诺拉又是他生存的唯一目的,是他没有打包离开的唯一原因。

有一半时间,他在害怕自己会向她认罪。而在另外一半时间,他又害怕自己会被抓住。斯坦格曼在追踪了海克特·曼三个半月之后,再次决定放弃。在警方碰壁的地方,私家侦探也被难住了,但那并不意味着海克特的处境更安全。奥夫伦在秋冬去了洛杉矶好几次,完全可以设想在那期间的某个时候斯坦格曼给他看过海克特·曼的照片。要是奥夫伦注意到他手下卖力工作的仓管员跟那个失踪的演员很相像怎么办?2月初,就在他最后一次去加利福尼亚办事回来后不久,奥夫伦开始用一种新的眼光看海克特。不知怎么,他似乎更机警,更好奇,海克特不禁怀疑诺拉的父亲是不是已经识破了他的真面目。经过数月的沉默和几乎不加掩饰的藐视之后,这位老人突然注意起了这个成天在后面库房里埋头苦干的低级搬运工。冷漠的点头致意被微笑代替了,时不时地,也没有什么特别原因,他会拍拍这位下属的肩膀,问他干得怎么样。更反常的是,奥夫伦开始在海克特晚上到他家上课时亲自给他开门。他会握握他的手,就像他是个受欢迎的客人,然后——有点不自然,但带着明显的好意——站在那儿评论两句天气,再回他楼上的房间休息。换作任何一个其他人，这种行为都会被看成十分正常，是最起码的礼节，但在奥夫伦这里则另当别论，它令人不知所措，它无法让海克特信任。形势危在旦夕，他可不会被几个礼貌的微笑和几句好话迷住眼睛，那种伪善持续的时间越长，海克特就越觉得害怕。到了2月中旬，他感到他在斯波坎的日子已经屈指可数。陷阱已经给他挖好了，他必须准备好随时逃跑，销声匿迹，永不再露面。

接着又一桩意外从天而降。正当海克特打算向诺拉发表临别致辞的时候，奥夫伦一天下午在后面库房堵住他，问他对升职是否有兴趣。高尼斯已经通知说要走了，他说。那位经理助理要搬到西雅图去经营他表兄的印刷厂，奥夫伦想尽快让人填补那个空缺。他知道海克特在销售上没什么经验，但他一直在观察他，他说，他一直在留神看他怎么干活的，他觉得不用多久他就能适应新工作。那需要更强的责任心和更长的工作时间，但他的工资会是现在的两倍。他要考虑一下吗，还是同意接受？海克特同意接受。奥夫伦同他握握手，恭喜他获得提拔，接着那天剩下的时间让他放了假。可正当海克特要离开店里时，奥夫伦又把他叫了回来。打开收银机拿二十块钱，老板说，然后沿着这条街下去到培斯乐男装店给自己买件新衣服，那种白色的衬衫，再买两只领结。如今你要在前台上班了，要让自己看上去像样点。

实际上，奥夫伦把生意都交给了海克特打理。他给了他经理助理的头衔，但事实上海克特并没有助理任何人。他全盘负责着店里的业务，而奥夫伦，作为自己商店的正式经理，却什么都不管。红发先生很少花时间在店里关心那些细枝末节的问题，等他看到这个上进的外国小伙可以胜任新职务，他基本上就懒得再到店里来了。他那时对生意已经毫无兴趣，他甚至都不知道新来的仓管员叫什么名字。

作为红发运动用品商店实际上的经理，海克特干得很出色。经过在波特兰制桶公司长达一年的与世隔绝和在奥夫伦库房的单独禁闭之后，他很乐意有机会重新回到人群。商店就像个小舞台，而他所分配到的角色实质上跟他在自己电影里扮演过的一模一样：尽职的属下，精力充沛、打领结的商店营业员。唯一的区别是现在他的名字叫赫尔曼·莱斯，而且他必须一直演下去。他不再一屁股摔倒在地，不再碰伤脚指头，不再有扭来扭去的滑稽动作，也不再会一头撞上什么东西。他的工作是说服人们购买，是查对账目，是宣传运动的好处。但没人规定说他在干活时必须愁眉苦脸。他面前有观众，身边又有无数道具，一旦他熟悉了工作流程，他那演员的老本能就迫不及待地回到了身上。他用滔滔不绝的演说劝诱顾客，通过示范棒球手套的用法和用假蝇钓鱼的技巧来吸引顾客，还主动把定价降低百分之五，百分之十，甚至百分之十五，以赢得他们的忠心。1931年大家的钱包都很瘪，但运动是一种廉价的娱乐，是一种让你不去想那些自己买不起的东西的好办法，所以红发运动用品商店的生意仍然相当不错。男孩们不管环境如何都要玩球，而男人们永远都不会停止把钓鱼线往河里扔，把子弹射进野生动物的身体。另外，别忘了，还有制服那一块。不仅仅有当地高中和大学的球队，还包括有两百名会员的扶轮社保龄球联合会，有十个队的天主教慈善篮球协会，以及多达三十六支的业余垒球队。奥夫伦十五年前就已经锁定了那块市场，季节一到订单就会纷至沓来，就像月相般精确准时。

4月中旬一个星期二的晚上，当海克特和诺拉快上完课的时候，诺拉对他宣布有人向她求婚。这个声明突如其来，之前没有任何相关的铺垫，有好几秒钟海克特怀疑他是不是听错了。宣布这样的消息通常都伴随着一脸微笑，或者甚至是出声的笑，但诺拉没有微笑，她在告诉他这个消息时听起来一点都不开心。海克特问那个幸运的年轻人叫什么名字。诺拉摇摇头，低下眼睛看着地板，开始不停摆弄她的蓝色棉质外套。当她重新抬起头的时候，眼里有泪光在闪烁。她的嘴唇开始颤动，但在要说出什么之前，她突然从座位上站起来，用手捂住嘴，冲出了客厅。

他还不知道发生了什么事她就不见了。他甚至来不及叫住她，当听到诺拉跑上楼梯，砰的一声关上她房门的时候，他明白那天晚上她不会再下来了。下课了。他该走了，他对自己说，但好几分钟过去了，他还是没从长沙发上挪身。结果，奥夫伦踱进了房间。刚过九点，红发先生还处于他通常的晚间状态，但离无法保持平衡也不远了。他盯着海克特，很长时间里，他一直盯着他的经理助理不放，上上下下地打量着他，嘴角下部泛起一丝小小的、狡诈的微笑。海克特无法分辨那微笑到底是同情还是嘲讽。看上去好像两者都有。怎么说呢，像是一种深表同情的鄙视——如果真可能有那种东西的话，海克特发觉那令人不安，它代表着奥夫伦已经好几个月没有显露过的那种敌意在恶化。最终海克特站起身问道：诺拉要结婚了吗？他老板发出一声短促而讥讽的笑声。我怎么知道？他说，你为什么不自己去问她？尔后，随着自己的笑哼了一声，奥夫伦转身离开了房间。

两天后的晚上，诺拉为她的发作道了歉。现在她感觉好多了，她说，危机过去了。她已经拒绝了他，就那么回事。问题解决了，没什么好担心了。阿尔伯特·斯威尼是个好人，但他还只是个大男孩，她已经厌倦了跟大男孩在一起，尤其是那些靠他们有钱父亲生活的阔少爷。如果她要结婚，她就要嫁给一个男人，一个知道自己要在这个世界上干什么的人，一个能自己照顾自己的人。海克特说她不能为斯威尼父亲有钱而怪他。那并非他的错，再说，不管怎样，有钱又有什么不好？没什么不好，诺拉说。她只是不想嫁给他，仅此而已。结婚是一辈子的事，在意中人出现之前，她不想轻易答应谁。

诺拉的情绪很快就恢复了，但海克特和奥夫伦的关系却似乎进入了一个令人紧张的新阶段。转折点便是那次在客厅里的对峙，那次长久的凝视和短促而嘲讽的一笑，那晚之后海克特感觉自己又被盯上了。现在奥夫伦到店里来的时候，既不插手生意也不同顾客打交道。即使店里很忙他也不会去搭把手或站到收银机后面帮忙收钱，他宁愿安坐在那张靠近网球拍和高尔夫球手套陈列橱的椅子上，静静地读他的晨报，时不时地朝上看一眼，然后嘴角下部又浮现出那种挖苦的微笑。就好像他把他的助理当成了一只有趣的宠物或发条玩具。海克特替他大把赚钱，每天工作十到十一个小时以使他能过着半退休的生活，但所有这些努力似乎只能让奥夫伦对他更怀疑，更不屑。尽管海克特很警惕，但他还是假装没注意到。就算被看成一个热情过头的白痴也无所谓，他想，甚至当他开始用西班牙语叫你男孩和先生时也不见得有多糟，但跟那样的人你不能走得太近，而且每次他走进房间，你都要确保自己背朝墙壁。

然而，当他邀请你到他的乡村俱乐部，叫你在5月初一个晴朗的礼拜天上午和他一起打十八洞高尔夫球，你就不能说不了。而当他要在蓝铃花餐厅请你吃午饭——不是一次而是两次，在短短一周时间里——并且每次都坚持让你点菜单上最贵的菜，你同样也不能拒绝。只要他不知道你的秘密，只要他不怀疑你在斯波坎干什么，你就可以容忍他那没完没了的审查。你之所以能忍受，正是因为你觉得和他在一起无法忍受，因为你可怜他变得衰败不堪，因为每次听到他声音里透出的那种玩世不恭的凄凉，你就会意识到自己要对此负一部分责任。

他们在蓝铃花餐厅的第二次午餐是在5月底一个星期三的下午。如果海克特对将要发生的事情有所准备的话，他也许会做出不同的反应，但经过二十五分钟无关紧要的谈话之后，奥夫伦的问题打了他一个措手不及。那天晚上，当海克特回到镇子另一头他住的寄宿公寓，他在日记中说世界在短短一瞬间里变样了。我错失了一切。我错看了一切。大地是天空，太阳是月亮，河流是高山。我一直都看错了这个世界。随后，趁着脑子里对下午发生事情的印象还很鲜明，他逐字逐句地记录下了他和奥夫伦的对话：

那么，莱斯，奥夫伦突然问他，告诉我你究竟有什么打算？

我不明白这句话是什么意思，海克特答道。一块诱人的牛排正摆在我面前，我所有的打算就是把它吃掉。这就是你要问的吗？

你是个机灵的小伙子。你知道我什么意思。

求您说得再具体点,先生,您的话让我摸不着头脑,我不懂您究竟指的是什么打算。

长期打算。

哦,是的,现在我明白了。你指的是将来,我对将来的想法。我可以打包票说我唯一的打算就是保持现状。继续为您工作。尽我所能地管好店。

还有呢?

其他没有了,奥夫伦先生。这是我的心里话。您给了我一个宝贵的机会,我要充分利用它。

你认为是谁叫我给你那个机会的?

我说不上来。我一直以为那是您的决定,是您给了我机会。

是诺拉。

奥夫伦小姐?她从没跟我说过。我不知道那是因为她的原因。我欠她已经够多了,这下看来我要欠她更多了。您的话让我觉得自己很没用。

你喜欢看着她受折磨吗?

诺拉小姐受折磨?她到底为什么受折磨?她是个引人注目、生气勃勃的女孩,人人都喜欢她。我知道家里的不幸使她很伤心——也使您不好过,先生——但除了偶尔为她失踪的姐姐流些眼泪以外,我看她从来都是高高兴兴开

189

开心心的。

她很坚强。她在人前总是表现得很好。

听你这么说我很难过。

阿尔伯特·斯威尼上个月向她求婚,她拒绝了他。你觉得她为什么要那么做?那男孩的父亲是哈里姆·斯威尼,州参议员,这个国家最有权势的共和党人。她本来可以在接下来的五十年里都过着养尊处优的生活,但她却对此说不。你觉得为什么,莱斯?

她对我说她不爱他。

没错。因为她爱的是另外一个人。你认为那个人会是谁?

这个问题我没法回答。我对诺拉小姐的感情生活一无所知,先生。

你该不是个"同志"吧,啊,赫尔曼?

你说什么,先生?

同志。男同性恋。

当然不是。

那你为什么还不行动?

您说话像猜谜,奥夫伦先生。我不懂您的意思。

我累了,孩子。现在我已别无所求,除了一件事,一旦那件事办妥了,我就死也瞑目。你帮我个忙,我们可以做个交易。只要你说出那个字,朋友,一切就都是你的。店铺,生意,所有的一切。

你想把店铺卖给我？可我没钱。这个交易我没法做。

去年夏天你才跑到店里来找工作，而现在你已经是主管了。你很会做生意，莱斯。诺拉没看错你，我不想挡她的道。谁的道我也不会挡了。她想要什么，就给她什么。

为什么你老是提到诺拉小姐？我以为你是在谈生意。

我是在谈生意。除非你逼我把话挑明了。就好像我在叫你要什么你不想要的东西，不是那么回事。我看过你们俩互相对视的那种眼神。你所要做的就是马上采取行动。

你在说什么，奥夫伦先生？

你自己琢磨。

我想不出来，先生。我真的想不出来。

我是说诺拉，你真蠢。你就是她爱的人。

但我什么都不是，我一无是处。诺拉不可能爱我。

你或许会那么想，我或许也会那么想，但我们都错了。那孩子的心都碎了，如果我再坐视不管，看着她受折磨，我就真该死了。我已经失去两个女儿，这种事不能再发生。

但我不可能娶诺拉。我是个犹太人，这种事是不允许的。

哪种犹太人？

犹太人就是犹太人。只有一种犹太人。

你信上帝吗？

那又有什么区别？我不像你们。我来自另一个世界。

回答我的问题。你信上帝吗？

不，我不信。我相信人才是衡量一切事物的标准。无论好坏。

那么我们就属于同一个宗教。我们是一样的，莱斯。唯一的区别是你比我更会理财。那意味着你有能力照顾好她。那就是我所有的要求。照顾好诺拉，那样我就可以含笑九泉了。

你让我很为难，先生。

你根本不知道什么才叫难，小子。你这个月底就向她求婚，否则我就解雇你。明白吗？我会炒了你，我会干净利落地把你从这该死的地方一脚踢出去。

海克特替他省了这个麻烦。离开蓝铃花餐厅四个小时后，他最后一次给店铺打了烊，然后回到他的房间开始收拾东西。那天夜里的某个时候，他借来女房东的安德伍德牌打字机，给诺拉打了封一页纸的信，他在信的末尾署上了名字的缩写 H. L.。他不敢冒险留给她一份自己的笔迹样本，但他也不能就那么一走了之，他得给她一个解释，他得编个故事来说明自己为什么要突然神秘地离开。

他告诉她自己已经结婚了。他从没撒过那么大的谎，但长远来看那样说也许比直接拒绝要显得不那么残忍。他的妻子在纽约生病了，他必须立即赶回去处理紧急事宜。

当然，诺拉会大吃一惊，可一旦她意识到他们俩从来就没有希望在一起，海克特和她从一开始就不可能的时候，她就会从失望中恢复过来，而不至于留下什么永久的创伤。奥夫伦或许会看穿他的谎话，但即使这个老人自己猜出了真相，他会不会告诉诺拉也很难说。他的任务是保护女儿的感情不受伤害，能看到这个不合时宜的、已经赢得她芳心的无名小卒被移走，他又何乐而不为？他会为除掉海克特而感到高兴，渐渐地，当最终尘埃落定，年轻的斯威尼又会再次出现，而诺拉也会回心转意。在他的信里，海克特感谢她对他所做的那些善举。他永远都不会忘记她，他说，她是个出类拔萃的人，一个超越所有其他女人的女人，他在斯波坎认识她的这段短短的时间已经永远地改变了他的人生。全是真话，但又全是假话。每一句都在说谎，但又每个字都言之凿凿。他一直等到凌晨三点，然后他走到她家，把信从前门门缝下面塞了进去——正如她那死去的姐姐，布莉姬，在两年半之前所干的差不多，她也曾把一封信塞进了他家门口下面的门缝。

第二天他在蒙大拿试图自杀，阿尔玛说，三天后他在芝加哥又试了一次。第一次，他把左轮手枪塞进嘴里；第二次，他把枪管压到他的左眼上——但不管哪次都没能成功。他住在唐人街边上南万巴斯路的一家旅馆里，第二次尝试失败后，他出门走进6月闷热的夜晚，想找个地方买醉。如果能往体内灌进足够的酒精，他想那也许会使他有勇气跳进河里，并在天亮前把自己淹死。无论如何，那就是他的打算，但就在出去找酒喝之后没多久，他无意中发现了一个比死更好的东西，一个比他一直在寻求的那种简单的永久性惩罚更好的东西。她的名字叫西尔维亚·弥尔丝，在她的指导下，海克特学会了不用自己动手地自杀。是她教他怎样喝他自己的血，是她让他沉迷于吃他自己的心。

他是在蓝逊街上一家低级酒吧里遇见她的，她背靠吧台站着，而那时他正准备要第二杯酒。她看上去并不怎么样，但她报出的价格实在微不足道，于是海克特便答应了她。反正天亮之前他就要死了，难道还有什么比跟一个妓女共度他人生的最后时光更合适的？

她领他穿过街道，走进白宫旅馆的一个房间，他们在床上一完事，她就问他是否想要再来一次。海克特谢绝了，解释说他没钱再来一回，然而当她告诉他不另收费的时候，他耸耸肩说为什么不，然后便爬到她身上又交配了一次。加演很快就以又一次射精而告终，西尔维亚·弥尔丝脸上露出了微笑。她对海克特的表现大加赞赏，接着她问他是否觉得自己还有本事再来一回。马上不行，海克特说，但如果给他半个小时，应该不成问题。那还不够令人满意，她说，如果他能在二十分钟里再做一次，她就再免费招待他一次，但他必须在十分钟内重新硬起来。她抬头看看床头柜上的钟。从现在开始十分钟，她说，当分针转过十二点时开始。那就是交易内容。十分钟启动，然后另外十分钟干活。但是，如果他在当中任何时候变软了，他就必须赔偿她最后一次的费用。那就是罚金。要么按批发价三次算一次，要么按零售价乖乖掏腰包。怎么样？他是想现在就走呢，还是想知难而上？

如果她在发问的时候不是始终面带微笑的话，海克特大概会以为她疯了。妓女们是不会提供免费服务的，她们也不会向她们顾客的性能力发起挑战。那是那些善于在床上用鞭子的性爱专家和秘密的男人仇视者，以及从事受虐和变态性交易的人才会干的事，而弥尔丝给他的感觉是个邋遢、快活的女孩，她似乎不会嘲弄他，更不会想要诱哄他玩什么游戏。不，的确不是游戏，而是一次实验，一次对他胯下那已经泄了两次的玩意的性耐力所进行的科学调查。能重振雄风吗，她似乎在问他，要是能，能有几次？猜是不行的。为了得到确凿的结果，测试必须在最严格的实验条件下进行。

海克特朝她回以微笑。弥尔丝手里叼着根烟，懒散地平躺在床上——自在，放松，赤裸着身体，就像在家里。她这么做是为了什么？海克特想知道。钱，她说，很多的钱。好理由,海克特说。她一边还在那儿说要免费招待,一边又在说要发财。那未免太傻了吧?不是傻,她说,是聪明。钱在那儿等着呢,如果他能在接下来的九分钟里再次挺起来,他就可以跟她一起出发去挣钱。

她灭掉香烟,双手开始在身体上游动,她抚摸着乳房,手掌沿着腹部滑动,指尖划过大腿内侧,然后转移位置,触摸阴毛、阴户和阴蒂,她把自己展开在他面前,嘴巴张着,舌头在嘴唇上舔来舔去。对这些经典的挑逗动作海克特同样难以招架。缓慢然而坚决地,他下面那垂头丧气的家伙又一点一点地活了过来,当弥尔丝看到这一情形,她在喉咙里发出了一声低低的下流的哼哼声,一个仿佛既有赞许又有鼓励的拖长了的单音。拉撒路[*]又复活了。她来回扭动着腰肢,口中呢喃着一连串的脏话,模拟着高潮来临的呻吟声,然后她把屁股抬到半空,叫他进入她。海克特还没有完全准备好,不过当他把阴茎抵进她那猩红的阴唇皱褶时,他已经硬得足以成功插入了。到最后他已经没什么可射了,但除了汗水外,还是有点东西流出来,无论如何那已经足以说明问题,当他终于从她身上滑下来瘫倒在床单上的时候,她转过身在他嘴上亲了一下。十七分钟,她说,他在不到一小时的时间里干了三次,那正是她一直

---

[*] Lazarus,《圣经》中的人物,传说耶稣曾让他死而复生,这里用来比喻阴茎。

在找的。如果他愿意加入，她就让他做她的搭档。

海克特根本不知道她在说什么。她解释了一遍，他还是不明白她想对他说什么，于是她又解释了一遍。有那么一些人，她说，芝加哥的有钱人，整个中西部的有钱人，愿意出大价钱看别人性交。哦，海克特说，你是指色情电影，黄片。不，弥尔丝答道，跟那些假玩意毫无关系。是现场表演。在真人面前真刀真枪地干。

她已经做了有一段时间了，她说，但上个月她的搭档在一次笨手笨脚的入室盗窃案中被逮捕了。可怜的阿尔。他酒喝得太多了，连挺起来都成问题。即使他没把自己踢出局，也该是开始物色接班人的时候了。在过去的几个礼拜里，还有另外三四个候选人通过了测试，但没有一个比得上海克特。她喜欢他的身体，她说，她喜欢他鸡巴的感觉，而且她觉得他的长相简直帅呆了。

哦，不，海克特说。他决不会露出他的脸。如果她想他跟她一起干，他就必须戴上面具。

他并不是神经过敏。他的电影在芝加哥曾经很流行，他很可能会被人认出来，他不敢冒那个险。本来撑到最后还金枪不倒就已经够难的了，他很难想象，如果要在满怀恐惧的状态下表演，如果每次他走到一个观众面前的时候都要担心对方叫出他的名字，他怎么能顺利完成任务。那是他唯一的条件，他说，让他把他的脸藏起来，那么她就能把他招至麾下。

弥尔丝不禁感到怀疑。为什么他愿意向世人露出他的小弟弟却不愿意让人看到他是谁？如果她是个男人，她说，她会很骄傲拥有像他那样的面孔。她会希望所有人都知道那张脸属于她。

但他们不是为了看他而来的，海克特说，她才是主角，观众对他的关注越少，他们的表演就会显得越刺激。给他安一个面具，他就会变得没有个性，没有可辨别的特征，也就没有什么东西会去干扰观看者的幻想。他们并不是真的想看到他干她，他说，他们想要的是想象他们自己在干她。把他无名化。那么他就会成为一台雄性欲望的发动机，成为观众当中所有男人的化身。硬骨头的种马先生，在砰砰地不停干着贪得无厌的美穴女士。他是所有男人，因此他可以是任何男人。但只有一个女人，他说，一直并且永远只有一个女人，她的名字就叫西尔维亚·弥尔丝。

弥尔丝认可了他的提议。那是她在娱乐行业上的第一堂战略课，即使她对海克特说的话并不是每句都能理解，但那些话听起来让她觉得喜欢，她喜欢他要让她做主角的说法。当他叫她美穴女士的时候，她大声笑了起来。他是从哪儿学会那样说话的？她问他。她从没见过一个男人能把某样东西同时说得那么脏又那么美。

肮脏自有其回报，海克特说，他故意在她头上朗诵起来。如果一个人决意要爬进坟墓，谁能比一个热血女郎更适合伴他左右？那样他就会死得更慢，只要他们的肉体连为一体，他就能靠自己腐败的气息苟延残喘。

弥尔丝又笑起来，她听不懂海克特话里的意思。那听上去就像是在念圣经，就像传教士和马路边的布道者嘴里的那些废话，但海克特的这首关于死亡与堕落的小诗念来是那么平静，他脸上的微笑是那么亲切而友好，所以她猜想他是在开玩笑。她丝毫没有意识到他刚刚对她敞露了内心最深处的秘密，没有意识到她正在看着的这个男人四个小时前还坐在他旅馆房间的床上，用一把上满子弹的手枪抵着自己的脑袋——那一周里这已经是第二次了。海克特觉得很高兴。当他看到她眼中那不解的眼神时，他很庆幸自己遇到了这么一个愚钝而乏味的鸡。无论他和她共度的时间有多长，他知道当他们在一起时，他始终都将是孤身一人。

弥尔丝年纪二十出头，一个南达科他州的农场女孩，十六岁从家里跑了出来，一年后在芝加哥落了脚，然后开始在街头卖身——跟林德伯格驾机飞越大西洋是同一个月。她没有任何引人注目的地方，没有任何东西能把她与同一时间里千百个其他旅馆房间里的千百个其他妓女区分开来。一头漂白过的金发和一张圆脸，呆呆的灰色眼睛，脸颊上布满了一点一点残余的粉刺疤痕，她的举止带着一种明显的炫耀式的淫荡，但却没有诱惑力，没有能使人兴趣长久停留的魅力。她的脖子相对她身体的比例来说太短了，她的小乳房有点下垂，她的髋部和臀部已经积聚了少量的赘肉，显得稍微有些松弛。当她和海克特就他们的协议条款达成一致时（六四分成，这让海克特觉得太慷慨了），他突然转过身去，意识到自己已经无法忍受再继续看着她。怎么了，赫曼，她问他，你没事吧？我很好，海克特说，他的眼睛还在盯着房间对面最尽头墙壁上一片破碎开裂的灰泥。我这辈子都没感觉这么好过。我太开心了，我简直想打开窗子像个疯子一样放声尖叫。我感觉就是那么好，宝贝。我疯了，乐疯了。

六天后，海克特和西尔维亚举行了他们的第一次公开演出。从6月初的那次首演到12月中旬最后一次合作，阿尔玛估计他们一起出场了大约四十七次。大部分表演都发生在芝加哥及其周边，但也有一些邀请远自明尼阿波利斯、底特律和克利夫兰。表演地点变换不定，从夜总会到宾馆套房，从仓库、妓院到办公大楼和私人住宅。观众最多的时候有近百人（在伊利诺伊州鲁马镇的一次联谊派对上），最少的时候只有一个人（同一个人在不同时候重复看了十次）。表演内容也随着客户要求的变化而变化。有时海克特和西尔维亚会演一点情景剧，包括服装和对话，而另外一些时候他们只是光着身子走来走去，沉默地干个不停。那些情景短剧都取材于最常见的性幻想，一般在观众人数不是特别多的情况下，他们的表现最为出色。最受欢迎的一个短剧是老套的护士与病人的故事。人们似乎很爱看西尔维亚脱下浆得笔挺的白制服，而当她开始解开海克特身上的纱布绷带时他们总会鼓掌叫好。还有就是《忏悔室丑行》（最后以神甫强奸修女而收场），另外，更精致一点的，有一对淫荡男女在法国大革命之前的假面舞会上相遇的故事。观看者几乎每次都是清一色的男性。大型的聚会通常都相当吵（单身汉派对、生日聚会），而规模小点的基本上都无声无息。银行家和律师、商人和政客、运动员、股票经纪人，以及那些无所事事的有钱阶层：他们全都看得神魂颠倒。经常性地，他们至少会有两三个人解开裤子开始手淫。有一对来自印第安纳州韦恩堡的夫妇让两人在他们家里进行了一次私人表演，看到中途他们居然脱掉衣服开始自己做起爱来。弥尔丝说得没错，海克特发现，人们想要什么，你就要敢给他们什么，那样你就能大把挣钱。

他在北区租了一套小公寓，每挣一美元，他都拿出七十五美分捐掉。他把十美元和二十美元的钞票塞进圣安东尼教堂的捐款箱里，匿名给班拿·亚伯拉罕犹太教堂寄钱，并施舍了无数的零钱给那些他在街区人行道上遇到的盲眼和跛脚乞丐。四十七场演出平均下来每周只有两场，剩下五天空着，但大部分时间海克特都是在与世隔绝中度过的，他总是躲在房间里读书。他的世界裂成了两半，阿尔玛说，他的精神和肉体不再能互相对话。他是个暴露狂，他又是个隐士，他是个疯狂的淫棍，他又是个孤独的和尚，而他之所以还能设法在这些自我矛盾中存活那么久，只是因为他让自己的精神变得麻木不仁。他不再努力去做什么正人君子，也不再假装信奉自我克制的美德。他的肉体控制了他，而且他对自己肉体在干的事情考虑得越少，他就干得越好。阿尔玛注意到他在这期间停止了记日记。仅有的记录是一点干巴巴的流水账，记着他和西尔维亚一起工作的时间和地点——六个月才一页半纸。她认为那是他害怕面对自己的一种表示，就像一个人把屋子里所有的镜子都遮起来那样。

他唯一遇到麻烦的一次是第一次，或者说是在第一次即将开始之前，在他还不知道他是否能胜任这份工作的时候。幸好，西尔维亚为他们的首次演出安排的观众只有一个人。那多少使事情显得好办一点——用一种私下的方式公开自己，盯着他的只有一双眼睛，而不是二十双五十双或者上百双眼睛。这一次，眼睛的主人是阿奇博尔德·皮尔逊，一位七十岁的退休法官，单身住在帕克高地一幢三层楼的都铎式大宅里。那里西尔维亚已经和阿尔去过一次了，当她和海克特在约定的晚上钻进出租车朝郊区的目的地开去时，她提醒他说他们可能要搞上两次，也许甚至三次。那个老笨蛋黏上她了，她说，他已经打了好几个礼拜的电话，急不可耐地想知道她什么时候能再去，于是渐渐地她就把价格抬到了每射一次两百五，比上一次翻了一番。说到钱我可毫不含糊，她骄傲地宣称，如果我们能好好套住这个老傻蛋，小赫曼，他就会成为我们的摇钱树。

皮尔逊是个腼腆不安的老头——瘦得就像一根鞋匠用的锥子，梳理整齐的满头白发，一双硕大的蓝眼睛。为了观看演出，他穿了件绿色天鹅绒的便服，当他领着海克特和西尔维亚走进起居室的时候，他不停地一边清喉咙一边用手把便服的前胸抚平，就好像身穿那种华丽的服装让他感到很不舒服。他请他们抽烟，又请他们喝酒（对此他们都谢绝了），然后宣布他打算用留声机播放勃拉姆斯的降B大调一号弦乐六重奏来给他们的表演助兴。听到 sextet[*] 这个词的时候，西尔维亚哧哧地傻笑起来，她不知道那指的是音乐作品中的乐器数目，但老法官没吱声。皮尔逊接着称赞了海克特的面具——进屋之前海克特就把它套到了脸上——并说他觉得这招很有挑逗性，很聪明。我想这会让

---

* sextet 意为"六重奏"，与意为"性"的 sex 发音相近。

我很享受的，他说，我要对你选搭档的眼光表示赞赏，西尔维亚。这位比阿尔简直不知道强多少。

老法官喜欢简单直接。对那些刺激的装束，淫荡的对话，或者模拟的戏剧场景，他都不感兴趣。所有他想要的就是看着他们的身体，他说。交代的对话一结束，他就让他们进厨房脱掉衣服。趁他们不在，他打开音乐，关上电灯，点燃围绕房间摆放的六支蜡烛。这是一家不演戏的戏院，一种生命本身的自然展示。海克特和西尔维亚要光着身子走进房间，然后倒在波斯地毯上开始工作。那就是他们所要干的。海克特会和西尔维亚做爱，当他快达到高潮时，他要从她身上拔出来，把精液射到她的乳房上。一切都归于那一刻，老法官说，那一射至关重要，它在空中飞得越远，他就会越高兴。

他们在厨房脱掉衣服后，西尔维亚走到海克特身边，双手开始在他身体上游动。她亲吻他的脖子，把面具拉到后面亲吻他的脸，然后用手握住他软塌塌的阴茎，一直摸到它变硬。海克特很庆幸自己想出了面具这一招。那使他感到更安全，使他把自己身体暴露给那个老头看时不会那么害羞，但他还是很紧张，所以他很欢迎西尔维亚温暖的触摸，很感激她试图赶走他体内的战栗。她或许是主角，但她知道真正担负重任的人是他。海克特不能像她那样作假；他不能只是装出一副兴奋和享受的样子。他必须在表演结尾发射出真枪实弹,如果他的表现不能令人真正信服,那么他将再也没有机会去那儿。

他们手牵手走进起居室,就像两个赤身裸体的野人走进了由镶金边的镜子和路易十五时期写字台组成的丛林。皮尔逊已经安坐在房间另一头的座位上:一只巨大的,似乎把他吞没了的皮质翼状靠背椅,那使他看上去比原来更瘦小、更干瘪。在他的右边是留声机,勃拉姆斯的六重奏正在唱机转盘上旋转。在他的左边是一只桃花心木的矮几,上面摆着漆盒、玉制雕像和其他一些贵重的中式装饰风格的物品。这是个充满了名词和静物的房间,一块被思想包围着的领地。而在屋里所有这些东西中,没有什么比海克特身上的勃起——比突然展现在离老法官座椅十英尺不到地方的动词奇观——更不协调了。

虽然那个老头很享受他所看到的景象,但在表面上他没有流露出任何愉悦的痕迹。他在表演当中两次站起来换唱片,但除了这简短的、机械的打断之外,他自始至终都保持着同样的姿势,跷着二郎腿,手放在膝盖上。他没有摸自己,没有解开裤子,没有微笑,没有发出一点声音。仅仅在最后,在海克特从西尔维亚身上抽出来,在期待已久的喷射发生的那一刻,似乎才有一声低低的颤音在老法官的喉咙里响了一下。近乎一声哽咽,海克特觉得——但又近乎什么声音都没有。

那是第一次，阿尔玛说，但同样的情形也出现在第五次、第十一次、第十八次和其他六次。皮尔逊成了他们最忠实的顾客，他们一次又一次地回到那幢帕克高地的房子里，在地毯上翻来滚去地捡钱。没什么能比钱更让西尔维亚高兴的了，海克特发现，几个月里她赚的钱已经足以让她不用再去白宫旅馆叫卖了。并不是所有钱都进了她自己的腰包，但即使在她把百分之五十上缴给那个她称之为保护人的男人之后，她的收入也比原来高了两三倍。西尔维亚是个没受过教育的乡巴佬，一个半文盲的俗物，讲起话来经常文不对题错字连篇，但事实证明她很有生意头脑。是她负责安排预约，联系客户，并处理所有的具体问题：来去交通，服装租借，招揽生意。海克特自己从不操心这些细节。西尔维亚会打电话告诉他下次演出在什么时候，什么地方，所有他要做的就是等着她坐出租车绕到公寓来接他。这些都是不用明说的惯例，是他们两个关系的分界线。他们一起工作，一起做爱，一起挣钱，但他们从没想过要成为朋友，除非有时他们要排练新的短剧，否则他们只有在演出时才会见面。

一直以来，海克特都以为和她在一起很安全。她从不询问或打听他过去的情况，他们在一起工作的六个半月时间里，他从没见她看过一张报纸，更别说谈论新闻了。有一次，他故意耍诈地随便提了一下几年前那个失踪的默片喜剧演员。他的名字叫什么来着？他问，一边咬着手指头一边假装在脑中搜寻答案，然而当西尔维亚向他报以一个她常有的那种茫然而冷漠的眼神时，海克特猜想那意味着她对那件事并不太清楚。不过，在那之后的某个时候，肯定有某个人跟她说了什么。海克特一直不知道那个人是谁，但他怀疑是西尔维亚的男朋友——那个被她称作保护人的比基·洛尔，一个两百四十磅的大块头，一开始在芝加哥的一家舞厅做保镖，如今在白宫旅馆做夜班经理。也许是比基怂恿她干的，是他往她脑子里塞满了要趁快赚钱和敲诈计划万无一失之类的话，或许也有可能是西尔维亚自作主张，想自己从海克特那里多榨几块钱。不管怎样，她的贪欲占了上风，而一旦海克特领会了她的意图，他唯一要做的事情就是逃。

那发生在克利夫兰，圣诞节前不到一个礼拜。他们是受一名富有的轮胎制造商之邀坐火车去那儿的，他们已经在三十多名男女面前完成了法国假面舞会的表演（这些人聚集在那个实业家的房子里参加每半年一次的狂欢派对），这会儿正坐在东道主豪华轿车的后座上，他们正在去旅馆的途中，下午回芝加哥前他们要在那儿睡上几个小时。他们刚刚拿到了一笔数目创纪录的酬金：单独一次四十分钟的演出一千美元。海克特的分成应该是四百美元，但在西尔维亚把轮胎巨头的钞票拿出来点数的时候，她只给了她的搭档二百五十美元。

那是百分之二十五,海克特说,你还另外欠我百分之十五。

我觉得不是那样,弥尔丝答道。那就是你应得的那份,赫曼,如果我是你,我就谢天谢地了。

哦?那么是什么导致了这财政政策的突变呢,亲爱的西尔维亚?

这跟什么政策无关,小伙子。这跟钱有关。我发现了某个家伙的罪证,如果你不想我把事情闹得满城风雨的话,你就要把分成降到百分之二十五,而不再是百分之四十。那种日子已经一去不复返了。

你搞得像个女王一样,亲爱的。你在性方面比我认识的任何女人懂得都要多,但你却没什么脑子,是不是?你想制订一个新的分配方案,行。坐下来跟我谈谈。但你不能不先跟我商量一下就擅自改变规则。

好吧,好莱坞先生。那么就别再用面具了。要是那样,也许我还会重新考虑考虑。

我明白了。那么看来这才是关键所在。

当一个家伙不愿以真面目示人的时候,他肯定有什么秘密,是不是?而当一个女孩得知那个秘密的时候,情况就完全不同了。我是和赫曼握手成交的。但那并不是赫曼,对吧?他的名字是海克特,所以我们现在要重新来过。

她要重新来过多少次都可以，随她喜欢，但不是和他。当几秒钟后豪华轿车停在圭亚哈加旅馆门前的时候，海克特告诉她他们早上再接着谈。他想把问题留到天亮再解决，他说，在做决定之前他要考虑一下，但他确信他们会找到一个令双方都满意的解决办法。然后他在她手上吻了一下，正如每次演出后他对她说再见时所做的那样——那个半是嘲讽、半是绅士风度的动作成了他们真正的永别。从他把她的手抬到他嘴边时西尔维亚脸上绽开的那种得意扬扬的傻笑，海克特看出她根本不知道他做了什么。她并没能迫使他给她更多的利润分成，她只是砸碎了饭碗。

他走到他七楼的房间，接下来的二十分钟，他站在镜子前，把枪管对准自己右边的太阳穴。他差一点就扣动了扳机，阿尔玛说，比其他两次都更接近死神，但他的意志又一次失败了，于是他把枪放到桌上，离开了旅馆。那是凌晨四点半。他朝北步行十二个街区来到灰狗长途汽车站，给自己买了一张下一班的汽车票——或者应该说下下一班。六点钟那班开往扬斯顿，方向朝东，而六点零五分那班则开往相反的方向。西行班车的第九站是桑达斯基。那正是那个他骗人说他度过童年的地方，回忆起那个词让他觉得听起来那么美妙，海克特决定就去那儿——就为了看看自己虚构中过去待过的地方是个什么样子。

那是1931年12月21日的早晨。到桑达斯基有六十英里，路上大部分时间他都在睡觉，直到两个半小时后汽车抵达终点站他才醒过来。他口袋里只有三百多美元：弥尔丝那里的两百五十美元，外加二十日离开芝加哥前他塞进钱包的五十美元，以及拿十美元买车票找回的一点零钱。他走进车站的小餐馆，点了份特价早餐：火腿鸡蛋、烤面包、自制薯条、橘子汁以及无限量供应的咖啡。第三杯咖啡喝到一半时，他问跑堂的侍者城里有没有什么东西好看。他只是路过，他说，而且他想他以后大概不会有机会再来了。桑达斯基没啥好看的，侍者说，只是一座小城，你知道，但我要是你的话，我就会去"雪松"瞧瞧。游乐园就在那儿。有过山车和空中转盘、电动火车、恐怖屋，各式各样的玩意儿。顺便提一下，那也是纽特·罗克尼发明抛球的地方，假如你是个橄榄球球迷的话。现在那儿冬天停业了，不过还是值得一看。

那个侍者在餐巾纸上给他画了张小小的路线图，但出车站后海克特没有向右拐，而是向左拐了。那使他走到了坎普街而不是哥伦布大道，接着，错上加错，他在西门罗街不是向东而是向西转了弯。他一路走到了国王路才开始察觉到自己走错了方向。视野中根本不见游乐园的踪影，他发现自己眼前看到的不是云霄飞车和摩天轮，而是一大片废弃的工厂和空仓库，一派凄凉景象。天气寒冷，阴沉，好像马上就要下雪，百米之内唯一的活物是一只三条腿的癞皮狗。

海克特转身开始往回走，就在他转身的一刹那，阿尔玛说，他突然感到一阵虚脱，一阵巨大的、极度的筋疲力尽，他不得不靠到一栋建筑的外墙上以防自己瘫倒。一股来自伊利湖的刺骨寒风吹过来，而即使他能感觉到风割过自己的脸庞，他也无法辨别那到底是真的风还是他的想象。他不知道这是何年何月。他不记得他叫什么名字。砖块和铺路石，他的呼吸在面前呵出白气，三条腿的狗跛着绕过墙角在视野中消失了。他后来意识到，那便是一幅他自身死亡的写照，一个失落灵魂的肖像，等他恢复过来继续走了很久之后，一部分的他仍然留在那儿，仍然气喘吁吁地站在俄亥俄州桑达斯基那条空荡荡的街道上，任由自己元神出窍。

十点半，他来到哥伦布大道，穿行在熙熙攘攘的圣诞购物人潮当中。他经过华纳兄弟电影院、伊丝特·金美甲沙龙、克普西修鞋店，看到人们从克雷斯吉折扣店、蒙哥马利·沃德百货公司和伍尔沃斯连锁超市进进出出，听到一个孤独的救世军圣诞老人在敲铜铃。当他走到商业信托银行时，他决定进去把手头的几张五十块调换成一些五块十块和一块的零钱。这么做毫无意义，但他那时实在想不出有什么其他事情好做，与其继续在街上兜圈子，他觉得还不如到银行里暖和暖和，哪怕只有几分钟也好。

想不到的是，银行里也都是人。在沿西墙开设的四个围着栅栏的出纳窗口前面，男男女女排成每行都有八到十个人的长队。海克特走到最长那队的末尾，那刚好是进门的第二排队伍。他刚站到他的位置上，一个年轻的女郎就跟着站到了他左边的那排。她看上去二十出头，穿一件厚厚的带毛领的羊毛外套。因为当时实在无事可干，海克特便开始用眼角的余光打量她。他发现她有一张美妙迷人的面孔，高高的颧骨，线条优雅的下巴，而且他很喜欢她眼中流露出的那种沉思般的、独立自主的眼神。换成过去的话，他马上就会开始同她攀谈起来，但现在只要简单地看看，想象一下藏在她衣服下的身体，揣测一下她那可爱的、惹眼的脑袋里面在琢磨些什么，他就已经心满意足了。有一下，她不经意地扫了他一眼，当她看到他正在那么热切地盯着自己，便回给他一个简洁的、谜一般的微笑。海克特点点头，同样也报以一个简洁的微笑，但随即她的表情就变了。她困惑地眯起眼睛，皱起眉头，似乎在努力回忆什么，于是海克特知道她认出了他。毫无疑问：这个女人看过他的电影。她对他的面孔很熟悉，虽然她还没想起他是谁，但再过不到三十秒她就会找出答案。

在过去三年里这种情况出现过好几次，而每次他都在对方发问之前就已经溜之大吉。然而，正当他准备故技重演的时候，银行里突然乱成一团。那个年轻女郎就站在最靠近门口的那队里，由于她朝海克特的方向稍稍转了一点身，所以她没注意到自己后面的大门开了，一个脸上包着块红白花色丝质大手帕的男人冲了进来。他一只手拎着一只空的大帆布袋，另一只手拿着把上满子弹的手枪。很容易判断出他枪里上了子弹，阿尔玛说，因为那个银行劫匪进来的第一件事就是朝天花板开了一枪。趴到地上，他吼道，全都趴到地上，当那些吓坏了的顾客乖乖就范时，他伸出手一把抓住那个正好在他前面的人。当时的情况完全取决于银行的布局、结构和地形。海克特左边的那个年轻女郎是最靠近门口的人，因此她就成了那个被抓住的人，成了那个最终被枪顶住头的人。谁也不许动，那个男人警告道，谁动就让这个小姐脑袋开花。他动作粗暴而猛烈地一把拽起她，开始半推半拖着她向出纳窗口移动。他的左臂从后面夹住她的肩膀，帆布袋从他紧握的拳头里挂下来晃来晃去，花手帕上方的眼睛因恐惧而变得疯狂，焦点模糊，闪闪发光。海克特并非是有意识地决定他下一步要做什么，只是就在他膝盖碰到地面的那一瞬间，他发觉自己又站了起来。他并不想逞英雄，当然他也不想找死，但无论他在那一刻感觉如何，反正他不害怕。愤怒，或许，还稍微有点担心他会让那个女孩遭到毒手，但丝毫不担心自己。关键在于进攻的角度。一旦采取行动，就来不及停止或改变方向，但如果他全速冲向那个男人，如果他从右边——帆布袋那边——突击他，那么那个男人就不可能不从女孩那边转过身来，并把枪指向他。那是唯一的本能反应。如果有只野兽突然从天而降向你扑过来，那么你的眼里就会只有野兽，而把其他的一切都忘到脑后。

海克特能讲的只有那么多，阿尔玛说。他只能讲到那一瞬间发生的事情为止，就是当他开始奔向那个男人的那一瞬间，但他记不得听到枪响，记不得子弹打进他的胸膛把他击倒在地，也记不得看到芙芮达挣脱了那个男人。芙芮达的位置可以更好地看到所发生的事情，但因为当时她正忙着甩开那个男人的手臂，所以她也错过了随后的许多场景。她看到海克特跌倒在地，她看到他大衣上那个被打穿的小洞和从里面喷涌而出的鲜血，但她没留意那个男人，也没看到他试图逃跑的情形。枪声还在她的耳中回荡，周围又有那么多人在哀哭号叫，她根本没听到银行保安射在劫匪背上的另外三枪。

不过，他们都清楚地记得那天的日期。那已经牢牢地刻在了他们脑子里，当阿尔玛拜访了《桑达斯基先驱晚报》《克利夫兰平原报》以及其他几家倒闭或尚存的当地报纸的缩微胶卷资料室之后，她已经能够自己拼凑出剩下的故事。血洗哥伦布大道，银行劫匪死于乱枪，英雄火速送往医院，一些报纸的头条标题这样写道。那个差点杀了海克特的男人名叫戴瑞·诺克斯，又名狂人诺克斯，一个二十七岁的前汽车修理工，因为一系列的银行抢劫案和持枪抢劫案而被四个州通缉。记者们全都对他的死拍手称快，并特别提到了那位保安的高超枪法——他在诺克斯正要溜出大门时给了他致命的一枪——但最让他们感兴趣的还是海克特的英勇表现，他们赞美这是多年来所能见到的舍己救人的最佳榜样。那女孩本来死定了，报上引用一个目击者的话说，要不是那个小伙子挺身而出的话，她现在都不知道在哪儿了。那个女孩便是芙芮达·斯贝林，二十二岁，在不同的地方分别被描述为一名画家，一个刚从伯纳德大学毕业的大学毕业生（原文如此）*，以及著名的桑达斯基银行家和慈善家，撒迪厄斯·P.斯贝林的女儿。她在一篇又一篇的报道里表达了她对救命恩人的感激之情。她当时是那么害怕，她说，以为自己必死无疑。她祈祷他能够早日康复。

斯贝林家表示愿意支付他的医疗费用，但在头七十二个小时，他能不能挺过来还是个问题。他到达医院的时候已经失去了知觉，在经过这么严重的外伤和失血之后，他能避免休克和感染并活着走出医院的可能性微乎其微。医

---

* 伯纳德大学（Barnard College），原文此处拼写为 Bernard College，肯定是当时记者笔误，所以小说叙述人特意用括号注明。

生切除了他受损的左肺，挑出了几小块射进他心脏周围组织的子弹碎片，然后又把伤口缝合起来。不管是好是坏，海克特终于找到了他的子弹。他没想到事情会以那种方式发生，阿尔玛说，他自己没法下手的事别人却替他代劳了，但讽刺的是诺克斯把事情办砸了。海克特再次与死神擦肩而过。他只是睡着了，而当他从长长的休眠中醒过来，他已经忘了自己曾经想要自杀。疼痛是如此强烈，不可能再去考虑像自杀那样复杂的东西。他的体内火烧火燎，现在他的全部念头就是怎么去吸下一口气，怎么才可以不让自己燃烧起来而又可以继续呼吸。

最初，他们对于他是谁只有一个最粗略的概念。他们掏空了他的口袋，察看了钱包里的内容，但他们发现没有驾照，没有护照，没有任何种类的身份证明。唯一一件上面有名字的东西是一张芝加哥公共图书馆北区分馆的借阅证。H. 莱斯，上面写着，但没有地址或者电话号码，没有任何东西可以确定他究竟住在哪儿。根据枪击事件后发表的新闻报道称，桑达斯基警方正在竭尽全力地搜寻更多有关他的信息。

但芙芮达知道他是谁——至少她觉得她知道。她曾经在纽约上大学，1928年当她还是一名十九岁的大学二年级学生时就已经看过六七部海克特·曼的喜剧默片。并非她对滑稽闹剧有什么特别兴趣，而是因为他的片子曾和其他影片一起连映过，就是那种在正片开始之前先放点卡通片和新闻片的暖场节目，她对他模样的熟悉程度已经足以使她在看到他的时候认出他是谁。当她三年后在银行里遇见海克特时，小胡子的缺席一时把她搞糊涂了。她认得那张面孔，但她无法给它配上一个相应的名字，而就在她快要想出那个男人是谁的时候，诺克斯从后面冲进来用枪顶住了她的脑袋。过了二十四个小时她才又想起这个问题。不过，一旦靠近死亡的恐惧开始消退了一点，问题的答案便突然确切无疑地闪现在她的眼前。那个男人的名字据说叫莱斯，但这根本无所谓。她在1929年曾注意过海克特失踪的新闻，如果他没有死，正如大部分人所以为的那样，那么他就必定在用另一个名字活着。令人不解的是为什么他会突然出现在俄亥俄的桑达斯基，但事实是世间的大部分事情都令人不解，如果物理法则规定世界上每个人都要占据一定的空间——那意味着每个人都必然在某个地方——那么为什么那个地方就不能是俄亥俄的桑达斯基呢？三天后，当海克特从昏迷中苏醒，开始跟医生讲话的时候，芙芮达到医院探望他，对他所做的事深表感谢。他还不太能说话，但他说出的那一点点话毋庸置疑地带有外国口音的痕迹。他的声音最后证实了她的猜想，当她在离开医院前俯身亲吻他前额的时候，她已经可以毫不怀疑地确信，她的救命恩人就是海克特·曼。

6

事实证明降落比起飞要好过一点。本来我已经做好了害怕的准备,准备陷入又一次口吐白沫的癫狂和精神错乱,然而当机长通知大家飞机即将下降的时候,我却感到出奇的镇定和平静。上升和下落的感觉大概有所不同,我心想,一个是与大地失去联系,一个却是返回坚实的地面。一个是告别,另一个是重逢,而且也许开头比最后要更好受,我觉得,也可能是因为我发现了(十分简单)死神一天只会来吓你一次。我转向阿尔玛,抓住她的胳膊。她正讲到海克特和芙芮达拉开了恋爱的序幕,说到他如何在那个晚上彻底崩溃,并把真相向她和盘托出,然后她又接着描述了芙芮达那令人吃惊的反应(那颗子弹已经赦免了你的罪行,她说,你把我的生命还给了我,现在我要把你的生命还给你），但当我把手放到她胳膊上时，她突然停住不讲了，说了一半的句子和思路骤然中断。她微笑着，探过身来亲吻我——先是脸颊，然后是耳朵，再是嘴巴。他们深深地坠入了爱河，她说，如果我们不小心一点，我们就会跟他们一样。

听到这些话大概也起了一点作用——使我不再感到那么害怕，那么容易彻底垮掉——而且，这个动词是多么合适啊，只要用两个带坠的句子就可以总结我过去这三年的历史。一架飞机从天上坠了下来，所有的乘客都遇难了。一个女人坠入了爱河，一个男人也跟着坠了进去，飞机在下降，但他们两个连一分一秒都没想到过死。半空中，机身开始倾斜，陆地的风景翻转着掠过舷窗，我们进入了最后的俯冲阶段，就在那时，我意识到是阿尔玛给了我第二次生命的可能，还有东西在前面等着我，只要我有勇气朝它走过去。我聆听着换挡时发动机发出的音乐声。机舱里的噪声变得越来越大，舱壁在颤抖，接着，几乎还没等我反应过来，飞机的轮子已经触到了地面。

我们过了一会儿才又重新上路。飞机液压舱门打开，我们穿过机场大厅，分别在男女卫生间稍作停留，然后找电话打给农场，买去苏埃诺镇路上喝的水（尽可能地多喝水，阿尔玛说，这儿海拔高，要防止脱水），到停车场取阿尔玛的斯巴鲁旅行车，最后是上路前给车子加满汽油。那是我第一次去新墨西哥。正常情况下，我也许会看着窗外的风景发呆，用指头点点那些岩层和张牙舞爪的仙人掌，问问这座山脉或那片多瘤的灌木丛叫什么名字，但海克特的故事太吸引人了，我根本无暇他顾。阿尔玛和我正在经过北美洲最有特色的地区，但从效果上说那跟我们坐在一间灯光熄灭窗帘紧闭的房间里毫无区别。在接下来的几天里我还要在那条路上走好几次，但我几乎不记得自己第一趟时看到了什么。无论何时，当我想起坐在阿尔玛那辆撞得不成样子的黄色汽车里的情形，唯一栩栩如生的是我们说话的声音——她的声音和我的声音，我的声音和她的声音——以及透过车窗上一道裂缝向我扑面而来的清新空气。但大地本身却不见了。它当然在那儿，但我现在怀疑自己到底有没有去看它一眼。或者，我看了，但由于我太分心了，根本没记住自己看见了什么。

他在医院里一直住到2月初，阿尔玛说，芙芮达每天都去探望他，当医生终于说他已经好得可以出院的时候，她说服母亲让他在她们家里休养身体。他的身体还很虚弱。又过了六个月他才完全康复。

芙芮达的母亲对此同意吗？六个月可是段很长的时间。

她乐坏了。芙芮达以前一直是个野孩子，属于在二十年代末长大的那些思想解放的波西米亚女孩之一，对桑达斯基除了鄙视之外别无其他。斯贝林家在1929年的经济大崩溃中有百分之八十的资产完好无损地幸存了下来——

用芙芮达喜欢的说法,那意味着他们家仍然属于中西部高级愚民阶层的核心集团。那是一个狭小的世界,里面尽是些步履维艰头脑迟钝的共和党女人,主要的娱乐活动是无趣的乡村俱乐部舞会和漫长、愚蠢的酒宴。一年一次,芙芮达会咬紧牙关回家过圣诞节,为了她母亲和她已婚的哥哥——弗雷德里克,他和他的妻子跟两个孩子住在城里——而忍受一番可恶的社交活动。到了1月2日或3日,她就会匆匆赶回纽约,并发誓再也不回来了。那一年,当然,她没有参加任何聚会——也没有回纽约。因为她和海克特恋爱了。在她母亲看来,任何能让芙芮达留在桑达斯基的事情都是好事。

你是说她也不反对他们的婚事?

芙芮达公开反叛家庭已经有很长一段时间了。就在枪击发生的前一天,她还在跟她母亲说打算搬到巴黎去,并可能再也不踏上美国的土地。那正是她那天上午去银行的原因——为了从她的账户上取钱去买机票。斯贝林夫人做梦也没想到会从她女儿的嘴里听到结婚这个词。面对这一奇迹般的转变,她怎能不去拥抱海克特,并把他迎进家门?事实上,芙芮达的母亲不仅不反对,而且还亲自操办了这次婚礼。

于是海克特的生命又在桑达斯基重新开始了。他凭空信手拈来了一个城市名字,并就此说了一大堆的谎话,然后他又让谎话成真。这简直太奇特了，你不觉得？哈伊姆·曼德尔鲍姆变成了海克特·曼，海克特·曼变成了赫尔曼·莱斯，接着呢？赫尔曼·莱斯又变成了谁？他还知道自己到底是谁吗？

他又叫回了海克特。芙芮达就是那么叫他的。我们全都那么叫他。他们结婚后，海克特又变成了海克特。

但不会是海克特·曼。他不会那么不小心，是不是？

海克特·斯贝林。他用了芙芮达的姓。

哇哦。

别惊讶。那只是出于实际。他不想再做莱斯了。那个名字代表着他生命中犯过的所有错误，如果他要给自己另外取一个新名字，为什么不干脆就用他爱的那个女人的名字呢？他似乎从未背弃过那个名字。他已经做了五十多年的海克特·斯贝林。

最后他们怎么到了新墨西哥？

他们在蜜月里开车到西部旅行，然后决定留下来。海克特有许多呼吸方面的问题，事实证明那儿干燥的天气对他有好处。

那时候有许多艺术家跑到那边。梅布尔·道奇* 笔下的

---

* Mabel Dodge（1879—1962），二十世纪二十年代美国著名女作家，她的自传描述了许多美国名人的情况，她在新墨西哥的陶斯建立了一个艺术基地，邀请了许多艺术家前去居住和创作。

那些人都挤在陶斯镇上，D. H. 劳伦斯，乔琪亚·欧姬芙。那和他们有关吗？

毫无关系。海克特和芙芮达住在州的另一边。他们甚至从未遇到过这些人。

他们1932年搬到那儿。昨天，你说海克特在1940年又开始重新拍电影。隔了八年。那中间发生了什么？

他们买了四百英亩的土地。那个年代价格低得难以置信，我想他们只花了几千美元就买下了全部地产。芙芮达来自一个富裕家庭，但她自己并没有多少钱。只有一点她祖母留下的遗产——一万到一万五千美元，大概就那么多。她母亲从来都愿意替她支付开销，但芙芮达不接受她的帮助。她太骄傲，太固执，太独立。她不想成为依赖父母的寄生虫，所以她和海克特不可能雇一大帮工人为他们造房子。没有建筑师，没有工程承包商——这些东西他们都负担不起。幸好，海克特知道怎么做。他从他父亲那儿学过木匠，给电影做过道具，所有这些经验都使他们得以把费用降到最低。他自己设计了房子，然后或多或少是他和芙芮达一手把它建了起来。房子非常简陋。一座六间屋的土砖房，只有一层。他们的唯一帮手是三个住在城郊打零工的墨西哥兄弟组成的工程队。最初的几年，他们甚至都没有电。他们有水，当然，他们必须得有水，但也花了好几个月他们才找到水源开始挖井。那是第一步。那之后，他们选定了建屋的地点。然后他们画了图纸，动手施工。所有这些都要花时间。他们并不只是搬到那儿就住进去。那是一片荒芜的原始地区，一切都要白手起家。

然后呢？一旦房子造好了，他们又拿什么打发时间呢？

芙芮达是个画家，所以仍然回头做她的画家。海克特则读书，继续记日记，但大部分时间他都在种树。那成了他的主要活动，成了他在接下来几年里的工作。他在房子周围清理出了好几英亩的土地，然后，一点点地，他铺设了一套精巧的地下灌溉管道系统。那就使建造花园成了可能，而一旦花园粗具规模，他又开始忙于种树。我没全部数过，但至少有两三百棵。三叶杨和刺柏，白杨和矮松，柳树和白栎树。而原先那里除了丝兰和山艾树什么都没有。海克特把那儿变成了一座小小的森林。过几个小时你就会亲眼看到了，对我来说那是尘世间最美丽的地方之一。

做梦我也猜不到会这样。海克特·曼，园艺家。

他很幸福。也许比他一生中其他任何时候都要幸福，但随之而来的则是彻底地丧失斗志。他唯一关心的事情就是照顾芙芮达和打理他的那块自留地。在经历过那些年的风雨之后，这让他感到很满足，甚至好像太满足了。他还在赎罪，你知道。只是他已经不再试图毁灭自己。即使到现在，他还在说那些树才是他最大的成就。比他的电影要好，他说，比他曾经做过的任何事情都要好。

他们靠什么挣钱？如果手头那么紧，他们怎么维生？

芙芮达在纽约有朋友，那些朋友大部分都有关系。他们会帮她找事做。画童书插图，替杂志画插画，这样那样的自由工作。收入不多，但能让他们活下去。

这么说，她想必有些天分。

我们在说的可是芙芮达，戴维，而不是什么上流社会里的附庸风雅之辈。她有很高的天赋，对艺术创作有一种真正的热爱。她有次对我说她觉得自己没有成为一名伟大画家的才华，但接着她又补充说，如果那次没有遇见海克特，她也许会用毕生的时间去试图成为一名伟大的画家。她已经多年没有画画了，但她还是画得像个天才。线条流畅、柔和，结构感极佳。当海克特重新开始拍电影时，她担任了美工，设计了道具和服装，并帮忙建造了电影的布景。她是整个拍摄中不可缺少的一部分。

我还是不明白。他们在沙漠里过着一穷二白的生活。哪来的钱让他们拍电影？

芙芮达的母亲死了。遗产价值三百多万美元。芙芮达继承了一半，另外一半归了她哥哥，弗雷德里克。

那就解决了资金问题，是不是？

当时那可是一大笔钱。

现在也还是一大笔钱，但光有钱还不够。海克特发过誓再也不碰电影。那是你几个小时前才告诉我的，而现在他突然又回头导起了电影。是什么让他改变了想法？

芙芮达和海克特有一个儿子。小撒迪厄斯·斯贝林，名字随芙芮达的父亲，昵称叫泰迪、泰德或者泰波尔——他们用各种叫法叫他。他生于1935年死于1938年。一天早上他在父亲的花园里被一只蜜蜂蜇了。他们发现他躺在地上，全身肿胀，等他们开车把他送到三十英里外的医生那里时，他已经死了。想象一下那对他们的打击有多大。

我能想象。如果说有什么事情是我可以想象的，那就是这件事了。

对不起。我不该提这件事。

不要紧。我的意思是我知道你所讲的那种感受，理解那种状况无须什么智力训练。泰德和托德。不可能有比那更相近的名字了，是不是？

不过……

别不过了。接着讲……

海克特崩溃了。几个月过去，他什么都没做。他坐在屋子里发呆；他透过卧室窗户望着天空；他研究自己的手背。并不是说芙芮达的日子不难过，但他比她的情况要严重得多，他显得那么脆弱，那么无助。芙芮达至少够坚强，知道男孩的死是个意外，是因为他对蜜蜂过敏，但海克特却把那看成是一种上天的惩罚。他太幸福了。他的日子太好过了，所以现在命运给了他一个教训。

拍电影是芙芮达的主意，对不对？在她继承了那些钱之后，她说服了海克特重回老本行。

多多少少。他已经接近精神失常，她知道她必须介入并采取行动。不光是为了拯救他，也是为了拯救她的婚姻，拯救她自己的生活。

而海克特对此表示赞同。

一开始没有。但随后她威胁要离开他，最终他投降了。他并非很不情愿，这里我应该补充一句。他迫不及待地想重操旧业。十年来，他一直在梦想着摄影机角度、灯光设置、剧本创意。那是他唯一真正想做的一件事，那是这个世界上唯一真正对他有意义的一件事。

但他的誓言怎么办？他怎么才能让自己的誓言名正言顺呢？从你告诉我的所有那些关于他的事情上，我看不出他会那样做。

他想了一个折中的办法——然后他跟魔鬼签了一个协议。如果一棵树在森林里倒下但没有人听到它倒下，那么它到底算不算发出了声响呢？那时海克特已经读了很多书，对哲学家们的那些诡辩了如指掌。如果有人拍了一部电影但没有人看过，那么这部电影到底算不算存在呢？那就是他为自己的举动所找的理由。他拍的电影将永远都不会公之于众，他纯粹是为了拍电影的乐趣而拍电影。那是一种不可思议的虚无主义行为，而他却一直坚持到了现在。想象你知道自己擅长某事，你的水平是如此之高，如果人们能看到你的作品，全世界都会对你肃然起敬，然而，你却把自己藏起来，把自己同世界隔绝开来。那样做需要极度的专注和苛刻——甚至还要有一点疯狂。海克特和芙芮达都有点儿疯了，我想，但他们确实达到了某种非同寻常的境界。艾米莉·狄金森也默默无闻地写作，但她想要发表自己的诗。凡·高想要卖掉自己的画。就我所知，海克特是第一个事先就有意识地抱着毁灭作品的心态进行创作的艺术家。当然，还有卡夫卡，他叫马克斯·布诺德烧了他的手稿，但在最后一刻，布诺德没有下手。但芙芮达会。那点毋庸置疑。海克特去世第二天，她就会把他的那些电影堆到院子里烧个精光——包括他所拍的每一份拷贝，每一寸底片，每一格画面。保证会。而你我将是唯一的见证人。

总共有多少部电影？

十四部。十一部九十分钟左右的长片，还有另外三部不到一个小时。

我想他不会再拍喜剧了，对不对？

《来自反世界的报告》《玛丽·怀特之歌》《密室中的旅行》《石林伏击记》。这是其中一些电影标题。它们听起来并不太好笑，不是吗？

不，不是人们所说的那种标准的闹剧名称。但希望不会太闷。

那要看你怎么定义"闷"这个词。我没发觉它们闷。有些严肃，没错，而且相当奇特，但不闷。

你是怎么定义"奇特"的？

海克特的电影极为个人化，贴近生活，毫不装腔作势，但总有某种幻想的成分穿插其中，有种怪诞的诗意。他打破了许多规则。他做了许多电影导演不敢做的事。

比如说？

首先是画外音。在电影中用画外音来叙述通常被认为是一种缺点，是一种影像不能发挥作用的标志，但海克特在他的许多电影里却大量使用了画外音。其中有一部，《光之史》，根本没有一句对话。从头到尾完完全全都是旁白。

他还做了什么出格的事？我的意思是，他故意做的。

他已经脱离了商业圈，那意味着他可以无拘无束地工作。海克特利用他的自由对许多其他电影人禁止触及的题材进行了探索，尤其是在四五十年代。裸体。真刀真枪的性交。分娩。撒尿、拉屎。这些镜头一开始会有点震撼，但那种震撼很快就会消退。毕竟，它们是生活中自然的一部分，只是我们不习惯看到它们展现在银幕上，所以我们才会一时间大惊小怪。海克特并没有在那上面做太多文章。一旦你领会了他作品的意图，那些所谓的禁忌和直白的画面就会融入到故事的整体构架中。在某种程度上，这些镜头对于他也是一种保护措施——以防万一有人想把拷贝带走。他必须确保他的电影不被公映。

而你的父母则是他的得力助手。

那是一套接力式的、自己动手的作业模式。海克特自己写剧本，自己导演，自己剪辑。我父亲负责灯光和摄影，拍摄完成后，他和我母亲负责所有的后期工作。他们洗印胶片、剪辑底片、混音，打理一切，直到最后拷贝放进铁盒装好为止。

就在那个农场里？

海克特和芙芮达把他们的农场变成了一座小型电影厂。他们在1939年5月开始动工，1940年3月完工，结果他们建造了一个独立自主的小世界，一个私人的电影拍摄基地。其中一栋建筑里有一座双声道的摄影棚，里面还有另外一些区域用来做木工间、裁缝间、更衣室以及存放布景和服装的储藏室。另一栋建筑则是做后期制作的。他们不敢冒险把胶片送到外面的商业洗印间去冲洗，所以他们建了自己的洗印间。那占据了建筑的一翼。另一翼是剪辑设备、放映室和一间储存拷贝和底片的地下室。

这些设备可都不便宜。

建那个地方花了他们超过十五万美元。但他们付得起，而且大部分东西只要买一次。摄影机要好几台，但剪辑机、放映机和光学洗印机都只要一台就够了。当他们所需要的东西都备齐之后，他们便开始在严格控制的预算下进行拍摄工作。芙芮达继承的遗产会生利息，所以他们动用本金时尽可能地节约。他们的制作都是小成本。如果他们想延长那笔钱的使用时间，并一直维持下去，他们就必须么做。

芙芮达负责道具和服装。

还有其他事。她也是海克特的剪辑助理，在电影拍摄过程中，她则在几个不同的岗位间不断切换。剧本指导，传声器吊杆操作员，调焦员——无论什么，就看那天，那个时候需要什么。

那你的母亲呢？

我的菲亚。我那美丽亲爱的菲亚。她是个演员。她1945年来到农场，在一部电影里扮演一个角色，然后她与我父亲相爱了。那时她还才二十出头。之后她出演了他们拍的每一部电影；大部分时候都是女主角，但她同时也在其他方面帮了很多忙。缝制服装，绘制布景，给海克特的剧本提建议，和查理一起在洗印间里工作。那正是他们了不起的地方。在那儿没有人只做一样事。他们全都参与其中，他们投入的时间多得难以置信。连续数月艰苦的前期准备，再连续数月的后期制作。拍电影是件漫长而复杂的事情，他们这么少的人却要做那么多的事，所以他们的进度极其缓慢。通常完成一部电影要花掉他们大概两年的时间。

我能理解为什么海克特和芙芮达想待在那儿——或者说部分能理解，我尽量试着去理解——但你的父母亲却还是让我百思不得其解。查理·格兰德是个很有才华的摄影师。我研究过他的作品，我知道他在1928年和海克特一起工作的情况，他没有理由抛下自己的事业。

我父亲刚刚经历了一场婚变。他已经三十五岁，即将三十六岁，但他还是没有进入好莱坞一线DP*的行列。在拍了十五年的电影之后，他还在拍那些B级片——那还是当他有工作的时候。西部片、波士顿黑色犯罪电影、儿童连续剧。的确，查理有着非同一般的天分，但他是个安静的人，表面上总给人某种不太自在的感觉，而人们常常把那种腼腆错当成傲慢。他接连错失了几个好的工作机会，没过多久这开始对他产生了消极影响，他的自信渐渐被吞噬殆尽。当他的第一任妻子离开他时，他沉沦了好几个月。饮酒过度，自我愧疚，跟不上工作节奏。就在那时海克特打来了电话——正当他潦倒失意的时候。

那还是无法解释为什么他会同意那样做。没人拍片子不想让别人看到。那说不通。既然那样，把胶片装到摄影机里究竟意义何在？

他无所谓。我知道这对你来说难以置信，但对他而言工作就是全部。结果是第二位的，几乎无关紧要。许多电影人都是那样——尤其是那些下层、蓝领和普通工作人员。

---

* Director of Photography 的缩写，意为摄影指导。

他们乐意干活。他们喜欢那种把手放到机器上让它听从自己使唤的感觉。那跟艺术或创意无关。你只是专心致志地去做某件事并把它做好。我父亲在电影业里沉沉浮浮，但他喜欢拍电影，而海克特给了他拍电影的机会，并且不用再操心别的事。如果换成其他人，我也怀疑他会不会去。但父亲热爱海克特。他总说在万花筒公司为海克特工作是他一生中最幸福的时光。

他接到海克特电话的时候肯定吓了一跳。十多年过去了，突然从电话那头传来一个死人的声音。

他以为有人在跟他开玩笑。此外唯一的可能就是他正在跟一个幽灵说话，由于我父亲不相信有什么幽灵，所以他对海克特说去死吧，然后挂了电话。海克特不得不又打了三次电话才让他接受事实。

那是什么时候？

1939年底。11月或12月，就在德国侵占波兰之后。到了2月初，我父亲住进了农场。那时海克特和芙芮达的新屋已经落成，于是他便搬进了老屋，就是他们刚到那儿时所建的那栋小房子。那是我小时候跟父母一起住的地方，也是我现在住的地方——在那栋六个房间的土砖房里，在海克特那些大树的树荫下，写我那愚蠢而永无止境的书。

但其他那些来农场的人怎么办？有演员进来，你说过，而且你父亲也需要一些技术上的助手。只靠四个人是不可

233

能拍电影的。这即使我也知道。也许他们可以独立完成拍摄前期和后期的工作，但拍摄本身却不行。而一旦你让人们从外面进来了，你又怎么还能保住秘密呢？你怎么才能不让他们说出去呢？

你可以告诉他们说你们是在为别的某个人工作。你们可以假装自己被一个来自墨西哥城的古怪的亿万富翁雇了，那个人是如此喜爱美国电影，所以他在美国的荒野上建造了自己的电影厂，并委托你们来替他拍电影——那些电影除了他本人以外任何人都看不到。那是事先讲好的。如果你要去蓝石农场拍电影，你就得明白你的作品将只有一个观众能看到。

那太荒谬了。

或许，但很多人都信以为真。

除非你走投无路了才会相信那样的事情。

你没怎么跟演员在一起待过，是不是？他们是这个世界上最走投无路的人。他们当中百分之九十都处于失业状态，如果你能提供他们一份报酬丰厚的工作，他们是不会问很多问题的。所有他们想要的就是工作机会。海克特不求出名。他对明星不感兴趣。他只想要称职的专业演员，而且因为他写的剧本里人物都很少——有时只有两三个角色——所以找起人来并不难。等他完成了一部电影，准备继续拍下一部的时候，已经又有新的一拨演员供他挑选。

除了我母亲，同一个演员他从未用过两次。

好吧，把所有其他人都忘掉吧。那么你呢？你第一次听到海克特·曼这个名字是什么时候？你只知道他叫海克特·斯贝林。你是多大时才意识到海克特·斯贝林和海克特·曼是同一个人的？

我一直都知道。我们在农场有一整套万花筒公司时期的默片，我还是个孩子时就已经把它们看了不下五十遍。当我学会认字的时候，我注意到海克特后面是曼，而不是斯贝林。我问我父亲，他说海克特年轻当演员时曾用过一个艺名，但现在他已经不当演员了，所以他也不再用那个名字了。当时我感觉那个解释似乎很合理。

我还以为那些影片都丢了。

差一点。正常情况下，它们是应该丢了。但就在汉特准备宣布破产的时候，就在司法官前来没收财产封住大门的前一两天，海克特和我父亲破门闯入了万花筒公司的办公室，偷走了那些影片。底片不在那儿，但他们把十二部电影的拷贝全都带走了。海克特把它们交给了我父亲保管，两个月后海克特不见了。当1940年我父亲搬到农场的时候，他把这些影片一起带了过去。

海克特对那有何感觉？

我不明白你的意思。他应该有何感觉？

那正是我要问你的。他是高兴还是不高兴？

高兴。他当然高兴。他为这些小电影而自豪，他很高兴它们能回来。

那为什么他要等那么久才又把它们寄出去？

是什么让你认为那是他干的？

我不知道，我以为……

我以为你知道。那是我。那是我干的。

我猜也是。

那你怎么不说？

我觉得我没资格说。万一那是个秘密呢。

我对你没有任何秘密，戴维。无论我知道什么，我都希望你也知道。你明白我的意思吗？我寄出那些电影完全是盲目的，是你发现了它们。你是这个世界上唯一一个把它们全都找出来的人。那让我们成了老朋友，不是吗？虽然我们昨天才碰面，但其实我们已经一起共事了好多年。

你玩了一把不可思议的花招。我跟去过的每个地方的负责人都谈过话，他们没有一个知道你是谁。在加利福尼亚时，我和汤姆·拉迪——太平洋电影档案馆的头儿——吃过一次午饭。他们是最后一个收到海克特·曼神秘礼盒的地方。当东西寄达他们那儿的时候，你那样做已经有些年头了，大家都知道这件事。汤姆说他甚至都没费神打开包裹。他直接把它送到了联邦调查局检查指纹，但他们在盒子里没有找到任何指纹——一点都没有。你没有留下丝毫痕迹。

我戴了手套。如果我要特意保守秘密的话，我当然不会疏忽像那样的细节。

你是个聪明女孩，阿尔玛。

我当然聪明了。我是这辆车里最聪明的女孩，我敢说你没法证明我不是。

但你怎么才能说服自己背着海克特那样干呢？做决定的人应该是他，而不是你。

我事先跟他说过。那是我的主意，但我并没有擅自行动，一直到他给我开了绿灯。

他是怎么说的？

他耸耸肩。然后他给了我一个小小的微笑。无所谓，他说，你想做什么都行，阿尔玛。

所以他没有阻止你，但他也没有帮你。他什么都没做。

那是1981年11月，大概七年前。我回到农场参加母亲的葬礼，那对我们所有人都是一段糟糕的日子，怎么说呢，一切结束的开始。我有些无法接受，我承认。我们将她下葬时她才五十九岁，我根本没有思想准备。粉碎。那是我能想到的唯一的词：一种粉碎性的悲伤。仿佛我内心的一切都变成了尘埃。他们已是那么苍老。我抬头四下张望，突然意识到他们都已经不行了，一切都结束了。那时我父亲八十岁，海克特八十一，也许下一次我抬头张望的时候，他们就已经全都不在了。那对我是个巨大的打击。

每天早上，我都会跑进放映室看我母亲的那些老电影，等我再出来的时候，外面天已经黑了，而我也已经哭得肝肠寸断。那样过了两个星期之后，我决定回家。我当时住在洛杉矶。我在一家独立制片公司有份工作，他们要我回去上班。我都准备要动身了。我都已经给航空公司打电话订好了机票，但在最后一刻——确切地说，是在农场的最后一夜——海克特叫我留下来。

他说出理由了吗？

他说他打算把一切都讲出来，但他需要有人帮他。他自己没法干。

你是说写书是他的主意？

完全是他的主意。我自己从未动过那样的念头。即使我想过，我也不会跟他提。我没那个胆。

他害怕了。那是唯一的解释。他害怕了，所以他无法再保持沉默。

我也是那么想的。但我错了，你也错了。海克特改变想法是因为我。他对我说我有权知道真相，如果我愿意留在那儿听他说，他答应把整个故事都告诉我。

好吧，我姑且接受那种说法。你是家庭的一分子，现在你成人了，你应该知道家庭的秘密。但私下的忏悔怎么会变成一本书呢？忏悔是他个人对你的一种倾吐，但书是面对全世界的，而一旦他把他的故事告诉了全世界，他的人生就会变得毫无价值。

那只是在书出版了而他还活着的情况下。但他不会还活着。我向他保证在他死之前不把书给任何人看。他答应告诉我真相，我答应书在他死后才会公开。

你从没想过他可能是在利用你吗？你写你的书，没错，如果一切顺利的话，那会被公认为是本重要的书，与此同时，海克特将通过你而永垂不朽。不是因为他的电影——它们那时将已不复存在——而是因为你写他的那些事情。

有可能，什么都有可能。但我其实并不太在意他的动机。他那么做或许是出于恐惧，出于虚荣，出于最后一刻突如其来的悔意，但无论如何，他告诉了我真相。那才是最关键的。说出真相是很难的，戴维，在过去这七年里，海克特和我一起渡过了许多难关。他向我提供了他可能提供的一切——他所有的日记、信件，他能找到的所有证明文件。就目前来说，我甚至根本都没想过出书的事。不管它会不会出版，写作那本书都已经成了我一生中最重要的经历。

芙芮达对这一切作何想法？她有没有帮你们？

她对此感觉很不舒服，但她还是尽量配合我们。我想她并不赞同海克特的做法，但她又不想跟他对着干。很复杂。一切与芙芮达有关的都很复杂。

你是什么时候决定把海克特的那些老电影寄出去的？

在事情的一开始。我还不知道自己能否信任他，我把那个提议当成是一个测验，看他对我是不是坦诚。如果他拒绝了我，我想我就不会留下了。我要让他牺牲一些东西，以表示他的诚意。对此他心领神会。我们从未就此说过太多，但他心里有数。那就是为什么他没有阻止我的原因。

但那还是不能证明他对你说的都是实话。你把他的老电影重新传播了出去。那有什么不好？现在人们又记起他了。佛蒙特一个疯狂的教授甚至为他写了本书。那跟他的故事是真是假毫不相干。

每次他告诉我什么事情的时候，我都会跑去查证一番。我去了布宜诺斯艾利斯，我追踪到了布莉姬·奥夫伦的遗骨，我翻出了关于桑达斯基银行枪击案的老新闻。我跟许多四五十年代在农场工作过的演员谈过话。没有任何不符之处。当然，有些人找不到了，另外有些则已经死了。比如朱尔斯·布劳斯坦。我至今还没找到任何有关西尔维亚的消息。但我去斯波坎找到了诺拉。

她还活着？

活得好好的。至少三年前还活着。

她怎么样？

她在1933年嫁给了一个叫法拉第的男人，生了四个孩子。这些孩子又造出了十一个孙子，就在我去拜访的时候，其中一个孙子正要给他们添个重孙子。

太好了。我不知道自己为什么要这么说，但听到这个消息我确实很高兴。

她教了十五年的四年级，然后他们让她当了校长。她一直当到1976年退休。

换句话说，诺拉还是那个诺拉。

当我去那儿的时候她已经七十多岁了，但感觉上她仍然跟海克特向我描述的一模一样。

那么赫尔曼·莱斯呢？她还记得他吗？

我提到他名字的时候她哭了。

你说的哭是什么意思？

我的意思就是她的眼里充满了泪水，然后那些泪水顺着她的脸颊流下来。她哭了。就跟你我哭的时候一样。就跟所有人哭的时候一样。

天呐。

她是那样地震惊和不知所措，以至于她不得不起身离开了房间。当她回来的时候，她握住我的手说她很抱歉。她是很久以前认识他的，她说，但她一直都在挂念着他，过去的五十四年里，他没有一天不在她的脑海里。

这是你编的。

我没编。如果当时我不在那儿，我自己也不会相信。但这是真的。所有这些都是真的，一切都正如海克特所说。每次我以为他在撒谎的时候，事实都证明他说的是真话。

那就是为什么他的故事令人如此难以接受,戴维。因为他说的都是真的。

7

那晚天空中没有月亮。当我走下汽车,双脚踏上地面,我记得我自言自语地说:阿尔玛抹着红色的口红,汽车是黄色的,天上没有月亮。在主屋后面的黑暗中,我可以模糊地分辨出海克特那些树的轮廓——大片的阴影在风中晃动。

《死人回忆录》的开头有一段关于树的描写。我发觉当我们走向前门时自己正在想着那段话,正在试图回忆起我对夏多布里昂那本两千页的书中第三段的翻译,那段话以"我喜欢这块地方;它替代了我父亲的田园"开始,以下面几句话结束:我深爱我的树。我为它们吟诗作赋。它们当中没有一棵我不曾亲手照料,没有一棵我不曾为之除过害虫——侵蚀树根的蚁虫,粘在树叶上的毛毛虫。我给它们每棵树都取了名字,就好像它们是我的孩子。它们就是我的家人。我别无所有，我只希望，自己能死在它们的身旁。

我没指望那天晚上能见到他。阿尔玛从机场给农场打电话时，芙芮达告诉她等我们到时海克特可能已经睡了。他还在撑着，她说，但她觉得至少要到明天早上他才能跟我说话——假如他能坚持到那时候。

过了十一年，我仍然在怀疑，如果我们进门前我停下来转过身，会发生什么。如果我没有揽住阿尔玛的肩膀径直走向房子，而是停下一会儿，望向另一半的天空，发现一轮巨大的圆月正在照耀着我们，情况又会如何？那样的话，还能说那晚天上没有月亮吗？那还算是真话吗？如果我偷懒没有转身朝后看，就可以那么说，那就仍然是句真话。如果我没有看见月亮，那么月亮就不在那儿。

我并不是说我就真的偷懒了。我一直在留神观察，想把周围发生的一切都看进眼里，但毫无疑问还是有许多东西被我错过了。不管喜不喜欢，我只能写下那些我所看见和听见的东西——而不是那些我没有看见、没有听见的东西。这并非是一种认输的表示，这只是一种方法论的声明，一种原理的陈述。如果我没有看见月亮，那么月亮就不在那儿。

我们进屋还不到一分钟，芙芮达就领着我去了二楼海克特的房间。什么都来不及看，除了四下草草的一瞥，除了一些极为粗略的第一印象——她银色的短发，握手时她坚实有力的手掌，她眼中的疲惫——在我正要说那些客套话之前（谢谢你让我来，我希望他感觉好点了），她告诉我海克特还醒着。他现在就想见你，她说，随后突然我就看到她已经背对着我上楼了。根本没时间参观一下房子——我只注意到它很大，布置得很简洁，墙上挂着许多素描和油画（可能是芙芮达的，也可能不是）——也没工夫去考虑为我们开门的那个不可思议的人，那个人的体形是如此之小，在阿尔玛弯腰亲他脸颊之前我甚至都没发现他。随即芙芮达走进了房间，虽然我记得两个女人拥抱了，但我却回忆不起我上楼时阿尔玛是否在我身边。那一刻我似乎失去了她的踪影。我在脑海里寻找她，但却从没能找到过。当我走到了楼梯顶端，不可避免地，芙芮达也不见了。那说不通，但我记得的就是那样。无论何时我回想起自己走进海克特房间的情形，我总是一个人。

最使我惊讶的，我想，是他拥有身体这个简单的事实。直到我看见他躺在床上为止，我都从未真正相信过他的存在。至少，不是作为一个真实的人，不是像我对阿尔玛或对自己那样的相信，不是像我对海伦或者甚至对夏多布里昂那样的相信。我很难让自己承认海克特也有手和眼睛，手指甲和肩膀，有脖子，有左眼——承认他是有形的，而不是一个幻影。他在我脑袋里待的时间太长了，简直难以想象他还会存在于什么别的地方。

瘦骨嶙峋，布满深褐色老人斑的双手；多节的手指和

245

暴突的青筋；下巴下面萎缩塌陷的皮肤；半张着的嘴。我走进房间时他正背朝下躺着，手臂放在被子外面，他醒着，但悄无声息，眼睛看着天花板，处于一种恍惚的出神状态。不过，当他朝我的方向转过来，我看见他的眼睛是海克特的眼睛。满是皱纹的面颊，有一道道凹槽的额头，垂着赘肉的喉咙，乱蓬蓬的白发——但我还是能认出那是海克特的脸。离他留着小胡子穿着白外套已经有六十年了，但那个他并没有完全消失。他变老了，变得很老很老，但一部分的他仍然在那儿。

齐默，他说。坐在我旁边，齐默，关掉那盏灯。

他的声音很虚弱，有痰堵着，发出一种低低的，仿佛叹气一般不太清晰的轰隆声，不过那已经足以让我听清他在说什么。他发我名字结尾的 r 音时有一点轻微的卷舌，我伸手关掉床头柜上的灯，心想如果我们接下去说西班牙语不知他会不会觉得轻松一点。灯关掉后，我发现在房间的远角还亮着一盏灯——一盏有宽大羊皮灯罩的落地灯——一个女人正坐在灯旁边的一把椅子上。我眼睛扫到她的时候她站了起来，她把我吓得差点跳起来——不仅是因为受惊，而且也因为她微小的体形，就和楼下开门的那个男人一样小。他们两个都只有四英尺高。我记得我听到了海克特在我背后笑（一声微弱的呼哧声，一声极低的耳语般的笑声），接着那个女人朝我沉默地点点头走出了房间。

那是谁？我说。

不用怕，海克特说，她叫肯奇塔。她是这个家的一分子。

我没看到她，仅此而已。吓了我一跳。

她哥哥胡安也住在这儿。他们是小矮人。不会说话的奇异小矮人。我们全靠他们。

你要我把那个灯也关掉吗？

不用，这样很好。不那么刺眼了。可以了。

我在床边的椅子上坐下，身体向前倾，想让自己的位置尽量靠近他的嘴。房间另一头传来的灯光跟一支蜡烛的光差不多亮，但那已经可以让我看清海克特的面孔，望进他的眼睛。床上方悬着一圈苍白的光晕，房间里弥漫着一片暗影斑驳的昏黄。

时间总是过得太快，海克特说，但我并不害怕。一个像我这样的人应该不得好死。谢谢你来这儿，齐默。我以为你不会来了。

阿尔玛很会说服人。你早就该让她来找我。

你让我惊诧得不知所措，先生。一开始，我对你所做的事情无法接受。但现在我觉得很高兴。

我什么都没做。

你写了本书。我把那本书读了一遍又一遍，我一遍又一遍地问自己：为什么你要选择我？你那样做是为了什么，齐默？

你让我笑了。那就是全部。你啪的一声撬开了我内心的某些东西，那之后你成了我继续活下去的理由。

这些你的书里都没写。你的书对我那些留着小胡子的旧作表示了敬意，但你没有说到自己。

我不习惯谈论自己。那会让我觉得不自在。

阿尔玛曾提到巨大的悲哀，无法形容的伤痛。如果我帮你熬过了那些伤痛，那它也许是我做过的最大的善事。

我曾经想死。听过下午阿尔玛告诉我的那些事之后，我才知道你也有过同样的境遇。

阿尔玛告诉你那些事情是对的。我是个荒谬的人。上帝跟我开了许多玩笑，你知道得越多，就越能理解我的电影。我很想听到你对它们的看法，齐默。你的意见对我非常重要。

我对电影一无所知。

但你对其他领域有研究。我也读了你其他的书。你的翻译，你关于诗人的著作。你在兰波的问题上花了多年时间并非是出于偶然。你明白背弃某样东西意味着什么。我很欣赏一个人能那样去思考。这使你的意见对我很重要。

迄今为止都没有任何人给过你意见，你也过来了。为什么现在突然需要知道别人是怎么想的？

因为我不是一个人。这儿还生活着其他人，我不能只考虑自己。

就我所知，你和你妻子一直是一起工作的。

是的，那没错。但还要考虑到阿尔玛。

那本传记？

是的，那本她正在写的书。她母亲死后，我意识到那是我欠她的。阿尔玛几乎一无所有，为了让她今后生活得好点，似乎值得放弃一些我自己的想法。我开始表现得像个父亲。在我身上可能会发生各种事情，这还不算是最糟的。

我还以为查理·格兰德是她父亲。

他是。但我也是她的父亲。阿尔玛是这片土地的孩子。如果她能把我的生活写成一本书，那么也许她的情况会慢慢好转起来。别的不说，至少那是个有趣的故事。一个愚蠢的故事，或许，但不乏有趣的时候。

你是说你已经不再考虑自己了，你已经放弃了。

我从未考虑过自己。能让自己成为他人引以为戒的例子，何乐而不为？也许它还会让他们发笑。那将是个很好的结果——再次让人们因我而发笑。你笑了，齐默。也许其他人也会跟着你笑。

我们才刚刚找到感觉，刚刚开始进入谈话的正题，但就在我想出对海克特最后那句话的回应之前，芙芮达走进房间，碰了碰我的肩膀。

我想我们现在应该让他休息了，她说，你们明天早上可以接着谈。

像那样被打断确实令人沮丧,但我不可能拒绝。芙芮达让我跟他在一起待了才不到五分钟,但他已经征服了我,已经使我比自己原先预想的要更喜欢他。如果一个人在奄奄一息时都能有那样的力量,我对自己说,可以想象他在正常情况下会是怎么样。

我记得在我离开房间前他说了句什么,但我记不得那句话到底是什么。一句简单而礼貌的话,但具体的词句现在我已经忘了。再聊,我想是,要么就是明天见,齐默,一句普通的客套话,没有什么特别重要的含义——除了那也许说明他仍然相信自己有未来,尽管可能是很短暂的未来。当我从椅子上站起来的时候,他伸出手一把抓住我的胳膊。那我记得很清楚。我记得他那只手冰冷的、爪子般的感觉,我还记得自己心里在想:这是真的。海克特·曼还活着,现在他的手正在碰着我。然后我记得我告诉自己要记住那只手的感觉。如果他不能活到明天早上的话,那么它就将是我见过他活着的唯一证明。

最初的兴奋期过去之后,接下来是一段持续了几个小时的平静。芙芮达留在二楼,坐在我会晤海克特时坐的那把椅子上,阿尔玛和我下楼来到厨房,那儿是个宽敞的大房间,里面灯火通明,墙是石头的,有一只壁炉和一些看上去建于六十年代初的老式厨房设施。我喜欢待在那儿，我喜欢挨着阿尔玛坐在长长的木头餐桌前，感觉她碰着我的胳膊——就在片刻之前，海克特也曾碰过同样的位置。两种不同的手势，两种不同的记忆——一个叠着另一个。我的皮肤成了瞬间知觉的复写纸，每一次书写都留下了"我是谁"的印痕。

晚餐是热菜和冷盘的随意组合：小扁豆汤、腊香肠、奶酪、沙拉和一瓶红酒。服侍我们进餐的是胡安和肯奇塔，不会说话的奇异小矮人，虽然我不否认他们让我有点紧张，但我太关注别的事情了，所以并没有真正去注意他们。他们是双胞胎，阿尔玛说，他们十八岁就开始为海克特和芙芮达工作，已经二十多年了。我注意到他们那构造完美的缩微体形，他们那粗糙的农夫面孔，以及他们热情洋溢的微笑和明显的善意，但我对看阿尔玛用手跟他们交谈比看他们怎么对她说话更感兴趣。让我吃惊的是阿尔玛的手语表达居然如此流畅，她只要飞快地转动和摆动几下手指就能弹出一串句子，加上它们又是阿尔玛的手指，我就更想看了。毕竟，时间不早了，很快我们就会上床。不管正在发生什么事，我都宁愿先去想那件事。

还记得那三个墨西哥兄弟吗？阿尔玛问。

那些最早帮他们建房屋的人。

洛普兹兄弟。他们家还有四个女孩，胡安和肯奇塔是他们第三个妹妹最小的孩子。海克特电影中的大部分布景都是洛普兹兄弟做的。他们总共生了十一个儿子,我父亲把其中的六七个培养成了电影技师。他们组成了一个团队。父亲们搭建布景,儿子们扛摄影机,推轨道车,负责录音、道具、杂务和灯光。这样持续了很多年。小时候我经常跟胡安和肯奇塔一起玩。他们是我在世界上最初的朋友。

终于,芙芮达下楼加入了我们在餐桌旁的行列。肯奇塔正在水槽边洗一只盘子(站在一个矮凳上,她那七岁小孩般的身体却以成人的效率工作着),当她瞥见芙芮达的时候,她给了她一个长长的、询问的眼神,似乎在等待指示。芙芮达点点头,于是肯奇塔放下盘子,用一块干布擦干手,离开了房间。什么话都没说,但很显然她是要上楼去陪海克特,她们在轮流守护他。

据我推算,芙芮达·斯贝林应该有七十九岁了。在听过阿尔玛的描述之后,我已经做好了准备要见到一个恶人——一个直来直去、令人生畏的女人,一个富有传奇色彩的人物——但那天夜里和我们坐在一起的这个人却很温和,柔声细气,几乎有些矜持。没有口红或化妆,没有在头发上做任何修饰,但仍然很有女人味,仍然很美——从某种宽泛的、气质上的角度说。当我继续看着她的时候,我开始意识到她属于那种很罕见的人,在那种人身上,精神最终战胜了肉体。年龄无损于这些人的魅力。它使他们变老,但却不能改变他们是谁，他们活的时间越长，他们的自我就体现得越加充分和强烈。

请原谅这里的混乱，齐默教授，她说，你来得不巧。海克特今天早上情况很糟，可当我告诉他你和阿尔玛正在路上的时候，他坚持要等你们。我希望他能受得了。

我们谈得很好，我说，我觉得他很高兴我来。

"高兴"这个词也许不太确切，但他可能，可能是挺激动的。你在这个家里可是掀起了轩然大波，教授。我相信你都知道了。

我还来不及回答她，阿尔玛就插进来改变了话题。你和胡勒联系过吗？她问，你知道，他的呼吸听起来不太好。比昨天情况更差了。

芙芮达叹了口气，双手在脸上来回抹了几下——太少的睡眠，太多的焦虑和担忧使她筋疲力尽。我不想给胡勒打电话了，她说（更像是在对自己而不是对阿尔玛说，似乎在重复一个以前已经讨论过多次的话题），因为胡勒只会说带他去医院，而海克特不想去医院。他讨厌医院。他让我答应他不去医院，我答应了。不去医院，阿尔玛。所以，何苦再打电话找胡勒？

海克特有肺炎，阿尔玛说，他只有一只肺，他几乎已经无法呼吸了。所以你必须要找胡勒。

他想死在这栋房子里，芙芮达说，过去两天里，他每个小时都在跟我说这件事，我不想违背他的意愿。我已经答应他了。

如果你太累的话，我可以开车送他去圣约瑟夫医院，阿尔玛说。

那要得到他的许可，芙芮达说，而且我们现在不能跟他说，因为他睡着了。如果你愿意，明天早上我们可以试试，但我不想没有他的许可就擅自行动。

当两个女人在谈话的时候，我抬头看见胡安立在炉前的一只小矮凳上，正在用煎锅炒鸡蛋。炒好之后，他把蛋盛进盘子里，端到芙芮达坐的位子。鸡蛋又热又黄，热气从蓝色的瓷盘里旋转着上升——仿佛能看见鸡蛋的香味。芙芮达朝它们看了一会儿，但她似乎不明白那是什么。那也许是堆石头，也可能是某种从外太空掉下来的星际物质，但反正不是吃的，即使她认出了那是吃的，她也没有要把它们放进嘴里的意思。她给自己倒了杯酒，但只啜了一小口，就放下了杯子。她非常优雅地把酒杯推开，然后，用她的另一只手，把鸡蛋也推到了一边。

时间碰得不巧，她对我说，我本希望能跟你聊聊，能对你有所了解，但现在看起来好像不太可能了。

总还有明天，我说。

也许，她说，我是指现在，我只考虑现在。

你应该去躺一会儿，芙芮达，阿尔玛说。你上次睡觉是什么时候?

我不记得了。前天,我想是。你走之前的那天晚上。

你看,我现在回来了,阿尔玛说,戴维也在这儿。你不用再什么事都自己操心了。

我没有什么事都操心,芙芮达说,我也不用。小矮人帮了很大忙,但我必须在那儿跟他说话。他已经虚弱得连打手势都不行了。

去休息一下吧,阿尔玛说,我会陪着他的。戴维和我会一起陪着他。

不好意思,芙芮达说,但要是今晚你能待在这儿我感觉会好很多。齐默教授可以睡在小屋那边,但我想让你和我睡二楼,以防万一发生什么事,好吗?我已经叫肯奇塔铺好了大客房的床铺。

好的,阿尔玛说,但戴维不用睡到小屋去。他可以跟我待在一起。

哦?芙芮达说,她被打了个措手不及。齐默教授对此有什么要说的吗?

齐默教授对此毫无意见,我说。

哦?她又说了一声。进厨房后还是第一次,芙芮达脸上露出了笑容。那是个奇异的微笑,我觉得,充满了惊讶和恍惚,她在阿尔玛和我的脸上看来看去,笑容在继续扩大。天呐,她说,你们动作可真快,不是吗?有谁能料得到这个?

没人，我正想说，但就在我要张口之前，电话响了。那是个古怪的中断，因为芙芮达话音刚落它就响了，似乎这两者之间有某种关联，似乎这个电话铃声是对她问话的直接回答。它彻底破坏了气氛，刚刚在她脸上漾开的一丝笑意立刻消逝得无影无踪。芙芮达站起来，当我看着她走向电话时（电话挂在开放式门口旁边的墙上，她右边五六步远的地方），我脑中突然浮现出一个念头：这个电话的目的是要告诉她不准微笑，在一座死亡之屋里微笑是禁止的。那是个疯狂的想法，但那并不意味着我的直觉就是错的。当我正要回答说没人时，芙芮达拿起话筒问对方是谁，结果对方没人。你好，她说，哪位？没人回答，她又问了一遍，然后挂了电话。她转过身，脸上带着一种苦恼的表情。没人，她说，见鬼，根本就没人。

几个小时后，海克特死了，时间在凌晨三点到四点之间。事情发生时阿尔玛和我正在睡觉，赤身裸体地躺在客房床上的被子里。我们做爱，聊天，又做爱，我无法确定什么时候我们的身体才终于精疲力竭的。阿尔玛两天时间里两次横穿大陆，又从机场来回开了几百英里的车，然而当胡安来敲我们房门的时候，她还是从睡梦深处惊醒过来。我就不行了。我在那一切喧闹和混乱中照睡不误，结果把什么都错过了。经过几年的失眠和不眠之夜，我终于酣睡了一个晚上，而那个晚上我恰恰本来应该是醒着的。

我一直到上午十点才睁开眼睛。阿尔玛坐在床边，用手抚摸着我的脸颊，语调镇定而急切地低声唤着我的名字，然而当我从迷迷糊糊中清醒过来，支肘竖起身子，她并没有马上告诉我消息，而是等了十到十五分钟。我们先是亲吻，接着是亲密地倾诉彼此的感受，然后她又递给我一杯咖啡，她一直等我把咖啡喝完了才开口。我始终钦佩她有那样的自制力。她没有马上提起海克特，她那样做是为了告诉我：她不想让我们陷入他的故事而无法自拔。现在我们已经开始了我们自己的故事，对她来说，那至少和另一个故事一样重要——而那个故事曾经是她的命，是她全部的寄托，直到她遇见了我。

她很高兴我睡过了头，她说，那给了她机会可以单独待一会儿，可以流会儿眼泪，可以在这天开始之前把最坏的部分先过掉。今天将是艰苦的一天，她接着说，艰苦而不同寻常，对我们俩都是。芙芮达即将展开行动——她正在摩拳擦掌，准备尽快烧掉所有的东西。

我以为我们还有二十四个小时，我说。

我也那么想。但芙芮达说必须在二十四小时之内。在她离开前我们还为此大吵了一架。

离开？你是说她现在不在农场？

那情景简直令人难以置信。海克特死后十分钟,芙芮达便拿起电话,接通了阿尔博科奇的威斯塔·弗得殡仪馆。她让他们尽快派辆车过来。他们到这儿大概是七点到七点半,也就是说他们现在应该差不多快回到殡仪馆了。她计划今天就把海克特火葬。

她来得及吗?不是还要先办一大堆手续吗?

她只要一份死亡证明就够了。一旦医生检查过尸体并声明海克特属于自然死亡,她就可以为所欲为。

她脑子里肯定一直在想这件事。她只是没告诉你。

这太怪异了。这边我们在放映室里看海克特的电影,而那边海克特的尸体在熔炉里变成一堆灰烬。

然后等她回来,那些电影也都将变成灰烬。

我们只有几个小时。全部看是来不及了,但如果我们现在就开始,也许还能看个两三部。

太少了,不是吗?

她本来准备今天早上就把它们全烧了。我想方设法总算拦住了她。

听你的话就好像她已经疯了。

她的丈夫死了,而她要做的第一件事就是毁掉他的作品,毁掉他们共同创造的一切。如果她停下来让自己思考,她就会无法下手。所以她当然要失去理智了。她在近五十年前许下了这个诺言,而今天就是她兑现诺言的日子。如果换成我，我也会想要尽快做完了事。做完了事——一了百了。那就是为什么海克特只给她二十四小时的原因。他不想让她有时间多想。

说完阿尔玛站起来，趁她打开房间软百叶窗的时候，我溜下床穿上了衣服。纵然还有千言万语，也要等到我们看完了电影再说。阿尔玛猛地拉起百叶窗，阳光一涌而入，整个房间充满了上午十点那耀眼的光亮。她穿着蓝色的牛仔裤，我记得，和一件白色的棉布套头衫。没穿鞋袜，她精致小巧的脚趾头涂成了红色。我没想到事情会变成现在这样。我本指望海克特能为我而继续活着，能让我在农场度过一段慢悠悠的、沉思默想的日子，除了看他的电影，陪他坐在他黑暗的房间里，其他什么都不干。很难说哪种失望更令人失望，或者说哪种状况更糟糕：是再也不能跟他交谈了——还是得知那些电影在我有机会把它们全部看完之前就要被销毁。

我们下楼时经过海克特的卧室，我向里面望进去，发现小矮人正在剥掉床上的床单。房间里现在已经完全空了。那些杂乱地堆在橱子和床头柜上的物件都不见了（药瓶、玻璃水杯、书、体温计、毛巾），除了散落在地板上的毯子和枕头，没有任何东西能表明就在七个小时之前有个人曾经死在那儿。我瞥见他们正要拿掉最底下的褥单。他们站在床的两边，双手悬在半空，正准备从两角同时往下拉。

因为他们是如此矮小（他们的头只比床垫高一点），所以动作必须协调一致。当床单从床上腾起的那一刻，我看见它上面布满了各种斑痕和污渍，那是海克特在这个世界上留下的最后的个人标记。我们每个人死的时候都会撒尿和流血，都会像个新生儿似的把屎拉到自己身上，都会被我们自己的黏液堵得透不过气。紧接着，床单又变平了，聋哑的仆人们开始沿着床边从床头走到床尾，被单似乎自己叠成了两层，然后沉默地落到了地上。

阿尔玛已经替我们准备了三明治和饮料带到放映室。当她进厨房把食物装进野餐篮的时候，我在楼下四处转了转，看了看墙上的艺术品。光是在起居室里至少就有三四十幅油画和素描，另外还有十多幅在前厅：明亮的、波浪形的抽象画、风景画、人物肖像、铅笔和水笔的速写。没有一幅有签名，但它们似乎全都是同一个人的作品，那也就是说这些画都是芙芮达画的。我在一帧挂在唱片架上方的小幅速写前停下来。没时间每幅都看，所以我决定只专注于那一幅而忽略其他。那是一张幼儿的俯视图：一个两岁的孩子闭着眼睛手脚摊开地平躺着，显然是在婴儿床上睡着了。纸张已经泛黄，边角都有点破了，当我看到它是那么古老时，我确信画上的那个孩子就是泰德，海克特和芙芮达死去的儿子。完全放松的光胳膊光腿；光着的上身；一团用安全别针夹住的棉尿布；头顶正上方露出一点婴儿床的栏杆。它们的线条给人一种不假思索、一挥而就的感觉——那一连串跳跃的、充满自信的笔触,或许五分钟不到就完成了。我试着想象当时的情景,试着让自己回到铅笔笔尖刚刚触到纸面的那一刻。一个母亲坐在她午睡的孩子的身边。她正在读一本书,而当她抬起头,发现他那毫无防备的姿态时——头昂着,懒洋洋地靠向一边——她便从口袋里掏出一支铅笔开始画他。因为没有纸,她就画在了那本书的最后一页上,那一页刚好是空白。画完后,她把那一页从书上撕下来拿走了——不然就是把它留在了那儿,然后忘得干干净净。如果她忘记了,那么当她再次打开那本书,重新发现这幅丢失的速写时,已经很多年过去了。直到那时她才把这张发脆的纸片从封皮上剪下来,装裱好,挂到墙上。我无法知道那究竟是何时发生的。可能是四十年前,也可能是上个月,但无论她是在何时偶然发现了这张她儿子的速写画,那时男孩都已经死了——也许已经死了很久,也许死去的年数比我活的年数还要长。

阿尔玛从厨房出来后,拉着我的手带我走出起居室,进到一条相连的走廊上,走廊的墙壁涂着白灰泥,地面是红色的板岩。我想让你看点东西,她说,我知道我们时间很紧,但那要不了一分钟。

我们走到过道尽头,沿途经过了两三扇门,然后在最后一扇门前停下来。阿尔玛放下午餐篮,从口袋里掏出一大串钥匙。那个钥匙环上至少有十五到二十把钥匙,但她直接就找出了她想要的那把钥匙,把它插进锁孔里。海克特的书房,她说,他在这儿待的时间比在任何别的地方都要多。农场是他的世界,但这里是那个世界的中心。

里面全都是书。那是我走进去注意到的第一件事——那么多的书。四面墙有三面从地板到天花板都排满了书架,书架上的每一寸空隙都塞满了书。另外还有一捆捆一堆堆的书放在椅子和桌子上、地毯上、写字台上。精装书和平装书、新书和旧书、英语书、西班牙语书、法语书和意大利语书。长长的木头书桌摆在房间当中——和厨房里的木头餐桌同一式样——在桌上的那些书里,我记得看到有一本路易斯·布努埃尔写的《我的最后一口气》。因为那本书面朝下摊开摆在椅子前,所以我怀疑海克特在他摔倒把腿跌断的那天是不是正在读那本书——那是他在书房里度过的最后一天。我正要拿起书看看他读到哪里了,但阿尔玛又拉住我的手把我领到房间后面角落的书架前。我想你会觉得这很有意思,她说。她用手指的那排书在她头上几英寸的位置(刚好在我眼睛的高度),我发现它们全都是法国作家写的书:波德莱尔、巴尔扎克、普鲁斯特、拉封丹。靠左边一点,阿尔玛说,于是我眼睛移向左边,浏览着书脊,寻找她想让我看的不知什么东西,就在这时我突然认出了那熟悉的绿金色封皮,那正是两卷本派雷德版的

Mémoires d'outre tombe，夏多布里昂的《死人回忆录》。

这跟我似乎应该没什么关系，但事实上很有关系。夏多布里昂并非一个冷僻的作家，但让我感动的是知道海克特也曾读过这本书，他也曾走进过同样的回忆迷宫——在过去的十八个月里我一直在这座迷宫里流连游荡。无论如何，这是又一个联结点，是由各种偶然相遇和奇特共鸣组成的链条上的又一环，正是那串链条从一开始就把我和他的人生连到了一起。我从书架上抽出第一卷打开。我知道阿尔玛和我该走了，但我忍不住要用自己的手去翻上几页，去触摸一下海克特曾经在这间静谧的书房里读过的字句。书本翻开在中间的某一页，我看见其中的一句话下面用铅笔淡淡地画了一条杠。Les moments de crise produisent un redoublement de vie chez les hommes. 危急关头人们会活力倍增。或者，也许可以更简洁一点说：置之死地而后生。

我们带着三明治和冷饮急匆匆地走出屋子，迈进炎炎夏日。一天前，我们才刚刚开车驶过新英格兰一场暴风雨后的遍地狼藉。而现在我们却已置身沙漠，走在万里无云的天空下，呼吸着稀薄而带有杜松子香味的空气。我看见了右边远处海克特的那些树，当我们绕着花园的边上迂回前进的时候，知了在高高的草丛里鸣叫。那是一丛丛茂盛

263

的欧蓍草、垫子草和飞蓬。我觉得既亢奋又警觉，充满了一种狂躁的分裂感，一种夹杂着恐惧、期待和幸福的混乱状态——仿佛我有三个脑袋，它们全都在同时运转。一座巨大的屏障般的山峰矗立在远方；一只鹰在头顶上空盘旋；一只蓝色的蝴蝶落在一块石头上。从房子出发走了才不到一百码，我就已经感觉到前额在冒汗了。阿尔玛指给我看一栋长条形的、一层楼的土砖房，房子前面杂草丛生，水泥台阶已经开裂了。拍电影时演员和技师就睡在那儿，她说，但现在窗户已经被封死了，水电也掐断了。做后期合成的房子还要再过去五十码，但吸引我注意力的却是离那更远的一座建筑物。那是摄影棚，一个庞然大物，一个在阳光下闪闪发亮、面积惊人的白色立方体。在我看来，它跟周围的环境显得格格不入，较之一个拍摄电影的场所，它更像是一座飞机库或一个货车站。情不自禁地，我轻轻握住阿尔玛的手，把我的手指插进她的手指，十指紧扣在一起。我们先看哪部？我问。

《马丁·弗罗斯特的内心生活》。

为什么是那一部而不是其他的？

因为那部最短。我们可以把它直接看完，如果结束时芙芮达还没有回来，我们就接着看下一部第二短的。我想不出还有什么别的办法。

都是我的错。我一个月前就该来这儿。你不知道我觉得自己有多蠢。

芙芮达的那些信并非很有诚意。如果处在你的位置，我也会犹豫不决。

我当时无法接受海克特还活着。然后呢，一旦我接受了这个事实，我又无法再接受他就要死了。那些电影已经闲置多年。如果我当时立刻行动的话，我就可以把它们全都看完。我可以看上两三遍，用心去感受它们，领会它们。而现在我们却只能草草地看完一部。这太荒谬了。

别自责了，戴维。我花了好几个月时间才说服他们让你来农场。如果说谁有错，那也是我。是我太慢了。应该是我觉得蠢。

阿尔玛用另外一把钥匙打开了大门，当我们穿过玄关进入屋里的一瞬间，温度骤然下降了十度。空调开着，如果他们不是成天都让它开着的话（我很怀疑），那就意味着阿尔玛上午早些时候已经来过这儿。那看似无关紧要，但等我再略加思量，随即对她涌上一阵爱怜。她在七点到七点半时目送芙芮达带着海克特的尸体乘车离去，之后，她没有上楼去叫醒我，而是走到做后期的房子里打开了空调。接下去的两个半小时里，她一个人坐在那儿，一边哀悼海克特，一边让屋里渐渐变凉，只有让自己哭得筋疲力尽，她才能重新面对我。我们本可以用那段时间看一部电影，但她还没有准备好开始，于是那天的一部分便从我们指间溜走了。阿尔玛并不坚强。她比我想象的要勇敢，但她并不坚强，当我跟在她身后沿着冷飕飕的走廊走向放映室时，我终于意识到这一天对她来说将有多么糟糕，曾有多么糟糕。

左边的一扇扇门，右边的一扇扇门，但已经没时间打开其中的任何一扇，没时间走进去随意参观一下剪辑间或混音室，甚至都没时间问一下那些设备还在不在那儿。在走廊的尽头，我们向左转，沿着另一条空心砖墙面的走廊往下走（墙面颜色是浅蓝色的，我记得），然后通过一组双层门，进入了小剧场。有三排座位可以开合的沙发椅——每排有八到十个座位——地面有一个向下的轻微斜坡。银幕就挂在墙上，前面没有舞台或幕布，一块不透光的长方形白色塑料，表面有些小孔和一层平滑的氧化光泽。我们的后边是放映间，从后墙上凸出来。那里面的灯亮着，当我转过身朝上看，我注意到的第一件事情就是有两台放映机——每台上都装着一卷胶片。

除了个别的日期和数字，关于这部电影阿尔玛并没有告诉我太多。《马丁·弗罗斯特的内心生活》是海克特在农场摄制的第四部电影，她说，1946年3月前期拍摄完成后，他又做了五个月的后期才于8月12日在一次私下放映中公布了最终的版本。片长四十一分钟。与海克特所有的电影一样，这部也是用黑白胶片拍的，但《马丁·弗罗斯特的内心生活》又跟其他片子稍微有点不同，它可以说成是一部喜剧（或者一部包含有喜剧元素的电影），因此它也是唯一一部和他二十年代的喜剧短片有所联系的晚期作品。她选它是因为它的长度，她说，但那并不是说它就不是个好的开始。那是她母亲第一次在海克特的电影中出演角色，也许它不是他们一起合作过的最有魄力的作品，但却可能是最有魅力的。阿尔玛把脸别过去，过了一会儿，她做了个深呼吸，转回来又加了一句：那时菲亚是那么有活力，那么朝气蓬勃。我简直无法挪开自己的眼睛。

我等着她继续说下去，但那是她发表的唯一看法，是她提供的唯一一句接近个人观点的评论。又沉默了片刻，她打开野餐篮拿出一本笔记本和一支圆珠笔——笔上装着小手电，用来在黑暗中书写。以防万一你要记点什么东西，她说。当我从她手里接过东西时，她靠过来在我脸颊上亲了一下——一个小小轻轻的吻，一个女学生式的吻——然后转身朝门口走去。二十秒后，我听到一下轻叩声。我朝上看，她重新出现在那儿，在四周用玻璃围住的放映间里冲我挥手。我也挥手致意——也许我甚至给了她一个飞吻——接着，当我刚在前排的中间位子坐好，阿尔玛便调暗了灯光。她没有再下来，一直到电影结束。

我花了好一会儿工夫才进入剧情，才领会到发生了什么。场景拍摄用的是如此平淡无奇的现实主义手法，对日常生活细节的关注是如此一丝不苟，以至于我没能察觉到嵌在故事内核里的魔法。电影开头跟所有其他的爱情喜剧一样，在最初的十二到十五分钟里海克特用的是类型片中那些老掉牙的套路：男人和女人的偶然相遇，误解导致他们分开，突然的转折和欲望的爆发，陷入热恋，出现难题，抓住疑点然后澄清疑点——而所有这些都通向（我想当然）一个大团圆的结局。但接着，故事大概进行到三分之一的时候，我意识到自己错了。尽管表象如此，但其实影片的背景并非是苏埃诺镇或蓝石农场。那是在一个男人的脑袋里面——走进那个脑袋的女人并不是个真正的女人。她是一个精灵，是那个男人想象的产物，是一位前来充当他缪斯女神的短暂过客。

如果那部影片是在别的什么地方拍的，我也许就不会那么慢才反应过来。画面的真实感扰乱了我的判断力，在开头的好几分钟里我必须努力摆脱那种印象，即自己正在观看某个制作精良、手法高超的家庭电影。影片里的房子是海克特和芙芮达的房子，花园是他们的花园，道路是他们的道路。甚至海克特的树也在那儿——也许它们看上去比现在要更小更细，但尽管如此，它们依然是十分钟不到之前我来这栋建筑的路上所经过的那同一些树。画面里有我昨天晚上才睡过的那间卧室，有我看见蝴蝶停在上面的那块岩石，有芙芮达从旁边站起来去接电话的厨房餐桌。直到影片开始在我面前的银幕上开演之前，所有这些东西都是真实存在的。而今，在查理·格兰德摄影机的黑白镜头里，它们却变成了一个虚构世界里的物件。我应该把它们看成仅仅是影像，但我的头脑却一时调整不过来。一次又一次，我总把它们当成了它们自身，而不是它们的象征。

电影字幕在沉默中浮现，没有背景音乐伴奏，没有让观众对将要发生什么做好准备的听觉信号。一系列黑底白字的卡片宣告着醒目的内容。马丁·弗罗斯特的内心生活。编剧及导演：海克特·斯贝林。主演：诺伯特·斯坦霍斯，菲亚·莫尼森。摄影：C. P. 格兰德。布景及服装：芙芮达·斯贝林。我对斯坦霍斯这个名字毫无印象，而当几分钟后这个演员在银幕上出现的时候，我确定无疑自己以前从未见过他。他是个三十五岁左右的瘦高个，锐利的眼神，略显稀疏的头发，并非特别高大英俊，但很敏感，有人情味儿，脸上的表情足以表明他的思维相当活跃。我感到看着他很舒服，并情不自禁地对他的表演觉得很信任，但要我对阿尔玛的母亲也那样就难得多。并不是因为她不是一个好演员，也不是因为她让我觉得失望（她看上去很可爱，她的表演十分出色），仅仅因为她是阿尔玛的母亲。无疑这也加剧了我在影片开头所经历的那种迷失和混乱。那是阿尔玛的母亲——但她很年轻，比阿尔玛现在还要年轻十五岁——我忍不住要在她身上寻找她女儿的痕迹,寻找她们之间的相似点。菲亚·莫尼森比阿尔玛要黑一点,高一点,无可否认要比阿尔玛更漂亮,但她们的身体有着类似的线条,而且她们的眼神,她们扭头的方式,她们说话的腔调也都有类似之处。我的意思并不是指她们俩一模一样,但的确有足够的对应点,足够的遗传共性可以让我想象自己正在观看没有胎记的阿尔玛,遇到我之前的阿尔玛,二十二三岁还是少女时的阿尔玛——通过她的母亲,通过某种她自己生活的替换版本,她获得了重生。

影片以一个缓慢而有条不紊的、穿越房屋内部的移动镜头开始。摄影机沿着墙壁滑过,飘浮在起居室家具的上方,最终停留在门前。这栋房子是空的,一个银幕外的声音告诉我们,稍后门开了,马丁·弗罗斯特走进来,一手拎着行李箱,另一只手拎着一袋食物。就在他踢了一脚身后的门把它关上的时候,那个画外音又继续响起来。我刚刚花三年时间写完了一部小说,我觉得很累,需要休息。斯贝林夫妇决定去墨西哥过冬,他们提出让我住到他们的地方。海克特和芙芮达是我的好友,他们都明白那本书让我付出了多少精力。我想在沙漠里待上几个礼拜也许对我有好处,所以一天早上我便钻进汽车从旧金山开来了苏埃诺。我没有计划。所有我想做的就是待在那儿什么都不做,让自己活得就像一块石头。

当我们听着马丁的旁白时,我们看见他在房子里四处走动。他把食物放进厨房,但在袋子碰到台板的一刹那,场景切到了起居室,我们发现他正在那儿检阅书架上的书。当他伸手去拿其中一本书时,我们又跳到了楼上的卧室,马丁正在拉开又关上衣柜的抽屉,放置自己的东西。一只抽屉砰的一声关上,紧接着他已经坐在床上测试床垫的弹性。这是一组不加修饰、剪辑紧凑的交响乐式的蒙太奇,一系列近景和中景镜头相结合:轻微失去平衡的角度,弛缓有致的节奏,以及小小的视觉惊喜。通常,人们会以为在这样的片段里应该有音乐响起,但海克特却放弃了那一手法而代之以自然声响:床垫弹簧的吱呀声,马丁走在瓷砖地面上的脚步声,纸袋的沙沙声。摄影机的画面定格在一只时钟的指针上,当我们听到那段开场白的最后一句时(我只想待在那儿什么都不做,让自己活得就像一块石头),画面开始变虚。沉默紧随而至。有一两秒钟,似乎一切都停止了——说话声,响动声,画面——然后,非常突然地,场景转移到了户外。马丁走在花园里。一个长镜头之后接着一个特写——马丁的脸孔,然后是对他周围事物一通慵懒的审视:树林和灌木丛,天空,一只乌鸦停在一棵三叶杨的枝丫上。当摄影机重新回到他身上,马丁正在蹲着观察一列蚂蚁。我们听见风从树林间掠过——一种拉长了的瑟瑟声,就像海涛在呼啸。马丁朝上看去,手掌护在眼睛上以遮挡阳光,然后又一次我们从他身上切换到另一片风景:一只蜥蜴爬在一块岩石上。摄影机向上抬起了一二英寸,于是在画面的上方我们看见一朵云飘过了岩石。但我又知道什么呢?马丁说。几个小时的沉默,几大口沙漠的空气,突然一个故事的雏形就出现在脑海里。那似乎是小说故事一贯的运作方式。这一分钟还什么都没有。下一分钟它已经在那儿了,已经在你的心里。

摄影机从马丁的脸部特写摇到一个树林的广角镜头。风又开始刮了,树叶和树枝在风的进攻下瑟瑟颤抖,那声音变大了,变成了一种有规律的、呼吸般的敲打的声浪,一种空气传播的喧闹的悲鸣。这个镜头持续了三四分钟,比我们以为的时间要长。它有一种奇特的精神效果,然而正当我们要问自己这个奇怪的强调意味着什么的时候,我们又被扔回到了屋子里。这是个刺眼而突然的转换。马丁正坐在楼上其中一个房间的一张书桌前,在一台打字机上敲敲打打。我们听着键盘的咔嗒声,从各个不同的角度看着他写作。它不会太长,他说。二十五页到三十页,最多四十页。我不知道写这篇东西需要多长时间,但我决定在这栋房子里一直待到把它写完。那就是我的新计划。写这篇小说,不写完就不离开。

画面淡入一片漆黑。当剧情重新展开时,时间已是早晨。一个马丁脸部的近镜头显示他正在睡觉,他的头搁在枕头上。阳光穿过板条百叶窗涌进来，我们看到他睁开眼睛挣扎着醒来，这时摄影机后拉，展现出某些不可能真实的东西，某些违背常规的东西。马丁那晚不是一个人睡的。床上有个女人和他在一起，摄影机继续向后移动，我们看到她睡在被子里，蜷曲身体侧卧着，然后她朝马丁那边转过去——她的左臂随意地横搭在他的胸口上，她的黑色长发散落到相邻的枕头上。当马丁渐渐从迷糊中清醒过来，他注意到横在他胸口的光胳膊，而后又意识到那条胳膊连着一具身体，他随即在床上猛地直坐起来，看上去就像一个人刚刚被电击了一下。

由于被这突然的动作所推撞，那个年轻女子抱怨地哼了一声，把头埋进枕头，然后睁开眼睛。一开始，她似乎没注意到马丁在那儿。她还睡眼惺忪，还在跟睡魔做斗争，她翻过身打了个哈欠。当她的手臂伸开，她的右手擦到了马丁的身体。有一两秒钟什么都没发生，随后，十分缓慢地，她坐起来，看着马丁迷惑而惊骇的面孔，放声尖叫。紧接着，她一把掀起被子从床上跳下去，在恐惧和窘迫的狂乱中冲到房间另一头。她什么都没穿，全身赤裸，一丝不挂，甚至连一点能遮掩裸体的暗影也没有。她的光乳房和光肚子完全暴露在摄影机的视线之内，这使她惊恐万分。她冲向镜头，从椅背上抓起浴袍，慌忙地把胳膊伸进袖子。

他们花了好一会儿工夫才消除误会。马丁——他和他那神秘的床客同样恼火和激动——下床套上裤子,然后问她是谁,她在那儿干什么?这个问题似乎冒犯了她。不,她说,应该说他是谁,他在那儿干什么?马丁感到难以置信。你到底在说什么?他说,我是马丁·弗罗斯特——我并不是说这和你有什么关系——如果你不马上告诉我你是谁,我就报警。令人费解的是,他的话使她很惊奇。你是马丁·弗罗斯特?她说,真正的马丁·弗罗斯特?那正是我刚才说的,马丁说,被她的第二句话弄得更加上火。要我再说一遍吗?我认识你,年轻女子答道。并不是我真的认识你,但我知道你是谁。你是海克特和芙芮达的朋友。

她跟海克特和芙芮达是什么关系?马丁想知道,当她告知他她是芙芮达的侄女时,他第三次问她叫什么名字。克莱尔,她最后说。克莱尔什么?她犹豫了一会儿然后说,克莱尔……克莱尔·马丁。马丁厌恶地用鼻孔哼了一声。什么意思,他说,开玩笑吗?没办法,克莱尔说。那就是我的名字。

那么你在这儿干什么,克莱尔·马丁?

芙芮达请我来的。

当马丁报以怀疑的眼神时,她从椅子上拿起她的手提包。在包里摸了几秒钟后,她掏出一把钥匙举到马丁眼前。看见了?她说,芙芮达寄给我的。这是前门的钥匙。

马丁更来气了,他手伸进口袋里掏出一把同样的钥匙,把它愤怒地举到克莱尔眼前——把它戳到她的鼻子正下方。

那为什么海克特又把这个寄给我？他说。

因为……克莱尔回答，她身体往后退，因为……他是海克特。芙芮达寄给我是因为她是芙芮达。他们老是干那样的事。

克莱尔的说法有一种无可辩驳的逻辑性。马丁对他这对老友的了解之深足以使他知道他们很可能会各行其是。同时请两个人来住正是斯贝林夫妇会做的那种事。

马丁露出一种受挫的表情，他开始在房间里踱来踱去。我不喜欢这样，他说，我来这儿是为了一个人待着。我有工作要做，而有你在周围……总之，那就不是一个人了，对不对？

别担心，克莱尔说，我不会妨碍你的。我来这儿也有事要做。

原来克莱尔是个学生。她正在准备一次哲学考试，她说，有许多书要读，一学期的课业任务都要在短短几周内完成。马丁有点不相信。漂亮女孩跟哲学会有什么关系？他的表情似乎在说。于是他盘问了一些有关她学习的问题，她上哪所大学，授课教授的名字，她要读的书的书名，如此等等。克莱尔假装没有注意到隐藏在这些问题后面的奚落。她在加州大学伯克利分校上学，她说。她的教授名叫诺伯特·斯坦霍斯，课名是"从笛卡儿到康德：现代哲学研究的基础"。

我保证很安静,克莱尔说,我会把我的东西移到另一间卧室,你甚至都察觉不到我在这儿。

马丁已经无话可说了。好吧,他说,不情愿地对她让了步,我不干涉你,你也不干涉我。怎么样,成交?

成交。他们甚至还为此握了手,而当马丁大踏步走出房间去开始写作时,摄影机摇了一圈,慢慢推到克莱尔的脸孔前面。这是一个简单而引人注目的镜头,是我们第一次平静地认真打量她,因为它被拍得如此富有耐心,富有情感,我们感觉似乎摄影机不只想把克莱尔的外在展现给我们,而且还想进入她的内心,看穿她的思想,仿佛在用镜头爱抚她。她眼睛追随着马丁,目送他离开房间,摄影机在她面前停住,随即,我们听到门锁咔嗒关闭的声音。克莱尔脸上的表情没变。再见,马丁,她说。她的声音很低,几乎是在喃喃自语。

那天剩下的时间,马丁和克莱尔在各自的房间里工作。马丁坐在书房的书桌前,敲一会儿键盘,看一会儿窗外,再敲一会儿键盘,一边重读他写下的句子一边小声嘀咕。克莱尔,一看就像个大学生,穿着蓝色牛仔裤和套头衫,正懒散地躺在床上看乔治·贝克莱[*]的《人类知识原理》。

---

[*] George Berkeley(1685—1753),英国著名哲学家,近代经验主义哲学的重要代表。为纪念他,加州大学的创始校区定名为伯克利分校(University of California, Berkeley)。

其间的某个时候，我们注意到那个哲学家的名字用印刷体字母横写在她套头衫的前面：BERKELEY——那刚好也是她学校的名字。难道这里面有什么意味，或者仅仅是一种视觉上的双关语？当摄影机从这个房间到那个房间来回切换的时候，我们听见克莱尔在对自己大声朗读：似乎有不少证据表明，各种在感官留下烙印的知觉和念头——无论它们是怎样混合或结合在一起的——是不可能存在的，除非是在一个能捕捉到它们的头脑里。然后又是：其次，我们反对那种观点，即认为真实的火与意念中的火之间，梦中或想象中的燃烧与实际的燃烧之间有很大差别。

那天下午的晚些时候，门被敲了一下。克莱尔继续看书，可是当接着第二下更响的敲门声响起时，她放下书叫马丁进来。门开了几英寸，马丁把头探进房间。对不起，他说，今天早上我对你不太友好。我不该表现成那样。这是个生硬而拙劣的道歉，但由于表达得如此笨拙而犹豫，以至于克莱尔禁不住被逗得微笑起来，甚至也许有一点儿可怜他。她还有一个章节要看，她说。他们何不在半小时后在起居室碰个面喝一杯？好主意，马丁说。既然他们已经被绑在一起了，他们还是可以像文明人那样行事的。

场景切到起居室。马丁和克莱尔已经开了一瓶葡萄酒，但马丁似乎还是有点紧张，还不是很有把握该怎么对待这个陌生而迷人的哲学读者。出于一种笨乎乎的幽默尝试，他指着她的套头衫说，是不是因为你正在读贝克莱所以这上面就写着贝克莱？当你开始读休谟，是不是就要穿件上面写着休谟的？

克莱尔笑起来。不，不，她说，它们的发音不一样。伯—克利和贝—克莱。第一个是大学，另一个是人。你知道的。人人都知道。

拼法是一样的，马丁说，因此，它是同一个词。

拼法是一样的，克莱尔说，但它是两个不同的词。

克莱尔还想接着说，但她停住了，突然意识到马丁是在开玩笑。她展开一个大大的微笑。她伸出酒杯，请马丁给她再倒一杯。你写过一个短篇，写的是两个有同样名字的人，她说，而我却在这里跟你说什么唯名论的原理。想必是酒的缘故。我已经无法清醒思考了。

那么说你读过那篇小说，马丁说。全世界只有六个人知道那篇小说，而你是其中之一。

我读过你所有的作品，克莱尔说。所有的长篇小说和短篇小说。

但我只出版过一部长篇小说。

你刚刚完成了第二部，不是吗？你给了海克特和芙芮达一份手稿的副本。芙芮达把它借给了我，我上礼拜看了。《密室中的旅行》。我觉得它是你写过的最好的作品。

至此，马丁可能对她抱有的任何疑惑几乎都已经烟消云散。不仅因为克莱尔生气勃勃，聪明伶俐，不仅因为她的外表令人赏心悦目，还因为她了解并理解他的作品。他给自己又倒了一杯酒。克莱尔谈论起他新小说的结构问题，马丁听着她那尖锐然而却是奉承的评论，往后靠到椅子上，脸上露出了微笑。自从电影开场以来，这是郁郁寡欢、总是满脸严肃的马丁·弗罗斯特第一次放松了戒备。换句话说，马丁小姐很满意，他说。哦，没错，克莱尔说，毋庸置疑。马丁对马丁很满意。这个名字游戏又把他们带回了那个伯—克利/贝—克莱的双关谜语，于是马丁再一次要求克莱尔解释一下套头衫上的那个词。它是哪个意思？他说，是人还是大学？都是，克莱尔回答，你想它是什么它就是什么。

那一瞬间，一丝小小的顽皮的光亮闪过她的眼里。她脑里想到了什么——一个念头、一股冲动、一种突如其来的灵感。或者，克莱尔说，她把酒杯放到茶几上，从沙发上站起来，它根本什么意思都没有。

为了证实她的话，她剥掉套头衫，镇定地把它扔到地上。她里面除了一件带花边的黑色胸罩什么都没穿——在这样一个正经而有思想的学生身上，你很难想象会有那种款式的服装。这本来不过是个想法，而她居然用如此大胆而明确的动作将她的想法付诸了实施，马丁只能目瞪口呆。他再怎么做梦也想不到事情会发生得这么快。

是啊，他终于说，那的确是一种解决问题的办法。

简单逻辑,克莱尔答道,一种哲学论证。

可是,经过又一个长长的停顿,马丁接着说,你解决了一个问题,却又制造出另一个问题。

哦,马丁,克莱尔说,别再有问题了。我已经表达得再清楚不过了。

在吸引和勾引之间,在投怀送抱和情不自禁之间,有一条细微的界线。在这一幕,以刚刚说的这句话作为结束(我已经表达得再清楚不过了),克莱尔做到了两者兼顾。她引诱了马丁,但她使用的方式是如此巧妙,如此俏皮,以至于我们根本没想到要去质问她的动机。因为她想要他所以她想要他。欲望就是欲望,无须多言,与其继续没完没了地眉来眼去,她宁愿直奔主题。脱掉套头衫并非一个粗俗的求欢宣言。那是她显示绝顶机智的一刻,从那一刻起,马丁知道他遇到了自己的另一半。

他们上了床,上了那天早上他们相遇的同一张床,但这次他们不再急着要分开了,不再急着要飞奔开去抓起衣服套上了。他们撞开房门,边拥抱着边走进去,当他们手脚和嘴巴以高难度的姿势纠缠着倒在床上的时候,我们对所有这些爱抚和粗重的呼吸将往何处去感到确信无疑。在1946年,电影界的惯例要求这种场景就到此为止。一旦男人和女人开始接吻,导演就应该把镜头从卧室切换到麻雀飞翔,浪花拍岸,或者火车飞驰着穿过隧道——任何能替代肉体激情和性行为的普通场景——但新墨西哥不是好莱坞，海克特可以让摄影机继续转动，喜欢转多久就转多久。宽衣解带，赤裸呈现，马丁和克莱尔开始做爱。阿尔玛提醒我海克特电影里有性爱场面是对的，但她却错以为我会被它们吓倒。我发觉这段场景相当柔和，将本来很庸俗的画面拍得近乎感人。光线昏暗，身体上光影斑驳，整个过程持续了不到九十或一百秒。海克特并不想过分地刺激或挑逗观众，以至于让我们忘记了自己正在看电影，不过在马丁开始用嘴吻遍克莱尔全身的时候（从她的乳房，沿着她右臀的曲线，穿过她的阴毛，进入她柔软的大腿内侧），我们真希望让自己忘了这是电影。又一次，没有一个音符响起。我们听到的全部声音就是呼吸声、床单和毯子的沙沙声、床垫的弹簧声，以及外面沉沉夜色中刮过树枝间的狂风声。

第二天早晨，马丁又开始对我们讲述了。通过一个蒙太奇，表明五六天过去了，他告诉我们他小说的进展和他对克莱尔日益增长的爱意。我们看见他一个人坐在打字机前，看见克莱尔一个人在看书，看见他们一起在屋里各个不同的角落。他们在厨房里做饭，在起居室沙发上接吻，在花园里散步。一次，马丁蹲在书桌旁边的地板上，把一支画笔蘸进一桶颜料里，慢慢地在一件白色T恤上写出H-U-M-E的字样。稍后，克莱尔便穿着那件T恤，像印第安人那样盘腿坐在床上，读着她书单上下一个哲学家——戴维·休谟的著作。这些小插曲不时被一些随意的实物特写，一些表面上与马丁在说的话没有关联的抽象细节所打断：一壶沸腾的开水，一阵香烟的烟雾，一幅在半开的斜面窗里舞动的窗帘。蒸汽，烟雾，风——一系列无形的、非实体的东西。马丁正在描述着一种田园诗般的生活，一段持久不变、完美无缺的幸福时光，然而当这些如梦如幻的画面接连不断地掠过银幕时，摄影机却在告诉我们不要太相信事物的表象，要对我们自己眼睛所看见的打一个问号。

一天下午，马丁和克莱尔在厨房里吃午饭。马丁正在跟她讲一个故事，讲到一半时（于是我对她说，你要是不相信我，我拿给你看。然后我把手伸进口袋——）电话响了。马丁起身去接电话，他一走出画面，摄影机便掉转角度推移到克莱尔面前。我们看见她的表情从令人欣喜的友爱转为担忧，也许甚至是恐慌。那是海克特从格拉瓦克打来的长途，虽然我们听不到通话的另一方，但马丁的反应已经清楚得足以让我们知道海克特在讲什么。好像有一股冷空气正在向沙漠逼近。火炉已经不太好用了，如果气温真的降到预报那么低的话，马丁就得去检查一下。要是有什么问题，可以打电话给吉姆，弗契里特水电公司的吉姆·弗契里特。

这不过是一件平常的琐事，可克莱尔听着电话，变得越来越心烦意乱。当马丁终于向海克特提到她名字的时候（我正在跟克莱尔讲上一次我在这儿时我们打的那个赌），克莱尔站起来冲出了房间。马丁对她的突然离去感到很惊讶，但那个惊讶跟紧随而至的另一个惊讶相比根本不算什么。你什么意思，克莱尔是谁？他对海克特说。克莱尔·马丁，芙芮达的侄女啊。我们不用听到海克特的回答就知道他在说什么。只要看看马丁的脸，我们就知道海克特刚刚告诉他说他从未听说过她，他根本不清楚克莱尔是谁。

那时，克莱尔已经在外边了，她奔跑着逃出屋子。在一连串快速而精确的切换镜头里，我们看见马丁推开门去追赶她。他大声呼唤着克莱尔，但克莱尔继续奔跑，又过了十秒钟他才终于赶上她。他从后面伸出手抓住她的肘部，把她扭过来迫使她停下。他们俩都已经上气不接下气，胸口剧烈起伏，张着嘴气喘吁吁，谁都说不出话来。

最后马丁说：怎么了，克莱尔？告诉我，怎么了？当克莱尔拒不回答时，他靠上前对着她的脸大吼道：你必须告诉我！

我能听见，克莱尔语气平静地说。你不需要吼，马丁。

我刚刚听说芙芮达有一个哥哥，马丁说，他有两个孩子，两个刚好都是男孩。那就是说有两个侄子，克莱尔，但没有侄女。

我不知道还能怎么做，克莱尔说，我必须找个办法让你信任我。我以为，过了一两天，你就会自己看出来——那么也就无所谓了。

看出来什么？

到现在为止，克莱尔看上去一直都很困窘，多少有些后悔，但与其说她是在为自己的欺骗行为而羞愧，还不如说是在为自己被揭发了而感到失望。然而，一旦马丁承认了他的糊涂，她的表情就变了。她似乎真的很吃惊。你不明白吗，马丁？她说，我们已经在一起一个礼拜了，而你却对我说你还是不明白？

不用说，他的确不明白——我们也不明白。聪慧美丽的克莱尔变成了一个谜，她说得越多，我们就越不知道她在说什么。

你是谁？马丁问，你到底在这儿干什么？

哦，马丁，克莱尔说。突然，她几乎要落泪了。我是谁并不重要。

当然重要。非常重要。

不，亲爱的，那不重要。

你怎么能那样说？

那不重要，因为你爱我。因为你想要我。那才是最重要的。其余都无关紧要。

画面以一个克莱尔的特写镜头渐渐淡出，在另一个场景接着到来之前，我们听见远处马丁打字机微弱的敲击声。一个缓慢的淡入，当银幕逐渐亮起来，打字机的声音似乎向我们拉近了，仿佛我们正在从房子的外面移到里面，正在登上楼梯，走向马丁的房门。当新的画面变得焦点清晰了，一个巨大的、满框的马丁眼睛的特写占据了整个银幕。摄影机在那个位置上停留了几格，然后，当画外音的旁白继续时，它开始后拉，显示出马丁的脸、马丁的肩膀、马丁放在打字机键盘上的双手，最后是马丁坐在他的书桌前。摄影机不停地向后移动，它离开房间，开始沿着走廊行进。不幸的是，马丁说，克莱尔是对的。我确实爱她，而且我确实想要她。但你怎么可能去爱一个你不信任的人呢？摄影机在克莱尔的门前停住。仿佛有心灵感应似的，门自动旋开了——于是我们来到里面，朝克莱尔移过去，她正坐在一面梳妆台的镜子前往脸上涂化妆品。她的身体裹在一件黑色的丝绸衬裙里，头发卷起来打成一个松松的发髻，脖子后面裸露着。克莱尔不像其他的女人，马丁说，她比所有其他女人都更坚强、更狂野、更智慧。我一生都在等待着遇见她，可是现在我们在一起了，我却感到恐惧。她对我隐藏了什么？她不肯告诉我的是什么可怕的秘密？一部分的我觉得自己应当从那里面摆脱出来——只要打起行李，在事情变得无可挽回之前离开。而另一部分的我又觉得：她是在考验我。如果我不能通过考验，我就会失去她。

眉笔，睫毛膏，腮红，粉底，唇膏。当马丁发表他那混乱不堪、自我反省式的独白时，克莱尔继续在镜子前忙活着，把自己从一种女人变成了另一种女人。那个感情冲动的假小子不见了，取而代之的是一个充满魅力、久经世故、电影明星般的尤物。克莱尔从梳妆台前站起来，身体扭动着套进一件紧身的黑色短裙，把脚伸进一双后跟有三英寸高的高跟鞋，我们简直都认不出她了。她展现出一副令人销魂的形象：沉着、自信、充满了女性魅力。唇边带着一丝淡淡的微笑，她最后检查了一遍镜中的自己，然后走出了房间。

　　镜头切到走廊。克莱尔敲敲马丁的房门说：饭好了，马丁。我在楼下等你。

　　镜头切到餐厅。克莱尔坐在桌前，等着马丁。她已经摆好了开胃菜；酒已经打开；蜡烛已经点亮。马丁沉默地走进房间。克莱尔用一个温暖而友好的微笑跟他打招呼，但马丁对此却视而不见。他似乎很警惕，不太高兴，不知该如何是好。

　　他一边用怀疑的眼光盯着克莱尔，一边走向为他准备的位子。他拉出椅子，开始往下坐。那把椅子看起来很坚固，但等他的重量一压下去，它就裂成了碎片。马丁一屁股跌到地上。

　　这是一个滑稽的、完全出乎意料的转折。克莱尔大笑起来，但马丁一点也不觉得好笑。他四脚朝天屁股着地，惊恐、恼怒和受伤的自尊心使他满腹不快，而且克莱尔越是不停地笑（她实在忍不住，这简直太好笑了），他的样子看上去就越可笑。马丁一言不发，慢慢地从地上爬起来，把椅子的碎片踢到一边，在原位放上另一把椅子。这次他小心翼翼地坐下去，当他最终确定座位够结实、足以承受他的时候，他便把注意力转向了食物。看上去不错，他说。他这是一种绝望的挣扎，试图维持最后一点自尊，把苦水咽到肚子里。

克莱尔似乎对他的评价感到非常高兴。又一个微笑绽开在她的脸上，她靠向他问道：你的小说进展如何，马丁？

这时，马丁左手握着一个柠檬，正要把柠檬汁挤到自己的芦笋里。他没有马上回答克莱尔的问题，而是用大拇指和中指压住柠檬——于是柠檬汁射进了他的眼睛。马丁痛苦地叫起来。再一次，克莱尔爆发出大笑，再一次，我们骄躁的男主人公半点也不觉得好笑。他把餐巾往水杯里蘸湿，开始在眼睛上轻轻拍来拍去，想要消除刺痛。他看上去狼狈不堪，刚刚上演的这笨拙的一幕让他丢尽了脸。当他终于放下餐巾，克莱尔又重复了一次那个问题。

那么，马丁，她说，你的小说进展如何？

马丁简直已经无法忍受了。他拒绝回答克莱尔的问题，他直视着她的眼睛说：你是谁，克莱尔？你在这儿干什么？

克莱尔没有生气，她向他回以微笑。不，她说，你先回答我的问题。你的小说进展如何？

马丁看上去似乎要发火了。她的逃避弄得他快要疯了，他只好狠狠地盯着她，什么话也不说。

求你了，马丁，克莱尔说，这很重要。

极力控制着自己的怒火，马丁语带讽刺地嘟哝了一句——与其说他是在对克莱尔说，还不如说他是想出了声，是在对自己说：你真的想知道？

是的，我真的想知道。

好吧……好吧，我会告诉你进展如何。这个……（他考虑了一会儿）……这个（继续思索）……事实上，进展相当顺利。

相当顺利……还是很顺利？

嗯……（思索）……很顺利。可以说进展很顺利。

你明白了？

明白什么？

哦，马丁。你当然明白了。

不，克莱尔，我不明白。我什么都不明白。如果你想知道真相的话，那就是我已经完全糊涂了。

可怜的马丁。你不该对自己那么苛刻。

马丁给了她一个勉强的微笑。他们已经达成了一种和解，暂时没什么好说的了。克莱尔埋头吃东西。她小口品尝着自己制作的菜肴，显然吃得津津有味。嗯，她说，不坏。你觉得呢，马丁？

马丁举起叉子想要吃一口，然而正当他准备把食物放进嘴里的时候，他瞄了一眼克莱尔，她喉咙里发出的那声柔软的感叹让他有些分心，使他暂时没有去注意手上的东西。他的手腕朝下转了几度。当叉子继续其前往嘴巴的旅程时，一条沙拉酱的细线从上面滴下来，滑落到他胸前的衬衫上。起初马丁没注意到，可当他嘴巴张开，眼睛回到正在逼近的那一小口芦笋时，他突然看见了发生的事。他向后跳起来扔掉叉子。天呐！他说，我这是怎么了！

摄影机切到克莱尔（她第三次放声大笑），然后以一个特写镜头停在她面前。这个镜头与电影开头卧室一幕结束时的那个非常相似，不过跟那次克莱尔目睹马丁出去时平静的面孔相反，这一次它充满生机，洋溢着喜悦，似乎在表达着一种近乎超然的欢乐。那时她是那么有活力，阿尔玛曾说过，那么朝气蓬勃。在整部电影里，没有任何一刻能比这一刻更好地捕捉到那种完满和生气盎然的感觉。有几秒钟，克莱尔仿佛变成了某种永不磨灭的形象，一种纯粹的人性光芒的化身。接着画面开始消失，四分五裂为一片漆黑的背景，虽然克莱尔的笑声继续多响了几格，但它也开始四分五裂——逐渐变成一连串的回声，支离破碎的呼吸，以及更为遥远的回响。

随后是一阵漫长的寂静，接下来的二十秒里独占银幕的是一幅单一的夜间场景：天空中的月亮。云飘过去，风吹得下边树林飒飒作响，但基本上我们眼前除了那个月亮一无所有。这是个彻底而明确的转换，很快我们就忘记了上一幕中那些滑稽的喧闹场面。那天晚上，马丁说，我做了一个决定，那是我一生中最重要的决定之一。我决定不再问任何问题。克莱尔要求我无条件地信任她，与其继续逼她，我决定不如干脆闭上眼睛跳下去。我完全不知道会有什么在底下等着我，但那并不是说它就不值得冒险一试。因此我不停坠落……一周后，正当我开始认为不会再有什么问题的时候，克莱尔出门散了一次步。

马丁坐在他二楼书房的书桌前。他从打字机上转过身望向窗外，当角度掉过来变成他的视角时，我们看到一个俯视的长镜头：克莱尔正独自在花园里散步。冷空气显然已经到来。她裹着围巾穿着大衣，双手放在口袋里，地上已经铺了一层薄薄的积雪。摄影机切回马丁，他还在看着窗外，无法把眼睛从她身上挪开。摄影机又一次掉了个头，于是又一个克莱尔的镜头，一个人独自在花园里。她又走了几步，然后，毫无征兆地，她突然倒在地上。这是一个令人印象极为深刻的倒地动作。没有跟跟跄跄或头晕目眩，没有膝盖渐渐弯曲。在这一步和下一步之间，克莱尔突然就陷入了完全的无意识状态，通过这种迅速而残酷的方式，她的生命力骤然消失了，看上去就像她已经死了。

摄影机镜头从窗口拉近，把克莱尔静止不动的身体拉到前景。马丁进入了画面：奔跑着，气喘吁吁，表情万分焦急。他跪倒下来，用手抱起她的头，寻找着生命的迹象。我们已经不知该作何指望了。故事转入了另一章，继上一分钟的狂笑之后，我们发现自己已置身于一幕紧张而戏剧性的场景当中。克莱尔终于睁开了眼睛，但要过相当长时间我们才会知道，那并不是康复，而是死刑的一次缓期执行，是即将发生的事情的一个先兆。她抬起眼睛看着马丁，脸上露出微笑。那是个灵魂的微笑，怎么说呢，一个发自内心的微笑，一个只有不再相信未来的人才会有的那种微笑。马丁亲吻她，然后他弯下腰，把克莱尔抱起来托在怀里，开始向房子走去。她似乎没事了，他说。只是一次小小的昏迷，我们以为。但第二天早上，克莱尔醒来却发着高烧。

我们切到克莱尔躺在床上的镜头。马丁像个护士一样围着她转来转去，给她量体温，定时让她吃阿司匹林，把一块湿毛巾敷在她额头上，用勺子喂她肉汤。她毫不抱怨，他继续说。她的皮肤摸起来火烫，但她似乎精神很好。过了一会儿，她推我出去。回去写你的小说，她说。我宁愿坐在这儿陪你，我告诉她。但克莱尔笑了，她撅起嘴，脸上带着一种调皮的表情说，如果我不马上回去工作的话，她就跳下床，剥掉衣服，什么都不穿地跑到外面。那样并不能让她好起来，不是吗？

随后，马丁坐在他的书桌前，打着小说的另外一页。这里的声响格外激烈——键盘在断断续续、连发子弹似的大力敲击下，以一种狂暴的节奏咔嗒作响——但接着音量渐渐变小，小到近乎无声，这时马丁的声音回来了。我们回到了卧室。一个接着一个，我们看到一连串细节突出的静物特写，展示出克莱尔病榻周围的那个微型世界：一杯水，一本合拢的书的边角，一支温度计，床头柜抽屉上的球形把手。但第二天早晨，马丁说，她烧得更厉害了。我对她说不管她愿不愿意，我这天都要停止工作。我在她身边坐了几个小时，到了下午三点多钟，她似乎有所好转了。

摄影机往后跳切到房间的一个远镜头，她就在那儿，在床上直坐着，看上去一如过去那个生气勃勃的克莱尔。她正在用一种故意模仿的严肃语调，把康德的一段话大声读给马丁听：……我们所看到的事物并非只是我们所看到的事物本身……所以，如果我们不去讨论我们的感觉或者我们感觉的主观性，那么物体在时空中的所有特性和所有联系都会消失，不仅如此，而且就连时空本身也会消失。

一切似乎都在恢复正常。克莱尔已经逐渐好转，于是马丁第二天又回到了他的小说上。他定下心干了两三个小时，然后停下来去查看克莱尔。他走进卧室的时候，克莱尔正在熟睡，身上裹着一堆被褥和毯子。房间里很冷——冷得足以让马丁在呼气时能看见自己呼出的白雾。海克特提醒过他火炉的事，但马丁已经把它忘得一干二净。那个电话之后发生了太多疯狂的事，弗契里特的名字早就被他扔到了脑后。

不过，房间里有个壁炉，炉边还有一小堆柴火。马丁开始准备生火，他尽可能地放轻动作，以免惊扰了克莱尔。火焰一起来，他就用拨火棍调整木柴的位置，其中一块不小心滑了下去。克莱尔被那动静吵醒了。她稍微动了动，一边在被子里翻来覆去一边轻轻地呻吟着，然后她睁开了眼睛。马丁从壁炉前面转过身。我不想弄醒你的，他说，对不起。

克莱尔笑了。她看上去很虚弱，似乎体力已经消耗殆尽，几乎已经神志不清。嗨，马丁，她低声说，我的帅哥还好吗？

马丁走到床边坐下，把手放在克莱尔的额头上。你烫得像要着火一样，他说。

我没事，她答道，我觉得很好。

这是第三天了，克莱尔。我想我们应该打电话叫医生。

没那个必要。再多给我几片阿司匹林就行了。半个小时我就会焕然一新。

马丁从瓶子里摇出三片阿司匹林，把它们和一杯水一起递给她。克莱尔吃药时,马丁说:这样不行。我真的觉得应该有个医生来给你看看。

克莱尔把空杯子递给马丁,他把杯子放回床头柜上。告诉我你的小说讲了什么故事,她说,那会让我感觉好一点。

你应该休息。

求你了,马丁。只要讲一点。

他不想让她失望,但也不想让她太吃力,于是马丁只用寥寥几句概括了一下。天黑了,他说,诺德斯特姆已经出门了。安娜也在路上,但他并不知道。如果她不快点赶到那儿,他就会踏入陷阱。

她成功了吗?

那并不重要。重要的是她转到了他这边。

她爱上了他,是不是?

是的,用她自己的方式。她为了他而将生命危险置之不顾。那是爱的一种方式,不是吗?

克莱尔没有回答。马丁的问题征服了她,她被感动得无法做声。她的眼里充满了泪水,她的嘴在颤抖,一种极度喜悦的表情照亮了她的脸庞。仿佛她对自我有了某种全新的理解,仿佛她的整个身体突然发出了光亮。还有多少要写?她问。

两三页,马丁说,差不多快写完了。

现在就写。

它们可以等等。我明天再写。

不，马丁，现在就写。你必须现在就写。

镜头在克莱尔脸上逗留了一会儿——尔后，仿佛被她命令的力量所驱使，马丁又坐到了书桌前开始打字。从此展开了一系列两个人物交相出现的镜头切换。我们从马丁跳到克莱尔，又从克莱尔跳到马丁，于是在十个简单的镜头之内，我们终于明白了所发生的事情。接着马丁回到了卧室，在十多个镜头里，他终于也恍然大悟。

1　克莱尔在床上辗转反侧，痛苦之极，她努力挣扎着不叫出声来。

2　马丁写到了一页纸的最底下，他把这一页从机器里拉出来，再卷入另一张白纸。他又开始打字。

3　我们看到壁炉。火已经快要熄灭了。

4　一个马丁手指在打字的特写。

5　一个克莱尔的脸部特写。她比刚才更虚弱了，已经都不再挣扎了。

6　一个马丁的脸部特写。在书桌前，打着字。

7　一个壁炉的特写。只有一星点余烬。

8　一个马丁的中景。他打出了小说的最后一个字。一个短暂的停顿。然后他把这页纸从机器里拉了出来。

9　一个克莱尔的中景。她微微颤抖着——然后看上去好像死了。

10 马丁站在书桌旁,把手稿的纸页聚拢起来。他走出书房,手里拿着完成的小说。

11 马丁走进房间,微笑着。他看了一眼床上,微笑随即不见了。

12 一个克莱尔的中景。马丁坐在她身边,把手放在她的额头上,她没有任何反应。他把耳朵贴到她的胸口——还是没有反应。在一阵恐慌中,他把手稿扔到一边,开始用双手摩擦她的身体,拼命地想使她重新暖和起来。她全身瘫软;她皮肤冰冷;她已经停止了呼吸。

13 一个壁炉的镜头。我们看到那奄奄一息的余烬。炉边已经没有柴火了。

14 马丁从床边跳起来。他一把抓起手稿,原地转身冲向壁炉。他好像着了魔似的,好像因为恐惧而失去了理智。只剩下一件事要做了——而且必须现在就做。毫不犹豫地,马丁把他小说的第一页捏成一团扔进了火里。

15 一个火的特写。纸团掉在灰烬里燃成了火焰。我们听到马丁又把另一页捏成了一团。随后,第二个纸团掉进灰里燃烧起来。

16 切换到克莱尔的脸部特写。她的眼皮开始翻动。

17 一个马丁的中景,他蹲在火前面。他抓起下一张,捏成一团,又丢进去。又一朵突然燃起的火焰。

18 克莱尔睁开了眼睛。

19 动作尽可能快地,马丁继续不停把纸页捏成一团扔进火里。一个接着一个,它们全都开始燃烧,一个点着另一个,火焰变大了。

20 克莱尔坐起来,迷糊地眨着眼睛,打着哈欠,张开胳膊伸着懒腰,没有一点生病的痕迹。她从死神身边被救了回来。

克莱尔渐渐恢复了记忆,她开始环顾四周,当她看见马丁在壁炉前疯狂地把手稿捏成团扔进火里的时候,她似乎被震住了。你在干吗?她说,天哪,马丁,你在干吗?

我在把你赎回来,他说,三十七页纸换你的命,克莱尔。这是我做过的最合算的买卖。

但你不能那样做。那是不允许的。

也许吧。但我正在做,不是吗?我已经改变了规则。

克莱尔异常紧张,几乎要情不自禁地痛哭起来。哦,马丁,她说,你不知道自己干了什么。

马丁并没有被克莱尔的反对吓倒,他继续把自己的小说扔进火里。当他烧到最后一页的时候,他朝她转过身来,眼里露出得意的神色。你看,克莱尔?他说,仅仅是词语而已。三十七页纸——除了词语什么都没有。

他在床边坐下,克莱尔张开双臂扑到他身上。这是一个激烈而热情得令人吃惊的姿势,从电影开始到现在还是第一次,克莱尔显得害怕了。她想要他,她又不想要他。

她欣喜若狂；她又惊骇万分。她一直都是强势的一方，一直都是拥有全部勇气和信心的一方，但现在马丁解决了困扰他的谜题，而她却似乎迷失了。我们该怎么办？她说，告诉我，马丁，我们到底该怎么办？

在马丁回答她之前，场景就转移到了外面。我们在大约五十英尺开外看着那栋房屋，它坐落在一片荒芜之中。摄影机向上抬起，摇到右边，停留在一棵高大的三叶杨的主干上。一切都是静止的。没有刮风；没有微风吹过树枝；没有一片叶子在动。十秒过去了，十五秒过去了，然后，非常突然地，银幕变得一片黑暗，电影结束了。

8

同一天的晚些时候,《马丁·弗罗斯特》的拷贝被销毁了。我也许应该为看了它,为看了蓝石农场放映的最后一场电影而替自己感到庆幸,但一部分的我又希望阿尔玛那天上午没有打开过放映机,而我也不曾目睹那部优美而令人难以忘怀的小电影化成灰烬。如果我不喜欢它,如果我能把它视为一部糟糕的或者不够格的虚构作品而弃之脑后,那也就罢了,但问题是显然它并不糟,显然它很够格,而且正因为我知道了将要失去的是什么样的东西,所以我才会认为:自己不远千里,不过是来参与一项犯罪。那个7月的下午,当《马丁·弗罗斯特》和其他海克特的作品一起被火焰吞没的时候,那感觉对我来说就像一出悲剧,就像这该死的世界已经走到了尽头。

我只看了那一部电影。已经来不及再看另外一部，由于时间只能允许我看一遍《马丁·弗罗斯特》，因此阿尔玛提供给我的笔和笔记本帮了大忙。这种说法并不自相矛盾。我或许希望自己从未看过那部电影，但事实是我确实看了，既然那些语句和画面已经不知不觉地渗入了我的脑海，能有个办法将它们保存下来我自然心存感激。那天早上我做的笔记帮我记住了许多本来会被忘掉的细节，使那部影片这么多年后仍然在我脑海里栩栩如生。我写字的时候几乎不看本子——用一种我当学生时锻炼出来的疯狂的电报式速记在纸上奋笔疾书——虽然写下的大部分东西基本上都难以辨认，但我最终还是将其破译出了大概百分之九十到九十五。经过好几个礼拜的艰苦努力我才誊清了草稿，不过一旦我有了一份满意的对话记录，并把故事分解成了分镜头剧本，重现那部电影就成为了可能。要那样做我必须进入一种出神状态（也就是说并非每次都能成功），不过只要我的精神够集中，能让自己进入到合适的状态，那些字句就会像真的有魔法似的为我把那些画面召回来，就仿佛我又在观看《马丁·弗罗斯特的内心生活》——或者，怎么说呢，就像是锁在我头脑放映室里进行的微型展映。去年，当我开始琢磨着要写这本书的时候，我曾经到一名催眠师那儿做了好几次治疗。第一次没发生什么特别的事，但接下来的三次拜访产生了令人吃惊的效果。通过催眠期间的磁带录音，我得以填补了某些记忆的空白，记起了许多正在开始消失的东西。好也罢，坏也罢，那些哲学家的观点似乎是对的。在我们身上发生的事情，没有一件会真正遗失。

正午过几分，电影放完了。阿尔玛和我这时都饿了，都需要稍稍休息一下，所以我们没有直接进入下一部影片，而是带着装午餐的篮子来到走廊上。那是个奇特的野餐地点——坐在布满灰尘的漆布地板上，在一排闪闪烁烁的荧光灯下咬着芝士三明治——但我们不想浪费时间到外面找个更好的地方。我们聊到阿尔玛的母亲，聊到海克特的其他作品，以及刚结束的那部电影中离奇与严肃两者奇特而令人满意的结合。电影可以骗我们相信任何胡言乱语，我说，但这次我却被它迷住了。当克莱尔在最后一幕中复活的时候，我一阵战栗，感觉自己正在目睹一桩真实的奇迹。为了把克莱尔从死神手里救回来，马丁烧掉了他的小说，但那也是海克特在挽救布莉姬·奥夫伦，为此海克特也烧掉了自己的电影，像这样自相重叠的事情越多，我就越能更深入地领会这部影片。只可惜我们不能再看一遍，我说，我不知道自己对那些风看得够不够贴近，对那些树注意得够不够仔细。

我肯定喋喋不休地超过了应该的时间，因为阿尔玛刚报出我们要看的下一部电影的名字（《来自反世界的报告》），房子里什么地方就传来砰的一下关门声。那时我们刚从地上爬起来——一边掸掉衣服上的面包屑,一边从保温瓶里最后喝上一大口冰茶,正准备回到里面。我们听到网球鞋拍打漆布地板的声音。片刻之后,胡安出现在走廊尽头,当他开始一路半带小跑地朝我们走过来的时候——更多的是在跑而不是走——我们都明白是芙芮达回来了。

接下来的一小会儿,我似乎就跟不在那儿一样。胡安和阿尔玛沉默地互相交谈着,用一阵阵的手语,大幅度的手臂动作,以及用力的摇头和点头进行交流。我不懂他们在说什么,但随着他们之间你来我往的表现,我能看出阿尔玛变得越来越生气。她的手势变得尖锐、激烈,几乎是在恶狠狠地对胡安告诉她的事情表示否决。胡安以一种投降的姿势举起双手(别怪我,他似乎在说,我只是带信的),但阿尔玛又一次猛烈地责骂起他,他的眼睛充满敌意地阴沉下来。他捏起拳头重重地击在手掌上,然后转过来用一只手指指着我的脸。这已经不再是对话了。这已经是一种争吵,而且争吵的矛头突然对准了我。

我继续看着,继续试着去理解他们在谈论什么,但我无法参透其中的密码,无法搞清楚我看到的是什么意思。接着胡安走了,当他迈着矮壮的短腿沿着走廊离去的时候,阿尔玛解释了发生的事情。芙芮达十分钟前回来了,她说,她想要马上动手。

那也太快了，我说。

海克特要到今天下午五点才能火化。她不想在阿尔博科奇逗留那么长时间，所以决定先回来。她打算明天上午再去收骨灰。

那么你和胡安是在为什么争吵？我不知道到底怎么了，但他用手指头指着我。我不喜欢别人用手指指着我。

我们在谈你的事。

这个我猜到了。但我和芙芮达要做的事有什么关系？我只是一个访客。

我以为你明白。

我不懂手语，阿尔玛。

但你看得出我很愤怒。

我当然看得出。但我还是不知道为什么。

芙芮达不想你在场。那完全是私事，她说，外人最好不要出现。

你是说她要把我从农场赶走？

她没有那样说，但就是那个意思。她希望你明天就走。她计划明天上午我们去阿尔博科奇的路上把你放到机场。

但正是她邀请我来的。她不记得了吗？

那时海克特还活着。现在他不在了。情况已经变了。

好吧，就算她有理。我来这儿是为了看那些电影的，不是吗？如果没有电影可看了，我也就没有理由再待下去了。我好歹还看了其中一部。现在我只能看到其他电影在火中放映了，之后我就打道回府。

那正是问题所在。她连那也不想让你看到。据胡安告诉我，她说那不关你的事。

哦。现在我明白你为什么要发火了。

这和你无关，戴维。这是针对我的。她知道我希望你在那儿。我们今天早上还就此谈过，而现在她又反悔了。妈的，气死我了，我恨不得给她一巴掌。

那么你们大家举行野外烧烤时我该躲在哪儿呢？

在我的房子里。她说你可以待在我的房子里。不过我要跟她再说说。我会让她改变主意的。

别麻烦了。要是她不想我在那儿，我也不能勉强她，没必要小题大做，是不是？我没有说话的资格。这里是芙芮达的地盘，我必须听她的。

那么我也不去。她可以跟胡安和肯奇塔一起去烧那些该死的电影。

你当然要去。那是你那本书的最后一章，阿尔玛，你必须在那儿亲眼目睹它发生。你必须坚持到最后一刻。

我想要你也在那儿。你不和我在一起，感觉会不一样。

十四盘拷贝和底片会烧得天昏地暗。会烟雾弥漫，火光冲天。只要运气稍微好一点，我从你房子的窗口也能看见。

事实证明，我确实看见了火，不过我看见的烟比火多，再加上阿尔玛小屋里的窗户都开着，所以我闻到的比看到的多。燃烧的电影胶片有一股难闻、刺鼻的气味，烟雾散尽后过了很久那股化学药品味儿还弥漫在空气里。据阿尔玛那天晚上告诉我，他们四个花了一个多小时才把那些胶片从地下储藏室里拖出来。接着，他们把那些铁盘用带子绑在手推车上，推过岩石嶙峋的地面，来到刚好位于摄影棚后面的一块地方。借助报纸和煤油，他们点着了两只油桶——一个用来烧拷贝，另一个用来烧底片。老的以硝酸钾为原料制成的胶片很容易燃烧，但1951年以后的胶片都是用更坚韧、更不易燃的三醋酸基作原料，烧起来就很麻烦。他们不得不把胶片从卷轴上绕出来，然后再一段一段地放进火里，阿尔玛说，那很费时间，比任何人预计的都要久。他们本来想三点钟左右能结束，但实际上他们一直干到了六点。

这段时间我一个人待在她的屋子里，尽量不为自己遭到驱逐而生气。虽然我在阿尔玛面前摆出了一副好脸，但事实上我和她一样感到愤怒。芙芮达的举动实在不可原谅。你不能先是请别人到你家来，然后等他来了你又取消邀请。即使你非要那么做，至少也要给一个解释，而不是让一个又聋又哑的中间人把消息传给另外一个人，同时还用一只手指指着你的脸。我知道芙芮达心烦意乱，也知道她承受着巨大的悲痛，这一天对她来说如同暴风骤雨，但不管我怎么给她找借口，我还是忍不住感到被伤害了。我在那儿干什么？如果他们不想见我，干吗要让阿尔玛到佛蒙特用枪口对着我把我硬拽过来？毕竟，是芙芮达给我写的信，是她叫我到新墨西哥来看海克特的电影。据阿尔玛说，她花了几个月时间才说服他们邀请我来。我原以为是海克特反对而阿尔玛和芙芮达最终说服了他。如今，在农场待了十八个小时之后，我开始怀疑我一直都想错了。

要不是因为我受到的无礼待遇，我也许还不会在这些问题上多想。结束了在放映室外的谈话之后，阿尔玛和我便收拾好剩下的午餐去了她的土砖小屋，小屋坐落在离主屋大约三百码的一块略微隆起的地方。阿尔玛推开门，就在门槛边上，在我们的脚下，躺着我的旅行包。那天早上我把它留在了主屋的客房里，而现在却有人（大概是肯奇塔）按照芙芮达的命令把它运过来放到了阿尔玛屋子的地板上。这种傲慢、专横的姿态让我感到震惊。再一次，我假装对此一笑置之（也好，我说，省得我自己拿），但在无所谓的调侃背后，我其实已经怒火中烧。阿尔玛离开后，接下来的十五到二十分钟我便在屋里到处走来走去，从各个房间进进出出，尽量压抑着自己的怒气。不久，我听到远处传来手推车的咔嗒咔嗒声，金属撞击石头的叮当声，以及堆起来的胶片铁盘相互磕碰和振荡的声音。火刑即将开始。我走进浴室，剥掉衣服，然后把浴缸的水龙头开到最大。

浸泡在温暖的热水中，我任由自己的思绪飘荡了一会儿，慢慢地将几个事实按我的理解排列了一遍。接着，再把它们掉转过来，从一个不同的角度去看它们。我试着把这些事实同过去一小时里发生的事情对应起来：胡安与阿尔玛之间的唇枪舌剑，阿尔玛对芙芮达的话的尖锐反应（她反悔了……我恨不得给她一巴掌），我被驱逐出农场。从推理上说，这一系列行为完全站不住脚，可当我回想起昨天晚上发生的事情（海克特欢迎我到来的那种和蔼，他想让我看他电影的那种热切），再将其同后来发生的事情相对比，我开始怀疑是不是芙芮达一直都在反对我来访。我并没有忘记正是她邀请我来苏埃诺的，但很可能她写那些信是违心的，是在经过几个月的争吵和反对之后她对海克特的要求所做出的让步。如果真是那样的话，那么她要我离开她的领地就并非一时冲动。她只是终于可以放手去做自己想做的事了，既然海克特已经死了。

直到那时为止，我一直当他们是一对默契的好搭档。阿尔玛曾相当详尽地谈起过他们的婚姻，因此我一次也没想到过他们的目的会有所不同，他们的想法会有所分歧。

他们在1939年就约定好拍摄的电影将永不公映,他们俩都同意最后要将他们共同创作的作品全部销毁。那是海克特重新拍摄电影的条件。这是个残酷的禁令,但只有先把那个赋予他作品意义的东西——与他人分享的愉悦——牺牲掉,他才能证明自己拍摄那个作品的决定是正当的。那些电影,于是,成了一种忏悔的形式,一种确认他在布莉姬·奥夫伦凶杀案里所犯下的罪行永远不会被原谅的标志。我是个荒谬的人。上帝跟我开了许多玩笑。一种惩罚方式取代了另一种惩罚方式,海克特用他那错综复杂、自我折磨的逻辑推理,向一个他拒绝相信的上帝不停偿还着债务。那颗在桑达斯基银行撕裂他胸膛的子弹让他娶了芙芮达。他儿子的死让他重新拍起了电影。然而,不管哪一件事,都无法让他免除自己对1929年1月14日那天晚上发生事情的责任。无论是诺克斯的枪击导致的肉体痛苦,还是泰德的死导致的精神痛苦,都不曾剧烈到足以使他放下包袱。但拍电影做到了,是的。你把你所有的才能与精力都倾注到拍电影上,就仿佛你的生命要依靠它来维持,然后,当你的生命一结束,影片就会被毁掉。在你的身后,禁止留下任何痕迹。

芙芮达对此完全赞同,但就她来说这又是另外一回事。她没有犯过罪;她不会被良心上内疚的重负所拖累;她没有将一个死去的女孩塞进汽车后备箱然后把她的尸体埋进加利福尼亚的群山，她不会被那样的回忆所纠缠。芙芮达是无辜的，但她还是接受了海克特的条件，把自己的抱负放在一边，投身到中心目标为虚无的作品创作中去。如果她只是袖手旁观的话，我还觉得可以理解——不过是纵容海克特去胡思乱想，或许对他的疯狂举动感到可怜，但却拒绝参与这一行当本身包含的各项技术工作。但问题是，芙芮达是他的同谋，他最坚定的支持者，从一开始起，她就对此举双手赞成。她不仅说服海克特重新拍摄电影（以要离开他相威胁），而且购买设备的钱也是她的。她缝制戏服、画情节串图、剪辑、设计布景。如果你不是乐在其中，如果你不是觉得自己的努力有价值，你是不会在某件事情上那样卖力的——但把那么多年时间花在毫无意义的工作上，她又可能从中发现什么乐趣呢？至少海克特，陷在他的灵魂宗教里不能自拔、在表现欲与自我牺牲之间苦苦斗争的海克特，还能自我安慰一下，让自己觉得他正在做的事情有一个目标。他拍电影不是为了毁掉它们——而是哪怕毁掉也要拍。它们是两个分开的行为，而其中对他最有利的是他不必在旁边看着第二个行为发生。当他的电影化为灰烬时，他已经死了，那对他来说已经没有任何区别。然而，对于芙芮达，它们却是一个连贯的行为，一个单个的、一体化的创造和毁灭过程中的两个步骤。一直以来，她都被认定为那个点燃火柴的人，是那个要动手将他们的电影销毁殆尽的人，随着时间的流逝，那种念头想必在她心里日益膨胀，直到最后它压倒了一切其他的念头。渐渐地，它已经成为了一种自然而然的美学准则。甚至在她与海克特一起继续从事拍摄工作的时候，她想必已经觉得真正的作品不再是电影了。她为了毁灭而创造，毁灭才是她真正的作品，在创造成果没有被彻底毁掉之前，那个作品都不能算真正完成。那个作品仅仅存在于其毁灭的那一瞬间——然后，当烟雾在炙热的新墨西哥升起，它也就随之消失了。

这个想法有某种令人不寒而栗的美。我能理解这对她是多么的有诱惑力，而且一旦我用芙芮达的眼光去看这个问题，一旦我体会到了那种令人心醉神迷的毁灭感所具有的巨大力量，我也就能理解为什么她想把我赶走。我的在场会玷污那一时刻的纯洁。那些电影应该像处女一样死去，不被任何来自外部世界的人看到。而我已经获准看过了其中的一部，那已经够糟了，如今海克特的遗嘱即将付诸实施，她当然要坚持让仪式按她一直以来想象的方式举行。这些电影是在秘密中诞生的，它们也应该在秘密中消亡。绝不允许有外人观看，虽然阿尔玛和海克特费尽心机想把我拉入圈内，但在芙芮达看来我始终都只是个陌生人。阿尔玛是家庭的一分子，因此她被钦定为正式的目击者。这么说吧，她就是宫廷的史官，在她父亲那一辈的最后一名成员也去世之后，关于他们存在的唯一记忆就将是她书里的记载。我本来应该是目击者的目击者，是被带来对目击者说法的真实性进行确认的独立观察员。这在如此盛大的一出戏剧里只是一个小角色，于是芙芮达便把我从剧本上删掉了。在她看来，我从一开始就不需要出现。

我在浴缸里一直坐到水变冷了为止，然后我在自己身上裹了几块毛巾，又磨蹭了二三十分钟——刮胡子、穿衣服、梳头发。阿尔玛浴室里有许多瓶罐排在药柜的架子上，挤在窗边小木箱子的顶上，我发现置身于这些瓶瓶罐罐之间的感觉很舒服。放在洗脸池上面凹槽里的红色牙刷、摆在金色塑料容器里的唇膏、睫毛刷和眼线笔、装卫生棉条的盒子、阿司匹林、牙线、香奈儿5号淡香水、抗菌洗剂的药瓶。每样东西都是一个私密的记号，一个孤独和自省的标志。她把药片放进她的嘴里，她用面霜涂抹她的皮肤，她拿梳子和刷子穿过她的头发，每天早晨她走进这个房间，站在我现在正在朝里看着的同一面镜子前。关于她，我知道什么？几乎一无所知，但我确信自己不想失去她，为了明天早上离开农场后能再见到她，我会不惜一切代价。我的问题在于搞不清状况。我知道这个家里出了麻烦，这点毫无疑问，但我对阿尔玛的了解还不够深，我无法掂量出她对芙芮达的愤怒究竟到了什么程度，因此，对于正在发生的事，我也就不知道自己应该担心到什么程度。前一天晚上，我还看到她们一起坐在餐桌旁，那时还没有一点冲突的迹象。我还记得阿尔玛语调中的关切，芙芮达让阿尔玛在主屋过夜的脆弱请求，充满了一种家庭和睦的感觉。人们有时会忍不住互相攻击，会一时火气很大地说出一些让自己事后后悔的话，这没什么不正常——但阿尔玛的发作显得格外激烈，并且那里面还含有某种在女人中罕见的（在我的经验中）暴力威胁。妈的，气死我了，我恨不得给她一巴掌。难道她经常那样说话吗？是她习惯于这样粗鲁、夸张的说话方式呢，还是这代表着她和芙芮达关系的一个新转折，代表着她们多年冷战之后的一次突然爆发？如果我对她的了解更深一点，我就不会再问这种问题。我就会明白阿尔玛的话不可轻视，那些言辞的过激，说明事态已经开始失去控制。

从浴室里出来，我继续在屋子里漫无目的地闲逛。这是一栋小而紧凑的房子，造得很坚固，在设计上稍显笨重，但尽管空间狭窄，阿尔玛却似乎还是只住了部分房间。背面一个房间全部用来做了储藏室。堆起来的纸板箱占了一面半的墙壁，大概有十几样废弃物散放在地上：一把缺了一条腿的椅子、一辆生锈的三轮童车、一台有五十年历史的手动打字机、一台黑白的便携式电视机（电视机的兔耳形室内天线已经折断）、一堆绒毛动物玩具、一台口述录音机、几个用过一些的颜料罐。另一个房间里则空无一物。

没有家具，没有床垫，甚至连个电灯泡也没有。一张巨大的、错综复杂的蜘蛛网摇摇晃晃地悬挂在天花板的一个角落。蜘蛛网上点缀着三四只死苍蝇，但它们的尸体已经风干缩小得近乎轻飘飘的灰尘微粒，我猜那只蜘蛛已经放弃它的地盘，到别处另辟战场了。

剩下的就是厨房、起居室、卧室，以及书房。我想坐下来读一读阿尔玛的书，但我觉得没有她的许可我没有权利那样做。她那时已经写了有六百多页，但它们都还处于未加修饰的草稿阶段，除非一个作家特别要求你对其正在创作的作品进行评论，否则你是不能偷看的。阿尔玛先前曾把这些手稿指给我看过（这就是那个怪物，她说），但她并没有提到要让我读一读它们，我不想在我们关系的一开始就辜负她的信任。于是，我便通过察看她住的四个房间里的种种其他东西来打发时间，我检查了冰箱里的食物、卧室衣橱里的衣服，以及起居室里她收藏的书籍、唱片和录像带。我发现她喝的是脱脂牛奶，她用来涂面包的是新鲜黄油，她钟爱蓝色衣服（主要是深蓝色），她在文学和音乐上兴趣广泛——一个深得我心的女孩。达西尔·哈米特和安德烈·布列东、佩尔戈莱西和明格斯、威尔第、维特根斯坦和维庸。在一个角落里，我发现了海伦在世时我出版的所有书——两册评论集，四本翻译的诗集——我意识到以前我从未在我家以外的地方看到过它们全部六本被放在一起。在另一个书架上，有霍桑、麦尔维尔、爱默生和梭罗的书。我抽出一本平装本的霍桑短篇小说集，找到了那篇《胎记》，我坐在书架前冰冷的瓷砖地面上读着它，试着想象当年还是小女孩的阿尔玛读它时会是什么样的感觉。正当我快要看到结尾的时候（这瞬间的变故对他来说太剧烈了，他的视线无法越过时间投下的阴影……），我闻到第一阵煤油味儿从房子背面的一扇窗口飘进来。

那气味简直令我有点发狂，我立即从地上爬起来，又开始走来走去。我走进厨房，喝了杯水，接着又继续走到阿尔玛的书房，我在那儿来回踱圈踱了有十到十五分钟，极力压抑着自己想阅读她手稿的强烈渴望。如果说我不能为阻止海克特的电影被毁而做点什么，那么至少我可以试着去了解一下它为什么会发生。迄今为止给我的答案没有一个能真正解释这件事。我已经尽了自己最大的努力去理解他们的观点，去揣度是什么想法把他们带到了那样一个可怕而残酷的境地，但现在火已经点燃了，我突然觉得自己的做法是那么荒谬，那么毫无意义，那么令人厌恶。答案就在书里，原因就在书里，导致这一刻的思想源头就在这本书里。我在阿尔玛的书桌前坐下。手稿就在电脑的左边——一大沓稿纸，上面放着块石头以防止稿纸被风吹走。我把石头移开，下边写着一行字：《海克特·曼的死后生活》，阿尔玛·格兰德著。我把那一页翻过来，我眼睛遇到的下一样东西是一段路易斯·布努埃尔写的引言。那段话来自《我的最后一口气》，正是当天上午我在海克特书房里偶然发现的那本书。过了一会儿，那段引语写道，我就提议我们在蒙马特高地的小丘广场把底片烧掉，如果当时大伙儿同意的话，我大概会毫不犹豫地动手去干。实际上，我今天也还常常这么想，我会想象在我那小小的花园里有一个巨大的柴火堆，我电影的所有底片和所有拷贝都在那儿化为灰烬。那不会造成哪怕丝毫的损失（然而，奇怪的是，超现实主义者们否决了我的提议）。

那段话多少有点转移了手稿对我的吸引力。我在六七十年代看过一些布努埃尔的电影，但我不太熟悉他的生平，于是我花了一小会儿工夫去想我刚刚看到的东西。我朝上望了望，把自己的注意力从阿尔玛的手稿上移开了——虽然是很短暂地——这样我便有了时间去重新整理自己的思绪，并在我采取进一步行动之前阻止住了自己。我把第一页稿纸放回原处，然后把那块石头压在书名上。当我这么做的时候，我在椅子里向前移了一点，那改变了我的位置，使我看见了某个先前没有注意到的东西：一本小小的绿色笔记本躺在桌子上，在那堆手稿跟墙壁中间。它的大小就像学校的作文本，从封面的磨损情况和书脊布边的缺口、裂缝来看，我推断它已经相当古老了。古老得足以是海克特日记的其中一本，我对自己说——结果正是如此。

接下来的四个小时我一直待在起居室，我坐在一把古旧的夜总会用的椅子里，把笔记本摊在膝上，从头到尾通读了两遍。笔记本总共有九十六页，它们涵盖了大约一年半时间里发生的事情——从1930年秋到1932年春——第一篇描述了海克特与诺拉的某次英语课，而最后一篇写的是关于在桑达斯基的一次夜间散步，那次散步发生在海克特把自己的罪行向芙芮达坦白之后几天的一个晚上。即使我曾经对阿尔玛告诉我的故事有过任何怀疑，它也被我在那本日记中所读到的东西彻底驱散了。海克特笔下的自己跟阿尔玛在飞机上说的完全一样，一个同样备受折磨的灵魂，从西北部跑出来，在蒙大拿、芝加哥和克利夫兰差一点自杀，自甘堕落地与西尔维亚·弥尔丝做了六个月的搭档，在桑达斯基的一家银行遭到枪击而又侥幸生还。他的字体小而细长，常常划掉一些词又用铅笔再写上新的内容，拼错的单词，墨水污渍，再加上他在纸的两面都写，因此要认出他写了什么并不总是很容易。但我尽量去认。一点点地，我想大部分都被我认出来了，而每当我又解读出一段的时候，我就会发现那些事实跟阿尔玛讲的完全一致，细节也都相符。用她给我的那个笔记本，我抄下了一些重要的段落，为了对海克特的原话有个确切的记录，我把它们都一字不漏地照抄下来。它们当中包括他和红发奥夫伦在蓝铃花餐厅的最后一次谈话，他和弥尔丝在豪华轿车后座上乏味的摊牌，以及下面这篇写于他在桑达斯基期间的日记（在他出院之后住在斯贝林家里时），它把这本日记带向了结束：

3/31/32。晚上带芙芮达的狗去散步。一条扭来扭去的黑家伙，名叫阿尔普，根据一个艺术家的名字取的。一个达达主义者。街道上空空荡荡。四处薄雾弥漫，几乎都看不出我在哪儿。也许还下着雨，但雨很小，让人觉得就像是水汽。有一种脱离了地面，在云中漫步的感觉。我们朝一盏路灯走过去，突然一切都开始发亮，在黑暗中闪烁着微光。一个光点的世界，成千上万被折射的光点。非常奇异，非常美：闪闪发光的雾之雕像。阿尔普拉紧皮带，用力嗅着。我们继续走，走到路的尽头，转过街角。又一盏路灯，然后，当阿尔普抬脚撒尿时我们停了一下，这时有样东西引起了我的注意。一个人行道上的亮点，从暗处闪出的一道光芒。它的颜色里带有一点蓝——明亮的蓝，像芙芮达眼睛那样的蓝。我蹲下去更仔细地看了看，发现那是一块石头，也许是块宝石之类的。一块月长石，我想，或者蓝宝石，或者也可能只是片雕花玻璃。小得只能用在戒指上，要么就是从项链或手镯上掉下来的饰件，或者是个遗失的耳环。我的第一个念头就是把它送给芙芮达的侄女，多萝茜娅，弗雷德四岁的女儿。小古怪,小多茜。她经常到家里来。她喜欢她奶奶,喜欢跟阿尔普一起玩,喜欢芙芮达姑姑那迷人的调皮劲,她发疯般地沉迷于各种花哨的小玩意和装饰品,总是打扮得很野。我对自己说:我要把这块石头送给小多茜。于是我开始去把它捡起来,但在我的手指碰到石头的一刹那,我发现它并不是我以为的那样。它是软的,而且我一碰到它,它就裂开了,碎成了一摊湿乎乎、滑溜溜的浓液。被我当成石头的这个东西是一团唾液。有人之前走过去,朝人行道上张嘴吐了口口水,那团口水凝成了一个小球,一个光滑的、立体的球形气泡。在灯光的照耀下,在让它变成那种闪亮的蓝颜色的光线折射下,它看起来就像个坚硬的固体。在我意识到自己错误的一瞬间,我的手就像被烧到似的猛地缩了回来。我感到很恶心,一阵呕吐感袭来。我的手指沾到了口水。假如那是你自己的口水也许还不至于那么糟,可当它来自一个陌生人嘴里的时候,你就会很反感。我掏出手帕,尽可能地把手指擦干净。擦完后,我没法让自己再把那块手帕放回口袋里。我一只手臂伸直了提着它,走到路口,把它扔进了我看到的第一个垃圾箱。

在写下这些句子后的三个月,海克特和芙芮达在斯贝林夫人家里的起居室成了婚。他们在蜜月里开车去了新墨西哥，买下了一些土地，决定在那儿定居。现在我明白了他们为什么要把他们的地方取名叫蓝石农场。海克特曾经见到过那块石头，他知道它并不存在，他知道，他们将要展开的生活，是建立在一场幻影之上。

焚烧行动在六点左右结束，但阿尔玛一直快到七点才回到小屋。外面天还亮着，但太阳已经开始西沉，我还记得在她进门之前充满整个屋子的那片明亮：巨大的光柱破窗而入，仿佛闪亮的金紫色洪水涌进了房间的每个角落。那只是我在沙漠里经历的第二次日落，对于这么强烈的视觉冲击，我根本没有思想准备。我移到沙发上，转到相反的方向以免眼花，但我在那个新位置才安顿好没一会儿，就听到身后门锁转动的声音。更多的光涌入房间：太阳熔化成了红色的河流，恍如一股光的浪潮。我原地不动地转过身，用手护住眼睛，阿尔玛就站在打开的门口，几乎看不见她的人，只有一个幽灵般的轮廓，光线穿透了她的发梢，她就像个火人。

随后她关上门，她穿过起居室走向沙发，我看着她的脸，盯着她的眼睛。我不知道那时我指望从她那儿看到什么。眼泪，也许，或者愤怒，或者某些额外的情感表示，但阿尔玛看上去异常平静，她已经精疲力竭，已经疲倦得甚至都不再烦躁了。她从右边绕过沙发，显然没注意到自己正在把左脸上的胎记露给我看，我意识到她还是第一次这样。不过，我不确定是应该将这视为一种关系上的突破，还是应该将这归为一种注意力的不集中，一种过度疲劳的象征。她一声不响地挨着我坐下，然后把头靠在我的肩膀上。她的手很脏，她的T恤被煤烟熏黑了。我双臂环绕着她抱了一会儿，我不想问她什么问题，不想在她不想说的时候逼她说。最后，我问她要不要紧，当她回答说不要紧，我没事，我便知道她根本没心情多谈。她很抱歉花了这么长时间，她说，但除了对拖延做了一些解释之外（我就是那样听说油桶、手推车以及其他事情的），那晚剩下的时间我们几乎就没有再去碰那个话题。完事之后，她说，她陪芙芮达走回了主屋。她们商量了明天的安排，然后她服侍芙芮达吃下一颗安眠药上了床。她本来那时就直接回来了，但小屋里的电话有点毛病（时好时坏），她想与其靠碰运气，还不如直接用主屋的电话给我订早上去波士顿的机票。飞机将于八点四十七分从阿尔博科奇起飞。去机场有两个半小时的车程，由于芙芮达不可能起那么早把我及时送过去，唯一的解决办法就是叫一辆货车来接我。她本来想自己开车去，亲自为我送行，但她和芙芮达定好十一点钟要到殡仪馆，她在十一点前怎么可能跑两趟阿尔博科奇？时间上行不通。即使她和我早上五点离开，她也无法在七个半小时之内去了回来然后再去。我办不了的事我能怎么办？她说。这并不是一个反问。这是一个关于她自身的陈述，一个悲伤的声明。我办不了的事我到底能怎么办？接着，她把脸埋进我的胸口，突然痛哭起来。

我把她扶进了浴缸，接下来的半小时我便坐在她旁边的地板上，替她擦洗她的背，她的手臂和腿，她的乳房和面庞，她的双手，她的头发。过了一会儿她才止住哭泣，但渐渐地，这种抚摩产生了欲望的效果。闭上眼睛，我对她说，别动，别说话，融进水里，让自己随波逐流。她是那样心甘情愿地听从我的指挥，她对自己的赤裸是那样的毫不尴尬，这让我深为感动。那是我第一次在灯光下看她的身体，但阿尔玛表现得就好像它已经属于我，就好像我们已经过了对这种事情还需要加以疑问的阶段。她在我的臂弯里全身瘫软，她沉溺于热水的温暖之中，沉溺于我就是那个关爱她的人这一无条件的想法之中。别无他人。过去的七年她一直一个人住在这栋小屋里，我们俩都知道，现在该是改变的时候了。到佛蒙特来，我说，和我住一块儿，直到你写完你的书。每天我都给你洗澡。我译我的夏多布里昂，你写你的传记，当我们不写的时候，我们就做爱。我们要做遍房子的每个角落。我们要在院子和树林里做上三天三夜。我们要做到站不起来为止，然后再回去工作，当我们的工作完成了，我们就离开佛蒙特去别的地方。

321

随你说什么地方,阿尔玛。我愿意尝试所有的可能。一切都不成问题。

在当时的情况下,那是一种很鲁莽的行为,一种极为庸俗和不雅的表述,但时间很紧,而我不想不搞清楚我们俩的关系就离开新墨西哥。因此我冒了个险,决定直奔主题,用我所能想到的最直接、最明了的方式提出我的想法。值得欣慰的是,阿尔玛没有被吓跑。当我开始说的时候,她的眼睛是闭着的,一直到我说话结束,她的眼睛都一直闭着,但在某一刻我注意到一个微笑正在她的嘴角绽开(我相信它是在我第一次用到做爱那个词的时候开始的),我对她说得越久,那个微笑似乎就变得越大。然而,当我结束时,她并没有说什么,她的眼睛仍然闭着。那么?我说,你觉得如何?我觉得,她慢慢地答道,要是我现在睁开眼睛,你也许就不在了。

是的,我说,我明白你的意思。但另一方面,如果你不睁开眼睛,你就不会知道我在不在,对不对?

我觉得我没有那么勇敢。

你当然有。另外,你忘了我的手在浴缸里。我正在触摸着你的脊椎和腰背。如果我不在这儿,我就不可能那样做,不是吗?

一切都有可能。你可能是另外一个人,一个假装是戴维的人。一个冒名顶替的家伙。

可是一个冒名顶替的家伙又能在这浴室里对你怎么样呢?

使我的脑袋充满美好的幻想,让我相信我能拥有我想要的东西。有人刚好说了你想要他说的话,这并不常见。也许那些话是我自己在说。

也许。或者也可能有人说那些话是因为他想要的东西和你想要的一样。

但不可能完全一样。永远不可能完全一样,不是吗?他怎么能说得跟我头脑里想的一模一样呢?

用他的嘴说。话就是从那儿出来的,从某个人的嘴里。

那么,那张嘴在哪儿呢?让我感觉一下。请把它压到我的嘴上,先生。如果它感觉起来跟想象的一样,那么我就会知道那是你的嘴而不是我的嘴。那么也许我就会相信你。

眼睛仍然闭着,阿尔玛把她的胳膊举到空中,像小孩那样伸出手——要求被抱,要求被带走——我弯下身子,亲吻她,把我的嘴压在她的嘴上,用我的舌头分开她的双唇。我跪在地上——胳膊在水里,手放在她背上,肘部抵在浴缸的边上——当阿尔玛抓住我脖子后面把我拉向她的时候,我失去了平衡,从她顶上栽了下去。有一刹那我们的脑袋淹到了水里,当我们重新冒出来,阿尔玛的眼睛睁开了。水溅出了浴缸的边沿,我们俩都在大口喘气,但还没等停下来再吸一口空气,我们就重新调整位置又开始热吻起来。那是第一个吻,而后又有好几个吻,又有许多个吻。随后的操作过程我无法说得清楚,那是一种复杂的技术动作,我一边把阿尔玛从浴缸里拉出来,一边把我的嘴唇继续粘在她的嘴唇上,并设法跟她的舌头不失去联系。不过当她一从水里出来,我便拿一条毛巾把她的身体擦干了。那我还记得。我也还记得她身上干了以后,就扒掉了我的湿衬衫,解开了我系裤子的皮带。我还能看见她那样做的样子,我看见自己又在亲吻她,看见我们两个倒在一堆毛巾上,就在地上做起了爱。

我们走出浴室时屋里已经黑了。前窗里还有些微弱的光亮,一片薄薄的亮云沿着地平线伸展开去,暮色四合。我们穿上衣服,在起居室里喝了几杯龙舌兰酒,然后走进厨房想弄点吃的。冷冻的墨西哥煎玉米卷,冻豌豆,土豆泥——又一顿临时搭配的晚餐,有什么就吃什么。无所谓。食物九分钟就被消灭了,接着我们回到起居室,给自己又倒了一杯酒。自那时起,阿尔玛和我谈的都是关于将来,当我们十点钟爬上床的时候,我们还在制订计划,还在讨论她迁入佛蒙特我的小山岭后我们该怎样生活。我们不知道她何时能去那儿,但我们估计把农场里的东西打包整理好,需要的时间不会超过一两周,最多三周。在这段时间里,我们可以通过电话聊天,当打电话嫌太晚或太早的时候,我们可以互发传真。我们要每天联系,我们说,哪怕天崩地裂。

我没有再见到芙芮达就离开了新墨西哥。阿尔玛还希望她会到小屋来跟我说声再见，但我根本没抱指望。她已经把我从她的名单上划掉了，加上我又走得那么早（货车定好五点半来），让她为了我特意起来似乎不太可能。当确定她不会露面时，阿尔玛把它归咎于她临睡前吃的药。就我而言那算是很乐观的说法了。根据我对形势的分析，芙芮达在任何情况下都不会出现——哪怕货车中午走也不会。

在那个时候，这些似乎都无足轻重了。五点钟闹钟响，我只有半个小时做好出门准备，要不是芙芮达的名字被提到的话，我根本连想都不会去想她一下。对我来说那天早晨重要的是能和阿尔玛一起醒来，一起坐在屋子前面的台阶上喝咖啡，重要的是能再次触摸到她。我昏头昏脑，头发乱七八糟，幸福让我变得傻里傻气，肌肤之亲和对新生活的憧憬弄得我筋疲力尽。如果我更警觉一点，我就会明白自己正在与之离别的是什么东西，但我太疲惫太匆忙了，我什么也没做，除了几个最简单的动作：最后一个拥抱，最后一个吻，然后货车就停在了小屋前面，我该走了。我们走回屋里取我的包，当我们再走出来的时候，阿尔玛从门边的桌子上抄起一本书递给我（在飞机上看，她说），接着是最后最后一个拥抱，最后最后一个吻，然后我便出发前往机场。直到车子开到了半路，我才想起来阿尔玛忘了给我赞安诺。

换成任何其他一天，我都会让司机掉头回农场。我差一点就那样做了，但考虑到将会随之而来的那种丢人——错过飞机，暴露出自己是个懦夫，再次表明自己神经衰弱的病人身份——我决定设法压制住自己的恐慌。我已经和阿尔玛一起做了一次无药飞行，现在就要看我一个人行不行了。我知道要成功就必须分散注意力，从这个角度说，她给我的那本书帮了大忙。它厚达六百多页，重达差不多三磅，在整个飞行过程中，它一直陪伴着我。那是一部野生开花植物的合集，书名严肃而直接：《西部野生植物》，它是一个由七名作者组成的撰写组合著的（其中六个人被称为资深野生植物专家；第七个是一位以怀俄明为基地的植物标本馆的负责人），它的出版者，恰如其分，是某个名叫"西部野生植物科研协会"的机构，附属于西部联邦兰德格兰特大学的合作推广部。一般来说，我对植物学没什么兴趣。我只能叫出几十种植物和树的名字，但这本植物图鉴有九百幅彩色照片和对四百多种植物产地与习性的精确说明，让我入迷地看了好几个小时。我不知道自己为什么觉得它那么吸引人，也许是因为我刚刚离开那片生长着多刺、耐旱植物的土地，我的思绪还没有完全从中走出来，所以还想看到更多那样的植物。大部分照片都是距离极近的特写，背景中除了空白的天空一无所有。偶尔地，画面上会拍进周围的一些草，一片土，或者，更罕见一点，远处的一块岩石或一座山。最显著的一点是没有人，连最细微的人类活动的痕迹也没有。人类在新墨西哥已经住了几千年，但看着那本书里的照片却让人感觉那儿什么都不曾发生过，那儿的全部历史都已经被抹掉了。没有住在岩洞里的古印第安人，没有考古发现的废墟遗址，没有西班牙的征服者，没有耶稣会的牧师，没有派特·加勒特和比利小子*，没有印第安人部落，没有原子弹基地。只有大地和覆盖在大地上的东西，从焦干的土壤里长出的稀稀疏疏的茎秆和刺状小花：一个文明社会退化成了一些数量稀少的野草。就它们自身而言，这些植物并没什么好看的，但它们的名字有一种动人的音乐感，在看过那些图片，读过那些附在旁边的文字之后（从卵圆形到披针形叶片的轮廓……瘦果扁平，有棱纹且表面多皱，有细小刺毛组成的修饰性花萼），我稍稍停了一会儿，在笔记本上记下了其中的一些名字。我翻开新的一页开始写，紧接在我用来摘录海克特日记的那几页后面，那几页又接在《马丁·弗罗斯特的内心生活》的后面。那些词的读音有一种耐嚼的厚实感，我乐

---

* 比利小子是美国历史上的传奇罪犯，传说他从拔枪到射击只要 0.3 秒，最后被警长派特·加勒特击毙。

在其中地对自己念着它们,感受着它们在我舌头上那冷漠而铿锵的振动。而如今当我再看这个单子的时候,它们那莫名其妙的发音让我很惊讶,简直就像是从一门已经死掉的语言——也许是火星上说过的语言——里随意收集的一些词语样本。

刺果欧芹。毒狗草。大头乳草。枯叶囊。普艾。垂乞棒。无羽蓟。黑矢车菊。飞蓬。刚毛鹰须。枪草。斑点猫印。艾菊。千旦光。圣乳蓟。贫坑草。马刷草。苍耳。鬼针草。小籽亚麻。艾芥。菘蓝。钩椒草。剪秋罗。荨麻藜。菟丝子。卧地大戟。双槽野豌豆。永久花。疯草。灯芯草。宝盖草。紫刺麻。雀麦草。墨西哥千金子。秋黍。鼠尾酥油草。柳穿鱼。婆婆纳。曼陀罗。

回来以后,我觉得佛蒙特看上去似乎不一样了。我不过才离开了三天两夜,但似乎我不在的时间里一切都变小了:闭塞、阴暗、湿冷。房屋四周树木的绿色感觉很不自然,跟沙漠里的棕褐色相比显得难以想象的葱翠。空气中湿气太重,脚下的地面太软,触目所及,到处都有植物在恣意蔓延,到处都有令人吃惊的腐烂:过于饱满的嫩枝,林间小路上腐朽的碎树皮,树干上排成梯形的菌菇,屋子墙壁上的霉点。随后,我意识到我是在用阿尔玛的眼睛看这些东西，为了让自己对她的到来做好准备，我正在试着用一种新的目光看待周围的一切。飞到波士顿的航行很顺利，比我希望的要好得多，走下飞机，我觉得自己完成了一件重要的事情。从大局来看，它也许不算什么，但从小局来看，从个人成败的小处来看，它可谓一项非凡的胜利。我感觉自己比过去三年里的任何时候都要坚强。差不多了，我对自己说，差不多该准备好重返人间了。

接下来的几天，我尽可能地忙个不停，齐头并进地处理各种杂事。我继续翻译夏多布里昂，把撞坏的卡车送到汽修厂去修，并里里外外角角落落地打扫了房间——把地板擦干净，给家具打蜡，掸掉书上的灰尘。我知道什么都无法掩盖这栋建筑物本质上的丑陋，但至少我可以让房间像样点，可以赋予它们一种以前没有过的光洁。唯一的难题是要决定如何处理备用房间里的那些纸箱——我打算把那个房间变成阿尔玛的书房。她需要有个地方写完她的书，一个当她需要时可以一个人待着的地方，而那个备用房间是唯一可能的房间。但房子里其他地方的储物空间也很有限，没有阁楼和车库可供使用，唯一我能想到的地方就是地窖。那儿的问题在于它的泥巴地面。每次下雨，地窖里就会浸满水，纸板箱放下去肯定会被浸得透湿。为了防止那种灾难发生，我买了九十六块空心砖和八张长方形的大三合板。我把空心砖堆了三层高，建了一个比最高水位线

329

还要高出很多的平台。为了使防潮效果更有保障，我还在每只箱子外面都包了一层厚厚的塑料垃圾袋，并用胶带把袋口封起来。那样应该万事大吉了，但我又花了两天时间才鼓起勇气把它们搬下去。我家人所残留的一切都在那些箱子里。海伦的衣裙。她的梳子和长袜。她那件冬天带毛皮帽子的大外套。托德的棒球手套和连环漫画。马可的拼图玩具和塑料小人。镜子碎掉的金色粉盒。呼第·托第的玩具熊。沃尔特·蒙代尔*的竞选徽章。这些东西我已经没有用了，但我始终无法丢弃它们，至于说把它们捐给慈善机构，我连想都没想过。我不想海伦的衣服被别的女人穿在身上，我也不想男孩们的红袜队棒球帽戴在别的男孩头上。把这些东西放下地窖就像把它们埋进土里。这并非结束，也许，但却是结束的开始，是通往遗忘之路上的第一块里程碑。要那样做很难，但比起登上那架来波士顿的飞机则要容易得多。房间清空后，我便去布莱特尔博罗为阿尔玛挑选家具。我给她买了一张桃花心木的书桌，一张皮椅（按动座位下面的一个按钮，它就会前后轻轻摇摆），一只橡木的档案柜，一块漂亮的彩色小地毯，都是店里最好的货色，顶级办公装备。总价高达三千多美元，我用现金付了账。

---

* Walter Mondale（1928— ），美国卡特任总统时的副总统（1977—1981），1984 年作为美国灵主党总统候选人参选并落选。

我很想她。不管我们的计划是多么的冲动，我却从未对它有过任何怀疑或担忧。我在一种盲目的快乐状态下忙这忙那，等待着她最终到来的那一天，每当我想她想得受不了的时候，我就会打开冰箱冷冻室的门，看一看那把手枪。那把手枪证明阿尔玛曾经来过——既然她已经来过一次，没有理由不相信她还会再来。最初，我对枪里还有子弹这一事实并没怎么在意，但过了两三天我开始不安起来。那段时间我一直没碰过那把枪，但一天下午，仅仅出于安全考虑，我把它从冰箱里拿出来带进了树林，在那儿我把全部六发子弹都射进了土里。它们发出的声响就像一串中国爆竹，就像爆裂的纸袋。回到屋里，我把枪放进床头柜的上面一格抽屉。它已经不能再杀人了，但那并不意味着它的威力、它的危险有任何的降低。它体现了一种思想的力量，每次我看到它，我就会记起那种思想是怎样差一点就毁了我。

阿尔玛小屋里的电话性能很不稳定，我打过去并不是每次都能接通。线路问题，她说，线路系统里的某个连接松了，也就是说即使在我拨了号码，听到短促而低沉的咔嗒声和嘟嘟声——那表明电话正在接通——之后，她那头的电话铃也不会响。不过通常，用它往外打电话还是靠得住的。回到佛蒙特的那天，我试了好几次也没打通，当阿尔玛终于在十一点钟打过来的时候（这边山上时间是九点

331

钟），我们决定以后都那么干。她会打给我，而不是等我打给她。那之后我们每次打电话都会在结束时定好下次通话的时间，接连三个晚上，这一程序运行得就像个魔术节目一样顺畅。比如，我们说好七点，那么七点差十分我就会在厨房里坐好，给自己倒上一杯不掺水的龙舌兰酒（我们仍然一起喝龙舌兰酒，哪怕是远距离地），然后七点整，当墙上挂钟的分针正好扫到零点时，电话便会响起来。我渐渐对这些电话的精确性产生了依赖。阿尔玛的准时是一种信任的标志，一种爱的承诺，它让人相信：两个相爱的人，即使身处世界两个不同的角落，也照样能心心相印。

接着，第四个晚上（我离开苏埃诺后的第五个晚上），阿尔玛没有打电话。我猜想是她的电话出了问题，因此并没有立即采取行动。我继续坐在自己的位子上，耐心地等待着电话铃响，然而当沉默又延长了二十分钟，然后三十分钟，我开始担心起来。如果电话失灵的话，她应该会发个传真过来解释一下为什么我接不到她的电话。阿尔玛的传真机接在另一条线上，那个号码从未发生过故障。我知道这样做没用，但不管怎样我还是拿起自己的电话打给她——不出所料，没有反应。接着，想到她可能跟芙芮达有什么事抽不开身，我又打了主屋的号码，但结果还是一样。我又打了一遍，以确定我没有拨错号码，但又一次没有回答。作为最后一招，我用传真给她发了一封短信。你在哪儿，阿尔玛？一切可好？急。若电话失灵，写信（传真）给我。我爱你，戴维。

我屋里只有一部电话，装在厨房里。如果我上楼去了卧室，我担心要是阿尔玛晚些时候打来我会听不到电话铃响——或者，我听到了，但却来不及下楼去接。我简直不知如何是好。我在厨房里空等了几个小时，希望有事发生。最后，过了凌晨一点，我走进起居室，一头躺到沙发上。正是这同样一团笨重的弹簧和软垫，在我们共度的第一夜，我曾把它变成阿尔玛的临时床铺——一个用来想恐怖事情的好地方。我在那儿一直待到拂晓，想象着车祸、火灾、急救、楼梯上的致命跌跤，用这些想象折磨着自己。不知什么时候，小鸟们醒来了，开始在外面的树枝上歌唱。没过多久，出乎意料地，我睡着了。

我从没想过芙芮达会像对我那样去对待阿尔玛。海克特曾希望我留在农场看他的电影；然后他死了，于是芙芮达动手阻止了我。海克特曾希望阿尔玛写一本他的传记，现在他死了，芙芮达很可能也会动手去阻止那本书出版，这点我怎么会没想到呢？两者的情况几乎完全一样，而我却没有看出它们的雷同，也根本没有注意到它们之间的相似之处。也许是因为数字上相差得太远了。看完那些电影顶多会花掉我四五天的时间；而阿尔玛的那本书已经写了将近七年。我的脑子里丝毫也没想过，居然有人会残忍到把别人七年的心血撕成碎片。我就连那样想一想的勇气都没有。

如果我看出将要发生什么，我就不会让阿尔玛一个人留在农场了。我就会迫使她包起手稿，把她推进货车，让她在最后那个早晨和我一道去机场。即使我那时没有采取行动，我也可以在一切都太晚了之前做些别的事情。回到佛蒙特后，我们通过四次电话，每一次芙芮达的名字都被提到。但我不想谈论芙芮达。那部分故事对我来说已经结束了，现在我只对谈论将来感兴趣。我喋喋不休地对阿尔玛说着我的屋子，我为她准备的房间，我订购的家具。我本该问她一些问题，要求她说一些关于芙芮达精神状态的详细情况，但阿尔玛似乎很喜欢听我谈论那些家务事。她正在做搬家的初期准备——把她的衣服放进纸板箱，决定什么带走什么留下，询问我的图书馆里有哪些书跟她的重复了——她根本没料到会有什么麻烦。

我动身去机场后三小时，阿尔玛和芙芮达开车去阿尔博科奇取了骨灰瓮。那天的晚些时候，在花园一个无风的角落里，她们把海克特的骨灰撒在玫瑰花丛和郁金香花的花坛间，那也正是泰德被蜜蜂蜇到的地方。整个仪式过程中芙芮达一直在颤抖，她忍了一会儿，而后陷入一阵漫长而无声的哭泣口。那天晚上阿尔玛和我通话的时候，她告诉我她从未见过芙芮达如此脆弱，几乎险些就要崩溃。然而，第二天一早，她走到主屋，却发现芙芮达已经醒了——她正坐在海克特书房的地板上，查看着小山一般的文件、照片和画图，那些东西在她四周围成了一圈。接下来是剧本，她对阿尔玛说，那之后她准备做一次系统的搜查，要找出所有其他与电影制作有关联的文本：情节串图板、服装草图、布景设计图、灯光示意图、演员记录。这些全都要烧掉，她说，不能留下一丁点的物证。

就这样，我离开农场才一天，销毁的范围已经被改变，被扩大了，海克特的遗嘱被赋予了一种更广义的阐释。要销毁的不再仅仅是电影，而是能证明那些电影存在过的一切。

接下来的两天每天都有火焰熊熊燃起，但阿尔玛没再参与，她忙着自己的事，所以她让胡安和肯奇塔做芙芮达的帮手。第三天，布景从摄影棚的库房里被拖出来烧了。道具烧了，服装烧了，海克特的日记烧了。甚至就连我在阿尔玛小屋里读过的那个笔记本也被烧了，我们却还是没看出事态的发展方向。那个笔记本写于三十年代初，时间比海克特重新开始拍电影要早得多。它的唯一价值就在于它是阿尔玛所写的传记的一个资料来源，毁掉了那个来源，那么即使书最终出版了，它所讲述的故事也会变得不再可信。我们本该意识到那一点的，但那晚我们通话时，阿尔玛对此只是一带而过。那天的头条新闻是关于海克特的默片。当然，那些默片的拷贝已经在外面流通了，但芙芮达担心如果它们被发现藏在农场里，有人就会把海克特·斯贝林和海克特·曼联系起来，所以她决定把它们也烧了。这是个讨厌的活儿，阿尔玛引用她的话说，但要干就要干得彻底，如果留下一部分不做完，那么其他所做的一切就会变得毫无意义。

我们约好第二天晚上九点再通电话（她那边七点）。阿尔玛打算第二天去索热科待上大半个下午——到超市购物，处理一些私事——但即使回苏埃诺要一个半小时的车程，我们估计她到六点钟也应该回到小屋了。当她的电话没来时，各种想象立刻充满了我的脑海，到了一点钟我四仰八叉躺在沙发上的时候，我确信她根本没回家，有什么恐怖的事情已经在她身上发生了。

结果证明我既对了又错了。错的是以为她没回家，但其余的全都对了——虽然不是以任何一种我想象的方式。六点过几分，阿尔玛的车停在小屋前。她从不锁门，所以发现小屋的门开着她并不太惊慌，但有烟正从烟囱里冒出来，那让她感到很古怪，完全难以理解。那是6月中旬的一个大热天，就算胡安和肯奇塔来送洗好的衣服或收垃圾，他们干吗要点火？阿尔玛把买来的东西留在汽车后座，径直走进屋子。芙芮达蹲在起居室的壁炉前，正在把一页页稿纸捏成纸团扔进火里。那简直就是《马丁·弗罗斯特的内心生活》中最后一幕的翻版，连姿势都一模一样：诺伯特·斯坦霍斯拼命想要使阿尔玛的母亲起死回生，为此他把自己的小说手稿烧成了灰烬。纸灰的碎屑在房间里飘舞，就像受伤的黑蝴蝶那样盘旋在芙芮达的周围。蝴蝶翅膀的边缘瞬间发出橘色的火光，随即变成了发白的灰色。海克特的遗孀是如此地聚精会神，如此地全力以赴，以至于当阿尔玛走进门时她都没有抬头看一眼。还没烧的纸页横摊在她的膝盖上，一小沓A4稿纸，也许二三十页，也许四十页。如果那就是剩下的全部，那么也就意味着其余的六百页已经没了。

用阿尔玛自己的话说，她进入了一种狂暴状态，恶毒地咒骂，爆发出一阵疯狂的嘶吼和尖叫。她冲过起居室，当芙芮达站起来护住自己时，阿尔玛把她推到了一边。她只记得那么多，她说。猛力地一推，然后她就已经越过了芙芮达，奔向屋子后面的书房和电脑。烧掉的手稿只是一份打印件，真正的书稿在电脑里，如果芙芮达还没损坏硬盘或找到所有备份的磁盘，那么就什么都不会丢失。

瞬间的希望，她跨过门口时短暂的乐观，随后是希望落空。阿尔玛进入书房，她第一眼看到的就是原先摆电脑的地方一片空空荡荡。书桌上什么都没了：没有电脑屏幕，没有键盘，没有打印机，没有蓝色的塑料盒（里面放着二十一张贴着标注的软盘和五十三张不同的调查文档）。芙芮达已经搬走了所有的东西。毫无疑问，胡安也参与了这件事,阿尔玛只要稍微想想就会明白,做什么都已经太晚了。电脑可能已经被砸得粉碎,磁盘可能已经被割成了一小块一小块。即使那些事还没发生,她又要到哪儿去找它们呢?农场面积有四百多英亩。你要做的就是在哪里找个地方,挖个洞,然后那部书稿便会消失得无影无踪。

她不知道自己在书房里待了多久。几分钟,她想,但也可能比那要长,说不定有一刻钟。她记得自己在书桌前坐下,用双手捧住脸。她想哭,她说,想发泄,想声嘶力竭地不停尖叫和号啕大哭,但她仍处于极度的惊愕之中,惊愕得哭不出来,所以她只是坐在那儿,听着自己手掌间的呼吸声。其间的某个时候,她开始注意到屋里变得是那么安静。她猜想那意味着芙芮达已经走了——她不过是回到主屋去了。那样倒正好,阿尔玛想。再多的争吵和解释也不能改变已经发生的一切,事实是她永远都不想再跟芙芮达说话了。是真的吗?是的,她决定,真的。如果是真的,那就意味着离开那儿的时间已经到了。她将打起包裹,跳进汽车,开到机场附近的某个汽车旅馆。第二天早上的第一件事,就是坐上到波士顿的飞机。

阿尔玛正是那时从书桌前站起来离开书房的。时间还不到七点,但她对我已经很了解了,知道我肯定在家里——在厨房里围着电话转来转去,给自己倒上一杯龙舌兰酒,期待着她的来电。她不想等到约定的时间了。她生命中的一大段时光刚刚被人偷走,世界给了她当头一棒,她必须马上就跟我说话,她必须在眼泪到来泣不成声之前就开始跟人说话。电话在卧室,卧室在书房的隔壁。她要做的就是出门右拐,十秒钟后她便会坐在床上拨通我的号码。然而,当她来到书房门口的时候,她犹豫了一下,没有右拐而是左拐了。起居室里刚才到处都是飞舞的火星,在坐下来和我长聊之前,她必须先确定火已经熄了。这是个合情合理的决定,在当时的情况下无疑是种正确的做法。因此她绕道去了屋子的另一边,随后那晚的故事就变成了一个不同的故事,那个夜晚也变成了一个不同的夜晚。正是那一点让我觉得难以忍受:我不仅无法阻止事情的发生,而且我还知道如果阿尔玛先打电话给我,事情也许根本就不会发生。芙芮达一样会死在起居室的地板上,但阿尔玛的反应将会截然不同,她发现尸体后事情也就绝不会像那样收场。跟我交谈会让她觉得更坚强一点,更理智一点,对承受那种打击的准备更充分一点。比方说,要是她告诉了我那一推,要是她向我描述了在跑进书房前她是怎样用手掌面推在芙芮达胸口上的,我也许就会提醒她可能产生的后果。人失去平衡时,我会对她说,他们会往后跌,会倒下去,会一头撞到硬物上。到起居室看看。看看芙芮达是不是还在那儿,于是阿尔玛就会到起居室看看,同时不挂断电话。那样我就可以在她发现尸体后立即同她说话,使她镇定下来,让她有机会想得更清楚,让她在一意孤行地打算要干蠢事之前停下来再考虑考虑。但阿尔玛在门口犹豫了一下,她向左拐了过去,而不是向右,当她看到芙芮达的尸体蜷成一团躺在地上的时候,她忘了给我打电话的事。不,我认为她不是忘了,我的意思不是说她忘了——而是说某种想法已经在她的头脑里逐渐成形,她无法再让自己拿起电话。相反,她走进厨房,抓着一瓶龙舌兰酒和一支圆珠笔坐下来,用那天晚上剩下的时间给我写了封信。

传真开始发送时我正在沙发上睡觉。佛蒙特的时间是早上六点,但在新墨西哥还是夜里,铃声响到第三或第四下时我醒过来。我眯了不到一个小时,沉入了一种疲劳至极的昏迷状态,头几下铃声没有对我产生作用,除了改变了那时我正在做的梦——一个噩梦,关于闹钟、截止期限和必须醒来去作一个名为"爱的隐喻"的演讲。我并不是常能记住自己的梦,但我却记得那个梦,正如我记得睁开眼睛后所发生的其他一切。我坐起来,意识到声音不是来自卧室里的闹钟。厨房里的电话在响,但等我站起身跌跌撞撞地穿过起居室,铃声已经停了。我听到机器里发出轻微的咔嗒一声,那表示有份传真将要开始发送过来,等我终于到了厨房,信的头几页正卷曲着从槽口里吐出来。1988年还没有能用普通纸张的传真机。出来的纸张——有一层电子涂层的轻薄的仿羊皮纸——都是卷成一团的,当你收到一封传真信的时候，它看上去就像是什么来自远古时代的东西：半像摩西五经，半像从某个伊特鲁里亚古战场上传来的信笺。阿尔玛花了八个多小时写她的信，时断时续，拿起笔又放下，随着夜晚慢慢过去，她已经渐渐变成了一个醉鬼，最终，她的告白累计达到了二十多页。我站着看完了整封信，卷曲的传真纸一点一点地从机器里吐出来，我迫不及待地不停用手去拉。信的开头部分叙述了我刚刚概括的那些事情：阿尔玛的书稿被烧，电脑的消失，起居室里发现芙芮达的尸体。最后部分是这样结束的：

我不得不这么做。我还没有坚强到可以承受这样的事情。我不断试着想用胳膊去抱她，但她对我来说太大了，戴维，她太重了，我就连把她从地上抬起来都不行。

那就是为什么今晚我不想给你打电话的原因。你会跟我说那是个意外，那不是我的错，而我会开始相信你的话。我会希望自己相信你的话，但事实真相是我推她推得太用力了，你不能那样用力去推一个八十岁的老人，是我杀了她。她对我做了什么并不重要。我杀了她，而如果我现在让你说服了我，那只会在以后毁了我们。别无出路。要让自己停下来，我就只有抛开真相，而一旦我那么做了，我心里一切美好的东西就会开始死亡。我必须现在就行动，你瞧，趁着我还有勇气。感谢上帝给了我们酒。吉尼斯黑啤给你力量,伦敦的广告牌上曾有过那么一句广告词。龙舌兰酒给你勇气。

你从某个地方开始,然后不管你以为你已经走得离那个地方有多远,你最终还是要回到那里。我本以为你可以解救我,以为我可以让自己属于你,但事实上除了他们,我从未属于过任何人。谢谢你给我的梦,戴维。丑陋的阿尔玛找到了一个男人,他让她觉得自己很美丽。如果你对我都能那样,那么可想而知对一个面目无瑕的女孩你会怎样。

幸好。幸好在你发现真正的我是谁之前就将这一切结束。在第一夜,我带着一把枪来到你家,不是吗?别忘了那意味着什么。只有一个疯子才会做出那样的事,而疯子是不能相信的。他们窥探别人的生活,他们为一些与自己无关的东西写书,他们买药。感谢上帝给了我们药。前几天你把它们落下了,那真的是个意外吗?你在这儿的时候,它们一直都在我包里。我一直想着要把它们给你,但我一直忘了给——直到你钻进了货车。别怪我。事实证明我比你更需要它们。我那二十六位紫色的小朋友。最强效赞安诺,保证让你一夜安眠。

原谅我。原谅。原谅。原谅。原谅。

那之后我试着给她打电话,但她不接。这次电话通了——我能听到电话铃在另一头响——但阿尔玛没有拿起听筒。我让铃声坚持响了四五十下，顽固地希望那声音能打断她的注意力，能让她分心去想一些药片以外的事情。再多响五下会有所不同吗？再多响十下会让她停下来吗？最终，我决定挂了电话，我找出一张纸，给她发了一份传真。求你跟我说话，我写道，求你了，阿尔玛，拿起话筒跟我说话。随后我又给她打电话，但这次铃声响了六七下后线路断了。我一开始不能理解，但随即我就意识到，她肯定是把电话线从墙上扯了下来。

9

那个礼拜的晚些时候,我把她葬在了她父母旁边,苏埃诺镇北边二十五英里处的天主教公墓。阿尔玛从未跟我提过有什么亲戚,既然没有格兰德家或莫尼森家的人出来认领尸体,我便自己支付了葬礼的费用。围绕着是涂上防腐剂土葬好还是火葬好、不同棺木的耐久性、棺材的价格等种种相关问题,要做出许多可怕的决定和怪异的选择。接着,在选择了土葬之后,还有许多进一步的问题:服装、口红颜色的深浅、指甲上光、发型。我不知道我是怎么应付完那些事情的,但我猜我的做法和所有其他人一样,都是处于一种半梦半醒、半在半不在的状态。所有我能记得的就是对火葬的提议说不。不要火,我说,不要灰。他们为了尸检已经把她切得支离破碎,我不想再让他们把她烧了。

阿尔玛自杀的那天晚上，我从佛蒙特的家里给警长办公室打了电话。一个名叫维克托·古茨曼的副警长被派去农场调查，虽然他早上六点不到就到了农场，但胡安和肯奇塔已经不见了。阿尔玛和芙芮达都死了，发给我的那封信还在传真机里，但两个小人不知去向。五天后我离开新墨西哥的时候，古茨曼和其他警察还在找他们。

根据芙芮达的遗嘱指示，她的遗体由她的律师处理。仪式在蓝石农场的一块树荫下举行——就在主屋的后面，在海克特那些柳树和白杨的小森林里——但我特意没有参加。我现在对芙芮达恨之入骨，想到要去参加她的葬礼都觉得反胃。我没跟那个律师碰过面，但古茨曼跟他说起过我，当他打电话到我的汽车旅馆邀请我参加芙芮达的葬礼时，我只是简单地告诉他我很忙。之后他又东扯西拉了几分钟，说到可怜的斯贝林夫人和可怜的阿尔玛，说到整件事情是多么可怕，接着，这是最高机密，几乎毫不停顿地，他告诉我遗产价值高达九亿多美元。遗嘱一旦验证生效，农场就会被上市拍卖，他说，拍卖的收入，连同斯贝林夫人拥有的股票债券清算后的全部所得，都将捐给一个纽约的非营利组织。哪个组织？我问。现代艺术博物馆，他说。整个九亿都将用来建立一个保护老电影的无名基金。很奇怪，他说，你不觉得？不，我说，不奇怪。也许可以说残酷，令人作呕，但不奇怪。要是你喜欢听蹩脚的笑话，这个可以让你笑上好几年。

我想最后再去一次农场,可是当我把车停在农场大门前,我却没有心情再开进去。我一直希望能找些阿尔玛的照片,能在小屋里找些零碎物品带回佛蒙特,但警方已经用禁止入内的黄色胶带把现场围了起来,于是我突然失去了勇气。并没有警察站在那儿拦着我,溜过围栏走进去也不会有任何麻烦——但我不行,我不行——因此我掉转车头离开了那儿。我用待在阿尔博科奇的最后几个小时为阿尔玛的墓穴订了一块墓碑。一开始,我觉得要让碑上的铭文极简化:阿尔玛·格兰德 1950—1988。但接着,在我签了合同付了钱之后,我又返回店里对那个男人说我改主意了。我想再加一个词,我说。铭文应该写成:阿尔玛·格兰德 1950—1988 作家。除了她在生命最后一夜发给我的那二十页自杀留言之外,我从未读过她写的一个字。但阿尔玛是因为一本书而死的,出于公平,她应该作为那本书的作者而被纪念。

我踏上了回家的路。飞回波士顿的途中什么事也没发生。飞机在中西部上空遇到了气流,我吃了鸡块,喝了杯酒,我看着窗外——但什么事也没发生。白色的云朵,银色的机翼,蓝色的天空。什么也没有。

我回到家里发现酒柜是空的，出去买瓶新的时间已经太晚了。我不知道是不是那救了我，我忘了在那儿的最后一晚我已经把那瓶龙舌兰酒给喝光了，开车去三十英里外西T镇的希望也破灭了，我只好头脑清醒地上床睡觉。第二天早上，我喝了两杯咖啡，然后重新回到工作上。我本来已经做好了精神崩溃的打算，打算再度滑到悲伤失落和酗酒沉沦的老路上，但在佛蒙特那个夏日清晨的晨光里，我心里的某种东西抵挡住了那股自毁的欲望。夏多布里昂对拿破仑人生的漫长思考刚刚进入尾声，我重新开始翻译的地方是在回忆录的第二十四部，那位被废黜的国王在圣赫勒拿岛上。他已经在流放中度过了六年，当年他征服欧洲也没有用这么多时间。他现在难得离开屋子，他整天都在读切萨诺帝翻译的意大利版的《奥西恩》……当波拿巴出门时，便沿着两旁长着芦荟和有香味的金雀花的崎岖小路散步……或是把自己隐身于贴着地面漫卷的厚厚云雾中……在眼前这个时代，一切事物一天就会老去；活太久的人，无异于行尸走肉。当我们穿越生命时，我们会在身后留下三四个自己的形象，每一个都不一样。我们看着它们穿过时光的尘雾，就像看着我们不同年纪的肖像。

我不能确定，是我在自欺欺人地相信我坚强得足以继续工作呢——还是仅仅因为我变麻木了。那个夏天剩下的时间我感觉自己就像生活在一个不同的时空里，能清醒地感受到周围的事物，但同时又游离于它们之外，仿佛我的身体被裹在一层透明纱布里。我长时间地扑在夏多布里昂上，早起晚睡，随着一礼拜一礼拜地过去，我在稳步前进，并逐渐把自己每天的翻译定额从三页提高到了四页。这看上去像是进步，感觉上像是进步，但也正是那一阶段，我的注意力莫名其妙地变得越来越分散，只要一离开书桌，便会有一阵恍惚感袭来。我连续三个月忘了缴电话费，对信箱里的一份份催缴通知视而不见，直到有一天一个男人出现在我的院子里要切断电话线，我才把欠费付清。两周后，在一次去布莱特尔博罗的购物之旅中（我也去了邮局和银行），我把钱包扔进了邮箱，以为那是一沓信。这些事件让我很难堪，但我一次也没想到过要停下来想想它们为什么会发生。问那个问题就意味着要跪下来打开地毯下的活动门，而我无法面对那个地方的黑暗。很多个晚上，在结束工作吃完晚饭之后，我都会在厨房里待到很晚，整理我在看《马丁·弗罗斯特的内心生活》时所做的笔记。

我认识阿尔玛才不过八天时间。其中有五天我们是分开的，我计算过我们在另外三天里一起度过的时间，结果总共只有五十四个小时。其中十八个小时睡觉睡掉了，还有七个小时因为这样那样的事情我们被隔开了：我一个人在小屋里待了六个小时，我跟海克特一起待了五到十分钟，我看电影看了四十一分钟。那样剩下只有二十九个小时我能真正看到她，摸到她，能把自己封闭在只有她的世界里。我们做了五次爱。我们一起吃了六顿饭。我给她洗了一次澡。阿尔玛是如此快速地走进又走出了我的人生，我有时甚至都觉得她不过是我的幻想。面对她的死，那种感觉是最糟糕的。没有足够的东西让我去记住，所以我只有一次又一次地不停温习着同样的问题，不停叠加着同样的数字，得出同样的、毫无价值的总和。两次汽车，一次喷气式飞机，六杯龙舌兰酒。三个不同的晚上在三栋不同房子里的三张不同的床。四通电话。我是如此迷惘，我不知道除了让自己继续活着以外还能怎么悼念她。几个月后，当我完成翻译从佛蒙特搬走的时候，我领悟到阿尔玛是为了我才那样做的。在短短的八天时间里，她把我从死神手里救了回来。

那之后我身上发生了什么并不重要。这是一本碎片之书，一本悲伤和记不太清的梦的汇编，为了讲述这个故事，我必须将自己限定在这个故事的事件本身。我只能说我现在住在一个大城市，在波士顿和华盛顿特区之间的某个地方。这是我自从《海克特·曼的默片世界》以来写过的第一本东西。我又教了一阵子书，然后找到了另一份更满意的工作，便永远离开了讲台。我还要说（为了那些关心这类事情的人），我不再是一个人生活。

我从新墨西哥回来已经有十一年了，在这十一年里我从未对任何人说过在那儿发生的事情。关于阿尔玛，关于海克特和芙芮达，关于蓝石农场，我一个字也没提起过。即使我想说，这样一个故事，又有谁会相信？我没有证物，也没有证据来支持我的说法。海克特的电影已经被毁了，阿尔玛的书已经被毁了，而我所能展示给他人的唯一东西就是我那一点可怜的笔记，我的沙漠笔记三部曲：《马丁·弗罗斯特的内心生活》的概要，海克特日记的摘录，以及一份和什么都没关系的天外植物的清单。我决定最好还是不说为妙，让海克特之谜继续存在下去。现在已经有别人在研究他的作品了，当那些喜剧默片1992年被制作成录像带发行后（一套三盘的盒装合辑），这个穿白外套的男人开始慢慢有了一批拥戴者。这是个小小的复出，当然，在这个娱乐工业化和充满亿万大制作的电影国度里，它不过是个极小的事件，但已经很令人满意了。我很高兴能偶尔看到一些提及海克特的文章，他们把他称为类型片的二级大师（摘自《视觉与音响》杂志中斯坦利·乌贝尔的文章）或者滑稽默片艺术上最后一位重要的电影人。或许那就已经够了。当一个影迷俱乐部在1994年成立的时候，我应邀成为一名荣誉会员。作为第一部也是唯一一部研究海克特作品的长篇论文的作者，我被视为是这一组织的创始人，他们希望我能给予他们祝福。最后的统计表明，"海克特·曼国际影迷会"拥有三百多名付费会员，其中有些甚至住在瑞典和日本那样遥远的地方。每一年，会长都会邀请我参加他们在芝加哥举行的年会，我终于在1997年接受了邀请，在我的讲话结尾，我受到了听众起立鼓掌的待遇。在随后回答提问的阶段，有人问我在为写书做调研时是否找到过任何与海克特失踪有关的消息。没有，我说，很遗憾，没有。我找了好几个月，但没有发现一点新的线索。

1998年3月我过了五十一岁生日。六个月后，秋天降临的第一天，就在我刚参加完华盛顿美国电影学会举行的关于无声电影的小组讨论之后的一个星期，我经历了第一次心脏病发作。第二次是在11月26日，在巴尔的摩我妹妹家的感恩节晚餐的半中央。第一次发作还算温柔，一种所谓的轻度心肌梗塞，相当于一次没有乐队的简短独奏。而第二次则像一部有两百名歌手和整套铜管管弦乐队的合唱交响曲，把我全身都撕裂开来，我差一点就送了命。在那之前，我从来不觉得五十一岁算老。也许不能说特别年轻，但也没到要准备后事，要同这个世界言归于好的年纪。他们让我住了好几个星期的医院，从医生那儿传来的消息十分不利，我不得不纠正我的观点。用一句我很喜欢的话说，我发觉自己现在活一天就是赚一天。

我并不觉得这么多年来我一直保密有什么错，我也不觉得如今我把它们讲出来有什么不对。情况变了，我的想法也会随之改变。他们在11月中旬把我从医院送回了家，一月初我写下了这本书的头几页。现在是 10 月底，就在我快要完成这一写作计划的时候，怀着某种残忍的快意，我发觉我们也正在向这个世纪的最后几周逼近——这个海克特的世纪，这个在他出生前十八天开始的世纪，没有一个头脑正常的人会为看到它结束而难受。仿效夏多布里昂的做法，我不打算让我写的东西现在就出版。我已经给我的律师留了一封指示信，他会知道在我死后应该到哪儿去找我的手稿以及如何处理它。我的目标是活到一百岁，但万一我活不了那么久的话，所有必要的安排我都已经做好了。如果这本书出版了，亲爱的读者，那么你便可以认定，写它的那个人已经早就死了。

此外，还有一些令人头痛的想法。那些想法是如此强烈而丑陋，只要你一开始去想它们，它们就会腐蚀掉你。那些想法让我感到害怕，我害怕会陷入到那些恐怖的想法中去，因此我始终没有将其形成文字，直到一切都已经太晚了，文字已经不能对我产生任何影响了。我没有可以提供的事实，没有可以在法庭上呈现的具体证据，但在过去的十一年里，经过对那天晚上发生的事情一次又一次的回味，我几乎可以确定：海克特的死并非自然死亡。我见到他时他很虚弱，没错，是很虚弱，而且毫无疑问已经活不了几天了，但他的思路还很清晰，在我们对话的结尾，当他抓住我手臂的时候，他的手指按进了我的皮肤。一个人有那样的握力，意味着那个人会活下去。他想让自己活下去，直到我们做完我们要做的事情为止。在芙芮达叫我离开房间之后，在我下楼时，我满心期待着第二天早上能再见到他。想想时机上的选择——想想那之后灾难堆积的速度有多么快。阿尔玛和我上了床，我们一睡着，芙芮达就偷偷摸摸地穿过走廊，走进海克特的房间，用一只枕头闷死了他。我确信她那样做是出于爱。她的心里没有愤怒，没有背叛或仇恨的感觉——仅仅是一个狂热的信徒为了一个公正而神圣的理由而做出的献身。海克特不可能进行太多的抵抗。她比他要强壮，只要把他的生命缩短几天，她就可以把她从邀请我来农场的愚蠢行为中拯救出来。在经过多年毫不动摇的坚守之后，海克特让步了，他变得疑虑重重，优柔寡断，并最终对他在新墨西哥所做的一切产生了怀疑，一旦等我到了苏埃诺，他和芙芮达共同创造的美好事物就会荡然无存。直到我踏上农场，这出疯狂的悲剧才真正开始。我是我在那儿时发生的所有事情的催化剂，我是引发毁灭性爆炸的决定因素。芙芮达必须除掉我，而那样做的唯一途径就是先除掉海克特。

我经常会想起接下来那天发生的事。那些没有说出口的话，那些小小的停顿和沉默，那些阿尔玛在危急关头隐约表露出的古怪的被动。那天早上当我醒来的时候，她正坐在我的床边，用手抚摸着我的脸。那时已经十点钟——

早就过了我们应该在放映室里观看海克特电影的时间——而她却还是没有催我。我喝了她放在床头柜上的咖啡,我们聊了一会儿,我们双臂环绕着接了吻。再后来,当她在那些电影被毁之后回到小屋的时候,她似乎并没有对她刚才目睹的那一幕感到有多伤心。我没忘记她痛哭了,但她的反应比我以为的要平静得多。她没有大喊大叫,没有发脾气,没有咒骂芙芮达在海克特遗嘱规定的最后期限到来之前就点了火。我们在过去的两天里已经聊过很多,我知道阿尔玛反对烧掉那些电影。我觉得,海克特对自我的放弃如此绝对,这让她感到敬畏,但她也相信那是错的,她告诉我这些年她曾就这件事跟他争论过很多次。如果真是那样的话,为什么当那些电影终于被毁掉的时候她没有变得更难受呢?她的母亲在那些电影里,她的父亲亲手拍了那些电影,而她在火灭之后却几乎对它们只字未提。对于她的沉默,我想了很多年,我觉得唯一讲得通的解释,唯一能真正说明她那晚为什么表现冷漠的,就是她知道那些电影并没有被毁掉。阿尔玛是个十分聪明和机敏的人。她先前已经将海克特的早期电影做了拷贝,并把它们寄到了位于世界各地的六家档案馆。她为什么不能把他的后期电影也做一份拷贝呢?她在写那本书时出去旅行过不少次。有什么能阻止她每次离开农场时偷偷带上几盘底片,拿到哪里的洗印间洗一份新的拷贝呢?储藏室无人看管,她有所有门的钥匙，她可以毫不费劲地把那些东西拿进拿出而又不被人察觉。如果她真是那样干的，那么她就会把拷贝藏在某处，等到芙芮达死了再把它们公之于世。那也许要等上很多年，但阿尔玛很有耐心，她又哪里知道自己的生命会和芙芮达在同一天结束？有人也许会争辩说她不可能不让我知道那个秘密，她不可能把这样一件事藏在心里不说，但有可能她是打算等她来了佛蒙特再告诉我。她在她那封杂乱无章的自杀长信里也没有提到那些电影，但那天晚上阿尔玛正处于一种极度痛苦的状态，她瑟瑟发抖，陷入了一种可怕的精神错乱，她自己对自己进行了末日审判。我觉得，当她坐下来给我写那封信的时候，她其实已经不在这个世界上了。她忘了告诉我。她想告诉我，但后来她忘了。如果真是那样，那么海克特的电影便没有丢失。它们只是不见了，迟早有一天，会出现一个人，他偶然打开了阿尔玛藏放它们的房间，于是所有故事又将重新开始。

抱着那样的希望，我继续活着。

译后记：保罗·奥斯特笔记簿

文 / 孔亚雷

1

我在一家常去的小咖啡馆里翻译完了小说的最后一句。那是2月。外头下着雪，雪花像散步一样慢慢落向地面。咖啡馆里只有我一个顾客，四下荡漾着玛芮安娜·费思芙尔苍老的歌声。我合上电脑，要了杯咖啡，一边喝一边看着窗外的雪花发呆。然后我看见她走进来。

"嗨！"她说。"好久不见。"

我有点回不过神。我们的确已经好久没见。我们属于那种一年只会见上两三面，但却感觉比那些天天碰见的人更为亲密的好朋友。如果我没记错的话（我确信我没记错），上次见到她的那天——在什么地方我已经忘了——我正在翻译这本小说的第一句。

世界仿佛发生了一点小小的摇晃。简直不可思议,我想。

当然,这只是个巧合,典型的保罗·奥斯特式的巧合:恍若命运送给你的一个小小的、闪烁着微光的奇妙礼物。

2

这让我想起了另一位我热爱的小说家,法国的让·艾什诺兹(他那部妙不可言的长篇小说《切罗基》我看了不下五十遍)。有一段对他的评论相当精辟:"当我们读艾什诺兹的作品时,我们就感觉完全进入到流动的、轻盈的、游戏的世界里,而这个世界在一本书结束的时候也将解散。不过,解散并不等于什么都没有了,不仅喜悦还存在着,忧愁和语言的那种崭新而不可能被模仿的味道也都没有消失。几个月后,当你碰到一个人的时候,当你在不寻常的光线下发现一处风景的时候,当你处于一个奇怪的、不适宜的情景的时候,你就会说:'瞧,这就是艾什诺兹的!'这是一个伟人作家所拥有的确凿的标志。"

在某种意义上,这段话几乎适用于所有伟大的作家。你要做的只是把其中的形容词更换一下。每个伟大的作家都会创造出一个独属于自己的世界,而那个世界——那个世界的色彩、气味、声音甚至触觉——并不会随着阅读的结束而完全消失。好的虚构会侵入现实。小到抽烟的牌子,大到婚姻和人生观。那就是为什么我偏爱具有强烈个人风格的作家,因为他们能赋予我一种面对世界的新方法、新角度,他们能让一切都风格化。

3

我的一份个人文学清单:博尔赫斯的迷宫。凯鲁亚克的旅行。海明威的伤感。村上春树的失落。雷蒙德·卡佛的锋利。菲利普·图森的抽象。卡尔维诺的幻想。苏珊·桑塔格的智慧。

保罗·奥斯特的奇遇。

4

保罗·奥斯特的小说中充满了各种不可思议的巧合与奇遇,但这些巧合与奇遇并不是随意地即兴设置的(就像许多后现代作家所做的那样),而是散布在他一层套一层的故事迷宫中,形成若干闪烁的对应点。如果从整部小说的"上空"去俯瞰它,我们就会发现那些闪烁的对应点构成了一幅图案,而那幅图案的主题便是:对自我身份的追寻。

这也解释了为什么他常常会套用侦探小说或公路小说等通俗小说的模式,因为追寻什么正是侦探小说或公路小说的核心内容。不同的是，在奥斯特这里，追寻的意义不在于追寻的结果（这种追寻注定是没有结果的），而在于追寻这一行为本身。

他的成名作《纽约三部曲》中的第一部——也是他的小说处女作——《玻璃城》就是个典型的例子。我们甚至可以把这部小说看成他所有小说的原点。妻儿丧生、独自一人依靠写悬疑小说生活的奎恩一天深夜突然接到一个打错的电话，对方找一位名叫奥斯特的侦探，在某种莫名其妙的情绪的指引下（事实上，这种情绪便是"自我的迷失"，小说一开头就提到他喜欢散步，而在纽约的大街小巷散步总让他感到迷失，"那种迷失，不仅是在这座城市里，也是在他的内心"），他冒名顶替奥斯特接下了对方的委托，去追踪一个刚出狱的老头，这场追踪最终演变成了一出荒谬的游戏，奎恩最后发现案子的委托人和他要追踪的对象都消失了，而他自己则在这场侦探游戏中彻底迷失了自我：他躲在一栋空房子里，扔掉了身上的所有东西（衣服，鞋子，手表，意味着割断了与外在现实的一切联系），整天除了睡觉就是在一本红色笔记本上涂涂写写，他向我们发出的最后疑问是："当红色笔记本上没纸可写了，会发生什么事？"

《玻璃城》是一部充满新锐和前卫气息的小说，虽然它的故事有不少漏洞，但它所散发的形而上的哲学特质使这些破绽显得似乎可以原谅（虽然就阅读本身来说，它还是会让人觉得不够完满）。二十年后——2002年——奥斯特又写出了这部《幻影书》。同样是对迷失自我的追寻之旅，同样是不可思议的奇异事件，不同的是老了二十岁的老奥斯特这次用他已经出神入化的小说技巧，给我们讲了一个浑然天成、无懈可击的好故事（顺便提一下，我从来不觉得故事对于小说不重要，我只是认为小说重要的不仅仅是故事）。仿佛某种微妙的呼应，与《玻璃城》一样，《幻影书》的主人公也是一个失去妻儿——她们在一场空难中不幸遇难——的作家，在失去家人的巨大打击下，这位齐默教授陷入了悲伤失落的酗酒泥潭不能自拔，他觉得自己已经成了一个活死人（又一个迷失自我的典型个案），然而，一天晚间电视上偶然看到的老电影片断却让他笑了出来，从此，他的人生便与那位六十年前离奇失踪的喜剧默片明星海克特·曼紧紧联系在了一起。当他踏上揭开海克特之谜的旅程时，他发现了一个令人心碎的巧合（这段话出现在小说的高潮即将来临之前），"我最后一次开车去洛根机场，是和海伦、托德、马可一起。在他们生命中的最后一天，也曾走过现在阿尔玛和我正在走的这条路。从一个地方到另一个地方，一英里接着又一英里，他们做过同样的旅行，走过同样的路线。30号公路到91号州际公路，91号州际公路到麦斯派克高速，麦斯派克高速到93号公路，93号公路到隧道。一部分的我很欢迎这奇异的重演。那感觉就像某种设计巧妙的惩罚,似乎上帝裁定了让我只有回到过去才能拥有未来。因此,出于公平起见,我应该用和海伦度过最后一个早晨的同样方式,来度过和阿尔玛的第一个早晨。我必须同样坐在汽车上驶往机场,我必须同样以超出限速十到二十英里的速度一路飞奔——以免错过飞机"。

让我们注意一下这个词:奇异的重演。在其后讲述的海克特的人生故事里,我们还会发现更多奇异的重演——或者说重叠。在这种奇异的重叠中,主人公对海克特的追寻实际上成了对自我追寻的一个对照,一个折射,一个倒影。他们同样因为所爱之人的突然死亡而导致人生剧变;他们又同样被另一个女人所拯救,但最终同样都以悲剧收场;另外,他们都读过夏多布里昂的《墓中回忆录》,甚至他们死去儿子的名字也几乎一模一样。

在这部小说里,在它一个套着一个的错综复杂的故事迷宫中,还有许多的诸如此类的奇异重叠。不知为什么,这些重叠,或者说巧合,带给人的感觉不是有趣或难以置信,而是莫名的震颤、感动和温暖——或许是因为这其中所蕴涵的命运感。保罗·奥斯特用种种不可思议的巧合与对应,捕捉住了命运之神一瞬间掠过的身影。而且——这点很重要——它们还给我们带来了一种难以言传的、文学意义上的满足和愉悦。

5

卡尔维诺在一篇《为什么读经典》的文章中说："一部经典作品是一本每次重读都像初读那样带来发现的书……一部经典作品是一本永不会耗尽它要向读者说的一切东西的书。"

村上春树在他那篇奇妙的短篇小说《眠》中借女主人公之口道出了自己对《安娜·卡列尼娜》的感受："越是反复阅读，越有新的发现。这部长而又长的小说中充满种种奥秘，我发现种种谜团。犹如做工精细的箱子，世界中有小世界，小世界中有更小的世界，而由这些世界综合形成宇宙……往日的我所理解的仅限于极小的断片；如今的我可以洞悉它吃透它了。知道托尔斯泰这个作家在那里想诉说什么，希望读者读出什么，而那信息是怎样以小说形式有机结晶的，以及小说中的什么在结果上凌驾于作者之上。"

《幻影书》是一部可以——同时也值得——反复阅读的小说。它里面包含着一个精妙的奥斯特式的宇宙。如星光般闪烁的无数暗示、联结、对应在等待着我们一次次去发现。那种联系甚至已经溢出了单个的文本，而使奥斯特的所有小说作品构成了一个更广阔的宇宙。例如，他在2007年新出版的长篇小说名为《密室中的旅行》，而这个名字曾经在《幻影书》里出现过两次，一次是作为海克特·曼拍摄过的电影标题,一次是作为海克特·曼另一部电影中的男主角——也是一个小说家——所写的小说名字(又一个环套式的小迷宫)。

6

村上春树非常推崇保罗·奥斯特。他在美国做客座教授时,曾在一次朋友的家庭聚会上遇到过奥斯特。"能见到保罗·奥斯特委实是件幸事。"他在一篇随笔中写道,"我一直以为奥斯特会演奏乐器,因为他的小说具有很强的音乐感。然而当我在席间就此询问他时,他回答说很遗憾,他并不会任何乐器。但他又接着说:'不过我一直是以作曲的方式来写作的。'"

的确,音乐感是保罗·奥斯特小说不可忽视的特色之一。他的作品,无论是语言还是结构,都充满了美妙的、令人愉悦的节奏感。如果说《纽约三部曲》让人想起即兴演奏的前卫爵士乐,那么《幻影书》就是一部结构清晰、行云流水的钢琴奏鸣曲。从简洁的谜一般的几个音符开始(小说的第一章,主人公突然收到一封神秘的来信),再笔锋一转折回到蜿蜒悲伤的柔板(主人公回忆失去妻儿的经历),然后是一段冷静的慢板(整个第二章都是对海克特·曼二十年代喜剧的内容与风格的精到分析),接着,再次回到开头的音符（第三章，回到那封神秘来信及其所带来的难解之谜），随着故事柳暗花明般的层层推进（第四章：与神秘来信人的联系中断；一位脸上有胎记的神秘女郎突然出现），一开始就已经埋下伏笔的悬疑气氛如烟雾般弥漫开来。于是，音符的节奏渐渐加快，直至终于变成激烈流畅的行板；第五章到第八章是全书的高潮，海克特·曼当年的失踪之谜被揭开，他传奇般的人生经历一幕幕上演；主人公赶到新墨西哥荒漠中的农场，见到了依然活着的海克特，但随之而来的却是一系列出乎意料的变故……女主角的死把高潮带到了顶点，然后顺势滑落到最后一章——第九章，一个和缓的、充满沧桑感的收尾。而就在整首曲子结束之际，奥斯特令人叹为观止地抖开了最后一个包袱（海克特的死很可能并非自然死亡，而且他后来拍的那些电影可能还在），仿佛在平静的幽暗中突然闪现出一个电光石火般的高音，它干净利落，却又余音绕梁，为整部小说画上了一个完美的句号。

7

奥斯特的音乐感不仅体现在作品的整体结构上，你甚至在他小说的每个句子里都能感受到那种音乐的节奏感。你会忍不住要去朗读——我指的是英文原文（他的作品使我不可救药地爱上了英文)。翻译所带来的损耗是不可避免的。所以如果有可能,我建议你去读一读他的原文。

8

除了是个小说家,保罗·奥斯特还是一位诗人(这或许说明了为什么他的语言美妙得让人想要念出声),一位译者(他翻译了不少法国的诗歌和散文,由此我们不难看出为什么他的作品既有美国式的简洁和力量感,同时却又散发出优雅而精细的欧洲气质),以及一位电影导演。他与华裔导演王颖合导的电影《烟》曾获得柏林电影节的银熊奖和最佳编剧奖,他还独自执导过一部电影《桥上的露露》(据说最近他又拍摄了一部新片)。像很多当代小说家一样,我们可以很明显地发现奥斯特作品中许多地方受到了电影的影响——生动的画面感,节奏感十足的场景切换,多种视角和多条线索的并行推进。然而,没有哪部作品比这部《幻影书》与电影的关系更密切、更直接。

首先,海克特·曼,这部小说的两位男主角之一,是二十年代一度活跃于美国影坛的默片喜剧明星,因为一起灾难性的突发事件,他的人生在1928年发生了剧变,他被迫走上了逃亡之路。1928,这是作者精心选择的一个意味深长的时间点,其一,随后的1929年发生了美国经济大萧条（又一个巧合的对应：小说的男主人公，作家齐默教授为了逃离悲痛的往事——同样是一种精神意义上的逃亡——而开始写作研究海克特电影的那本书的时间，1986年，恰好也是美国另一次著名的经济大崩溃发生的前一年）；其二，二十年代末三十年代初正是默片被有声电影取代的时期（小说的一开头就写道："电影现在会说话了，默片里那种闪烁不定的无声表演已成为过去……它们不过才消失了几年时间，但感觉上却已经成了史前的玩意，就像那些人类穴居时代曾在地球上四处漫游的古老生物。"）。在奥斯特看来，这种取代既是不可抗拒的，也是令人悲哀的，一如齐默教授家人所遭遇的空难，及海克特所遭遇的突发事件（他的未婚妻失手开枪打死了他的情人），因为这一切都是命运——时代的命运和个人的命运——的产物。

面对这种无奈的悲哀，这种无可挽回的消逝，奥斯特在小说中就无声电影发表了一段迄今为止我所见过的最为深刻的见解——以至于我不得不把它们全文摘录下来：

不论有时电影画面多么美轮美奂，多么引人入胜，它们都无法像文字那样让我从心底感到满足。它们提供的信息量太多了，我觉得，没有给观众的想象力留下足够的空间，这造成了一种悖论，电影模拟现实世界模拟得越像，它表现现实世界的能力就越弱——世界不仅仅在我们周围，同时也在我们脑中。那就是为什么我总是本能地喜欢黑白照片胜过彩色照片，喜欢无声电影胜过有声电影。电影是一门视觉语言，它通过投射在二维银幕上的图像讲故事。声音和色彩的加入增添了图像的三维感，但同时也剥夺了它们的纯粹性。图像不再需要担负起所有的功能。但声音和色彩并没有把电影变成某种完美的综合媒体，变成某种反映所有可能性世界的最佳手段，它们反而减弱了图像语言本来所应具有的力度。那天晚上，看着海克特和他的同行在我佛蒙特的起居室里来来往往，我突然意识到自己正在目睹一门已经死亡的艺术，一门已经彻底灭绝并且永不再现的艺术。然而，即便如此，在经历了那么多年的时代变迁之后，他们的作品却仍像当初刚出现时一样鲜活，一样生气勃勃。那是因为他们对自己那套独特的语言已经了如指掌。他们发明了用眼神造句，他们创造了一套纯粹的肢体语言，除了影片背景中那些服装、汽车样式和古老的家具，那套语言永远都不会过时。在那种语言里，思想转化成了动作，人们用自己的身体表达自己，因此它通行于所有时代。大多数的喜剧默片甚至都懒得讲故事。它们就像诗，就像对梦的翻译，就像令人眼花缭乱的灵魂的芭蕾舞，也许是因为它们已经死了，它们似乎对现在的我们比对它们那个时代的观众显得更为深刻。我们隔着一条巨大的遗忘的深渊观赏着它们,而把我们与之分开的东西,其实正是它们如此吸引我们的东西:它们的无声,它们色彩的贫乏,它们那一阵阵的、加快了的节奏感。这些都是不利因素,这些因素增加了我们观看的难度,但同时也把图像从模拟真实世界的重负下解放出来。有了它们拦在我们与那些默片之间,我们就不用再假装自己正在观看一个真实的世界。扁平银幕上的那个世界只存在于二维空间里。第三维在我们的脑中。

时代把人们同默片分开了,死亡把人们同爱分开了。而把我们与之分开的东西,其实正是它们如此吸引我们的东西。所以,幻影之书,也就是消逝之书。

9

此外,说到电影,这部小说至少包含了两个电影短片的剧本:《隐形人》《马丁·弗罗斯特的内心生活》(《密室中的旅行》这个名字就出现在《马丁·弗罗斯特的内心生活》的剧本里)。哪怕单独作为电影剧本本身,它们也称得上绝妙。它们本身就是个小世界(犹如做工精细的箱子,世界中有小世界,小世界中有更小的世界)。

10

这是我的第一本译作。不知是幸还是不幸,我本人也写小说。坦率地说,我并不觉得作为一个小说家有多幸福——在大部分时候不如说正好相反。但是,就像保罗·奥斯特所说的,"当作家并非像当警察或者医生是选择一种职业。与其说选择,不如说被选择。你一旦接受这个事实,就再也干不了其他任何事情。"

因此,翻译对于我的意义或许跟别的译者有所不同。对我来说,翻译是一种最大限度上的精读,是一种文学课(我很高兴遇到了奥斯特这样的好老师),是另一种创作。我对语言有着偏执狂般的挑剔与苛求。为了尽可能地重现原著的风格,我对翻译的每个句子、每个字都要斟酌再三,我反复地默念——有时甚至会念出声,就像个疯癫而专注的炼金术士。

无论如何,我希望——同时也相信——你会喜欢这本书。

11

让我们回到2月,回到那个飘雪的下午的咖啡馆。

她脱掉烟灰色大衣,在我对面坐下。窗外的雪下得更大了。我对她说我刚刚翻完了《幻影书》的最后一句。

"哦?真巧——我还记得上次见你时你刚翻了第一句。"

她脸上浮起淡淡的微笑，用塞林格的说法，这女孩理智得可怕。

"我还记得那句话，"她眼睛看向窗外，停顿片刻，然后接着说，"所有人都以为他死了。"

"最后一句是——"我说，"抱着那样的希望，我继续活着。"

THE BOOK OF ILLUSIONS: A NOVEL BY PAUL AUSTER
Copyright © 2002 PAUL AUSTER
This edition arranged with CAROL MANN AGENCY
Through BIG APPLE AGENCY, INC., LABUAN, MALAYSIA.
Simplified Chinese edition copyright
© 2019 Beijing Imaginist Time Culture Co., Ltd.
All rights reserved.

图书在版编目(CIP)数据

幻影书 / (美) 保罗·奥斯特著; 孔亚雷译. --
北京: 九州出版社, 2018.6
ISBN 978-7-5108-7316-4

Ⅰ.①幻… Ⅱ.①保… ②孔… Ⅲ.①长篇小说—美国—现代 Ⅳ.① I712.45

中国版本图书馆 CIP 数据核字 (2018) 第 146777 号

幻影书

作　　者	（美）保罗·奥斯特 著；孔亚雷 译
出版发行	九州出版社
地　　址	北京市西城区阜外大街甲35号（100037）
发行电话	（010）68992190/3/5/6
网　　址	www.jiuzhoupress.com
电子信箱	jiuzhou@jiuzhoupress.com
印　　刷	山东鸿君杰文化发展有限公司
开　　本	1168mm×850mm 1/32
印　　张	11.75
字　　数	219千
版　　次	2019年1月第1版
印　　次	2019年1月第1次印刷
书　　号	ISBN 978-7-5108-7316-4
定　　价	62.00元

★ 版权所有　侵权必究 ★